몽유도원

지은이

민혜숙 閔惠淑, Min Hyesook

연세대학교 불어불문학과와 동 대학원 석·박사로 대원여고와 외고에서 불어교사를 역임했다. 광주로 이주 후 전남대학교 국어국문학과에서 다시 박사학위를 취득했다. 1994년『문학사상』중편소설에 당선되어 소설가로 활동하여『서울대 시지푸스』,『황강 가는 길』,『사막의 강』,『목욕하는 남자』등의 소설집을 펴냈다.『조와』,『문학으로 여는 종교』,『한국문학 속에 내재된 서사의 불안』등의 저서와『종교 생활의 원초적 형태』를 비롯한 여러 권의 역서가 있다. 전남대학교, 광주대학교에서 학생들을 가르쳤으며 호남신학대학교 조교수를 거쳐 현재는 기독간호대에서 강의하고 있으며 광주 새길교회를 개척하여 다음 세대를 준비하고 있다.

몽유도원

초판인쇄 2024년 3월 1일 **초판발행** 2024년 3월 15일

지은이 민혜숙

펴낸이 박성모 **펴낸곳** 소명출판 **출판등록** 제1998-000017호

주소 서울시 서초구 사임당로14길 15 서광빌딩 2층

전화 02-585-7840 **팩스** 02-585-7848

전자우편 somyungbooks@daum.net **홈페이지** www.somyong.co.kr

값 19,000원

ISBN 979-11-5905-865-3 03810

ⓒ 민혜숙, 2024

몽유도원

민 혜 숙 장편소설

차례

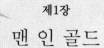

제1장
맨 인 골드

"미국에서 박사학위를 받으면 다야? 미국 놈들이 조선 미술에 대해 뭘 안다고 조선 미술 박사학위를 주나!"

사장이 문을 거칠게 밀치고 들어오면서 투덜댔다. 또 시작이구나 하면서도, 상재는 자리에서 일어나 사장 앞으로 다가갔다.

엷게 선팅한 유리창을 통해 거리에 지글대는 햇살이 아지랑이처럼 흔들렸다. 무덥다는 말로는 감당하기 힘든 날씨였다. 비 한 방울 내리지 않는 날들이 계속되자 견디지 못한 초록 이파리들이 바삭바삭 타들어 가고 있었다. 뉴스에서는 남부 지방의 가뭄을 앞 다투어 보도하고 있었고, 바닥이 거의 드러난 저수지의 모습과 양수기로 물을 뿜어 올리는 농부들의 구릿빛 얼굴이 텔레비전 화면에 단골메뉴로 등장했다. 소양강 댐의 물이 줄자 수몰되었던 집터가 드러났고 물속에 잠겼던 고향집을 찾는 사람의 모습도 보도되었다. 오랫동안 물속에 잠겨 있었는데도 집은 물론이고 울타리의 윤곽이며 마당에 있던 나무 등걸이 그대로 드러나 기괴한 느낌을 주었다.

화랑이라고 문을 열어 놓기는 했지만 그림을 판다는 사람도, 그렇다고 사겠다고 찾아오는 사람의 발걸음도 뚝 끊겨 있었다. 아마도 날씨 탓일까, 푹푹 찌는 날씨를 핑계 삼아 보지만, 단지 그것 때문일까? 마음이 클클한 것이 영 개운치 않았다. 말이 직장이지, 그는 그림을 사고파는 일에 그다지 흥미를 느끼지 못했다. 화랑은 겉으로는 예술을 운운해도 결국은 장사였다. 무엇보다도 그림을 팔고 사면서 이문을 남겨야 하는 일이기 때문이다. 그만둘까, 몇 번을 망설였지만 그대로 눌러 있으라는 식구들의 간곡한 청을 물리치지 못하고 있었다. 한국화를 전공했다고는 하지만 난초와 대나무 몇 폭과 국화와 항아리, 과일들로 구성한 채색 정물화 몇 점을 그려본 것이 전부였다. 그래서 언제 적, 누구의 그림인지도 분간하기 어려운 바삭바삭 낡은 산수화를 감정해서 값을 매기는 일이 막막하게 여겨졌던 것이다.

하지만 그런 중요한 일은 사장이 거의 도맡아서 했으므로 정작 상재가 화랑에서 하는 일이란 사장이 외출할 때 가끔 운전을 해주고 찾아오는 사장의 친구들과 말동무를 하는 일이 고작이었다. 화랑에는 그림을 사려는 사람은 별로 없었지만 사장의 친구나 동호인들이 자주 드나들었다. 기실 따지고 보면 장사에는 도움이 별로 안 되는, 직업이 분명치 않은 사장의 친구들로 점심 값을 축내는 사람들이었다. 하지만 사장은 월세가 밀릴망정 호방하게 밥을 샀다. 식탁에서 그들이 나누는 양자강에서 낚시질하는 따위의 이야기는 세상과는 거리가 먼 것들이었다.

사장은 이제 막 오십의 문턱을 넘어섰지만 아는 것이 많고 특히 한문 실력이 뛰어나다고 했다. 아마 그 한문 실력이 그를 뒤늦게 고미술계에 뛰어들게 했을 거라고 상재는 나름대로 짐작을 대어보곤 했다.

"나가신 일이 잘 안되셨어요?"

상재는 씨근덕거리는 사장에게 군색하게 말을 붙였다.

"잘 될 턱이 있냐? 가재는 게 편인데……, 이 나라 땅에 안견의 작품이 하나도 없다는 게 말이 된다고 생각해?"

상재는 그동안 이런 질문에 익숙해져서 대답하지 않았다. 분이 삭을 때까지 혼자 말하게 놔두면 된다는 것을 깨달은 지 오래다.

"너, 박물관에 가서 〈몽유도원도〉 보고 왔냐?"

사장은 느닷없이 화살을 상재에게 겨냥했다.

"며칠 전에 다녀왔어요."

"며칠 전에 슬쩍 보고 오면 뭘 알아? 시킬 때만 달랑 갔다 오지 말고 연구 좀 해라. 연구 말이야. 다른 작품들과도 비교해 봤어? 뭐 색다르게 느껴지는 것은 없고?"

"솔직히 저는 잘 모르겠어요. 게다가 진품도 아니고……."

"그러니까 큰일이다. 그 그림이 어떻게 일본으로 건너갔는지 그 경로를 알아내 봐. 그걸 찾아내면 학계가 발칵 뒤집힐 거야. 이렇게 할 일이 없을 때는 멀뚱하게 앉았지 말구, 박물관에 가서 그림 앞에 앉아 있으란 말이야. 뭐가 보일 때까지."

사장은 짜증을 고스란히 상재에게 쏟아냈다. 급한 소나기는 피하는 게 상책이라고, 밖으로 나가려다 따갑게 내리쬐는 태양빛을 보자 가벼운 짜증이 생기려고 했다.

"그것만 알아내면 너는 대단한 일을 하는 거야."

사장의 말을 등 뒤로 받으며 상재는 거리로 나왔다. 박물관 건물의 냉방장치 덕분에 땀을 들이기에는 괜찮은 장소였다.

안견의 작품으로 익히 들어 온 〈몽유도원도〉는 일본의 덴리대학의 박물관에 있는 것이 진본이고 국립박물관에 있는 것이 복사본이라 했다. 그 사실을 알았을 때의 실망감은 순진한 줄 알았던 애인의 얼룩진 과거를 보는 것만큼 충격적이었다. 그 그림 외에도 〈사시팔경도〉 8면과 〈소상팔경도〉 8면, 그리고 〈적벽도〉와 〈설천도〉 등이 안견의 작품이라고 전해 온다. 그러나 그것들이 모조리 안견의 진작이 아니라고 하는 학계의 주장을 그대로 받아들인다면, 국내에는 안견의 작품이 전혀 존재하지 않는 셈이었다.

사장은 그러한 학계의 설을 정면으로 반대하며 그 그림들이 안견의 진품이라고 맞서고 있었다. 하지만 박사도 아니고 교수도 아닌 그의 말을 귀담아 들어 주는 사람이 없었다. 그러자 사장은 기어코 자기 말이 옳다는 것을 입증해 보이겠다며 여기저기 사람들을 만나러 다니고, 자료를 수집하느라 화랑의 일은 거의 몇 달째 팽개쳐 놓은 상태였다.

사장에게 무엇인가 도움이 되는 일을 해야 했지만 상재는 사장처럼 한문에 능통하지도 않고, 휘갈겨 쓴 초서는 구불구불 추상화처럼 보일 뿐이어서 일면 송구한 마음이 들었다. 하지만 사장은 그 팔팔한 성미에도 불구하고 상재에게 별 탈을 잡지는 않았다. 아니면 처음부터 그에게 어떤 혜안을 기대하지 않아서일지도 모른다. 따지고 보면, 월급이 두 달째나 밀리고 있는 처지에 그를 닦달할 면목이 없을 것이다.

월급을 받지 못하면서도 상재가 매일 제시간에 출근하는 것은 생업을 팽개치고 안건 연구에 매달리는 사장에게 기묘하게 끌렸기 때문이다. 또한 그동안 직장이라는 곳에 가본 적이 없는 상재가 출근하는 모습을 보는 것만으로도 즐거운 듯 가족들의 성원이 대단했기 때문이다. 게다가 〈몽유도원도〉에 대해 상재 자신도 약간씩 마음이 끌리고 있었다.

동양에서는 그림을 소리 없는 시詩라 일컬어 왔듯이 그림 속에 감추어진 작가의 사상과 의념意念을 읽어 낼 줄 알아야 한다고 사장은 누누이 강조했다. 하지만 상재는 반대로 어떤 그림 속에서 자신의 감정과 동일한 흐름과 메시지를 발견해야만 비로소 눈이 열린다고 믿고 있었다. 물론 찾으려는 사람의 눈에만 보이는 법이지만, 공감이 가지 않는 작품은 남들이 아무리 좋다고 해도 그다지 눈에 들어오지 않았다.

상재는 〈몽유도원도〉를 한참 동안 바라보았다. 복사꽃 잎을 따라 갔다가 만난 동굴 속의 이상향을 도원이라 칭한 동양의 정서가 이 그림까지 흘러 전해오고 있을 터였다. 전에 박물관 개관 기념으로 진품이 왔을 때, 그 인파와 열기. 그리고 숨 막히는 사람들 속에서 흐릿하게나마 보았던 진품. 솔직히 감탄할 여유도 이유도 없었다. 탈색이 심해서 색채를 분간하기 어려웠다. 답답했지만 귀하다니까 귀하게 보일 뿐이었다. 안평대군의 꿈 이야기를 듣고 안견이 사흘 만에 완성했다는 이 작품에는 세월의 이끼가 슬어서 색감이 분명하게 드러나지는 않았다. 어쩌면 속세 인간의 눈에 꿈에 본 도원을 확연히 드러내고 싶지 않은 거부의 몸짓인지도 모른다.

그는 그림을 한참 바라보다가 나른해진 몸을 곧추 세우고는 자동판매기가 놓인 휴게실로 발걸음을 옮겼다. 지독한 더위 탓으로 사람들이 별로 움직이지 않아서인지 한산했다. 방학 숙제를 하는 양으로 무엇인가 공책에 열심히 적어가면서 진열장 안을 들여다보는 중학생쯤 되어 보이는 아이들이 간혹 그의 곁을 지나쳐 갔다.

상재가 〈몽유도원도〉에 품고 있는 의문은 사장의 것과는 사뭇 달랐다. 사실 사장은 〈몽유도원도〉보다는 〈청산백운도〉 쪽에 관심을 집중시키고 있었다. 그게 안견의 진작이라는 사실이 밝혀지는 날에는 인사동 골목에서 〈청산백운도〉는 헤아릴 수 없을 정도의 가치를 가질 것이다. 그러나 요즈음 들어 사장의 관심은 〈청산백운도〉가 안견의 작품이라는 가설을 포함해서 안견의 작품이라 칭하는 그림들, 즉 전칭傳稱 안견 작품들에 대한 진위 여부를 가리는 일에 쏠리고 있었다. 애초에 장삿속으로 시작했는지는 몰라도, 안견의 작품이 국내에도 전해 내려온다는 것을 입증하겠다는 각오가 대단했다. 왜곡된 미술사를 바로 잡고 후손에게 작품의 진가를 가르쳐 주어야 한다는 거창한 역사의식으로까지 발전되었던 것이다.

사장은 국내 최고 대학에서 경영학을 전공했고 그 자부심도 대단했다. 그는 여러 가지 사업을 벌이기도 했는데 돈을 많이 벌 때나 적게 벌 때나 같은 푼수로 돈을 써대는 통에 이것 저것 다 문을 닫고 들어앉아 글씨를 쓰고 있었다. 그러다가 주위 사람들의 권유로 화랑을 차리게 된 것이다. 아마도 화랑은 그가 마지막으로 벌인 사업이 될 것 같았다. 화랑에 놀러 오는 그의 친지들은 사장이 자리만 뜨면 그의 사업 수완은 제로라고 입을 모았다. 기분만 맞춰 주면 매고 있던 넥타이까지 풀어준다는 사장은 수입과 지출을 엄하게 따지며 냉정하게 일을 처리해야 하는 사업과는 애시 당초 어울리지 않았다. 그는 조선시대 풍류아를 많이 닮아 있었고, 풍류나 잡으며 한가롭게 사는 것이 어쩌면 그의 진정한 꿈이었는지도 모른다.

퇴계 후손 운운하는 그의 집안에는 이름만 대면 내로라는 명필들이 포진하고 있었다. 사장의 사촌 형은 우리나라에서 최고로 손꼽히는 서예가이며 당숙은 유수한 대학의 국문과 교수로 퇴임했는데 한학문과 글씨에서는 아직까지도 그의 자리를 채울 만한 인재가 없다는 사람이었다. 그런 영향 때문인지 사장은 글씨도 잘 썼지만 그 쪽 방면으로 아는 것이 많았다. 아마도 그런 기반으로 뒤늦게 고미술 판매업에 뛰어들었고 몇 년 만에 인사동에서 알아주는 권위자가 된 것 같았다. 그는 요사이 자기의 주장을 증명하기 위해서 『조선왕조실록』은 물론이고 퇴계 문집이나 『용재총서』, 『보한재집』을 뒤적이고 있었다. 국사 시간에 지은이와 책 제목을 외우기도 힘들었던 그런

책들 말이다.

하지만 상재의 관심은 전혀 다른 방향에서 시작되었다. 금수저 중에서도 특별한 금수저, 아니 다이아몬드 수저로 태어나서 아무 것도 부러울 것이 없었을 왕자 안평대군이 무엇 때문에 그토록 간절하게 이상향을 꿈꾸었을까, 그게 궁금했다. 그것도 꿈으로 그친 것이 아니고 안견에게 그 꿈을 그려 달라고 부탁했을 정도라면 도원에 대한 꿈은 그만큼 절절한 것이리라. 그토록 간절히 도원을 꿈꾸었던 조선 최고 풍류아의 생의 굴곡이 상재의 마음을 흔들었다. 역사가 말하듯이 안평대군이 정말 정치적인 야심이 강했다면 굳이 신선들이 사는 도원을 꿈꿀 필요가 있었을까. 이 땅에서의 삶이 고달픈 자일수록 이상향을 바라는 법인데, 모든 것을 다 가진 지체 높으신 왕자 안평대군은 무슨 일로 삶이 그리도 고달팠을까.

그는 휴게실의 소파에 깊이 눌러 앉아 이 생각 저 생각에 잠겨 들었다. 일찍 돌아가 봤자 사장에게 좋은 소리도 듣지 못할 것이므로 다섯 시까지 고즈넉이 앉아서 시간을 보내리라 마음먹은 터였다. 엷은 졸음이 눈꺼풀에 내려 앉아 나른한 전신을 살포시 휘감아 들었다.

정묘1447년 4월 20일 밤. 마악 잠이 들려할 즈음, 정신이 갑자기 아련해지면서 깊은 잠이 들었고, 꿈을 꾸게 되었다. 나는 박팽년과 같이 어느 산 아래 이르렀는데 봉우리가 우뚝 솟은 산세가 험준하고도 그윽했다. 수십 그루의 복숭아 꽃나무 사이로 오솔길이 나 있는데, 숲 가장자리에 이르니 갈림길이 있었다. 어느 쪽으로 가야 할지 머뭇거리다가 소박한 산사람의 옷을 입은 사람을 만나게 되었다.

그는 정중히 머리 숙여 인사를 하고 '이 길을 따라 들어가면 도원으로 이르게 됩니다'라고 알려주었다. 그래서 박팽년과 함께 말을 타고 찾아 들어 가는데, 절벽은 깎아지른 듯 우뚝하고, 수풀은 울창하여 빽빽하고, 시냇물은 굽이쳐 흐르고, 길은 구불구불 꺾여 어디로 가야 할지 모를 지경이었다.

골짜기에 들어가니 산천으로 둘러싸인 경치 좋은 곳이 확 트여 나타나고 구름과 안개가 자욱이 서려 있었다. 멀고 가까운 복숭아 나무 숲에는 햇빛이 비쳐 연기 같은 놀이 일고 있었다. 그리고 대나무 숲 속에는 띠풀집이 있었는데, 사립문이 반쯤 열려 있고, 흙으로 만든 섬돌은 거의 다 부스러져 있었으며 가축은 보이지 않았다. 마을 앞을 흐르는 시내에는 조각배 한 척이 물결을 따라 흔들리고 있을 뿐이어서 그 쓸쓸한 정경이 마치 신선이 사는 곳인 듯싶었다.

그 정경을 한참 동안 바라보다가 '암벽에 기둥을 엮고 골짜기를 뚫어 집을 짓는 것이 바로 이런 경우로구나. 정녕 이곳이 도원이로다'라고 하였다. 마침 옆에 최항과 신숙주가 있어 함께 운에 맞추어 시를 짓기도 하였다. 이윽고 신발을 가다듬고 함께 걸어 내려오면서 좌우를 돌아보고 즐기다가 홀연히 꿈에서 깨어났다.

오호라, 큰 도회지는 실로 번화하여 이름난 벼슬아치들이 노니는 곳이요, 절벽 깎아지른 깊숙한 골짜기는 조용히 숨어사는 자가 거처하는 곳이다. 때문에 오색찬란한 의복을 몸에 걸치는 자의 발걸음이 산속 숲에 이르지 못하고, 바위 위로 흐르는 물을 보며 마음 닦아 나가는 자는 꿈에서도 솟을대문 고대광실을 생각하지 않는다. 이는 고요함과 시끄러움이 길을 달리하는 까닭이니 필연적인 이치이기도 하다.

옛말에 낮에 행한 바를 밤에 꿈꾼다고 하는데, 나는 궁궐에 몸을 기탁하여 밤낮으로 일에 몰두하고 있는 터에 어찌하여 산림에 이르는 꿈을 꾸었단 말인가? 그리고 또 어떻게 도원에까지 이를 수 있었단 말인가? 내가 서로 좋아하는 사람이 많거늘, 도원에 노닐 때에 나를 따른 자가 하필이면 이 몇 사람뿐이었는가? 생각해보니 본디 그윽하고 궁벽한 곳을 좋아하며 산수 자연을 즐기는 마음을 가지고 있었고, 이들 몇 사람과의 교분이 특별히 두터웠던 까닭에 함께 이르게 되었을 것이다.

이에 안견에게 그림을 그리게 하였다. 옛날부터 일컬어지는 도원이 진정 이와 같았을 것인지의 여부는 알 수가 없다. 그러나 뒷날 이 그림을 보는 사람들이 옛날 그림을 구하여 내가 꾼 꿈과 비교하게 되면 무슨 말이 있을 것이다. 꿈을 꾼 지 사흘 만에 그림이 다 되었는지라. 비해당^{안평대군}이 매죽헌에서 이 글을 쓴다.

이것이 〈몽유도원도〉에 붙여진 안평대군의 발문이다. 이 뒤에는 당대의 이름 높은 21명 학자들이 바친 찬시讚詩 23편이 연이어 두루마리처럼 붙어 있다. 상재는 안평의 발문을 읽고 또

곱씹어 읽으면서 정신을 집중하려고 애를 썼다. 무엇인가 잡힐 듯 그의 뇌리를 어지럽혔다.

어쩌면 이 그림이 자신의 미래를 보여주는 천체 망원경이 될 수 있으리라는 가벼운 기대가 일었다. 앞으로 무엇을 하나? 막연하게 다시 그림 공부를 제대로 해야겠다는 마음이 들기도 했으나 그리 재능이 있는 것 같지는 않았다. 그렇다고 그림을 좋아하는가, 그 물음에도 자신 있게 답할 수 없다. 좋아해야 잘한다는데, 좋아하는 일도 없고 잘하는 것도 없는 사람은 무엇을 해야 하나? 결국 그림도 손끝의 재주로만 그리는 것이 아니라 마음으로, 혼으로 그려야 한다는 사실을 알고는 있었지만 선뜻 몰입할 수 없는 것은 왜일까? 그림에 모든 것을 걸기엔 미래가 불투명했고 그 엄청난 불확실성을 덮을 만한 열정이 부족했다. 삶을 불태워 이루고 싶은 일, 거기에 모든 것을 소진해도 후회하지 않을 일, 그런 일을 가진 자는 진정 행복할까?

안평대군이 도원을 꿈꾼 연유를 밝혀낸다면, 꽉 막힌 절벽 앞에 서 있는 듯한 상재 자신의 삶에도 한 줄기 빛이 비치지 않을까. 어쩌면 자신이 찾아야 할 내밀한 의미의 실타래를 풀어 낼 수 있으리라는 야릇한 기대가 상재의 의욕을 북돋아 주었다. 사장의 채근에 따라 안견에 관련된 책을 읽기도 하고 당시의 화풍에 관심을 기울여 보기도 했지만, 상재의 마음은 그림이 아니라 안평대군의 마음에 쏠렸다. 그래서 안평대군의 기사가 실려 있는 책은 되는대로 구해서 읽고 있었다. 사장은 자기 말에 충실하게 따르는 상재를 기특하게 여기고 있었지

만, 사실 그는 사장의 의도와는 전혀 다른 편에서 〈몽유도원
도〉를 바라보고 있었다.

부족한 한문 실력 때문에 원전을 척척 읽어 내려가지는 못
했지만 번역되어 있는 『조선왕조실록』이나 관련 자료들을 구
해서 열심히 읽어 나갔다. 어머니는 상재의 달라진 모습에 다
시 희망을 키우면서 월급을 못 받아도 좋으니 계속해서 화랑
에 나가라고 용돈까지 지원해 주었다. 돈 주고도 배울 수 없는
경험이니 눈여겨 일을 배워 익히라고 속 모르는 소리를 했다.
그렇게라도 집안통수를 면하게 해 보려는 어머니의 속마음을
아는 만큼 더 서글펐다.

그 자신도 한때는 화가로서 입지를 세우고자 하는 마음을
품은 적이 있고, 몇 달 동안의 프랑스 체류를 통해 예술가 정
신이라고 하는 것을 어렴풋이나마 이해할 것 같기도 했다. 하
지만 그림을 싸들고 화랑을 찾아오는 화가들을 대할 때마다
사람은 정신으로만 이루어진 존재가 아니라는 비애감이 확연
하게 인식되었다.

아무리 예술혼을 운운하고 작품성을 논한다 해도 결국 그
림을 팔아서 생계를 유지해야 한다는 엄연한 현실이 화가들을
지레 위축시켰다. 상재가 보기에는 작품성과 정성이 돋보이는
그림이라도 유명화가가 그린 것이 아니면 팔리질 않고, 또 팔
리질 않으니 값이 헐하고, 헐값에라도 팔아서 밥을 먹고 살아
야 하니 똑같은 것을 많이 그려야 했다. 그 결과로 자연히 작
품성이 떨어지는 악순환이 이어졌다. 어쩌다 이 악순환의 고

리를 깨뜨리고 튀어 오르는 화가들도 있었지만 대개는 그렇고 그렇게 화단에서 사라져 갔다.

"사람이 물만 먹고도 살 수 있다면 정말 좋겠어요."

화랑을 찾아 왔던 사십 대쯤 되어 보이는 화가가 상재에게 푸념을 했다.

"고등학교에 다니는 자식 놈이 그림에 소질이 있어 보이는데, 저는 그 애가 그림을 전공하는 일만은 결사반대입니다. 물론 그림이 좋지요. 하지만 너무 힘들어요. 그래서 나중에 취미로 하라고, 전공하겠다는 것을 말리고 있습니다."

상재는 말없이 고개를 끄덕이고는 벽에 걸린 운보 김기창 화백의 그림에 눈을 돌렸다. 한 가닥의 풀잎에 풀무치 한 마리가 매달려 있는 한가한 풍경을 담은, 〈초충도〉라는 제목이 붙여진 십 호가 채 될까 말까 한 자그마한 그림이었다. 풀잎을 꼭 붙들고 있는 풀무치의 무게로 풀잎은 휘어져 있었으나 땅에까지 닿지는 않았다. 아슬아슬한 장면이면서도 완벽하게 정지된 무심한 상태의 모습이었다. 거꾸로 매달린 풀무치나 그 무게를 이겨야 하는 풀잎이 모두 평안하게 보여서 잠시 시간이 멈춘 듯했다. 상재는 이 그림을 매우 좋아하기 때문에 내심 팔리지 않기를 바라고 있었다. 그 그림을 보면 복잡한 시내를 벗어나 마음이 착 가라앉는 호젓한 산사의 뒷마당에 앉아 있는 듯한 착각이 들었다.

이상하게도 이 그림을 보는 순간 대학시절 여행 때 보았던, 대만고궁박물관에 있던 이름조차 떠오르지 않는 목각 작품이 퍼뜩 떠올랐다. 많은 유물과 작품을 세 달에 한 번씩 바꾸어 전시하기 때문에 그 누구도 그 박물관이 소장한 모든 작품을 다 볼 수 없다고 했다. 어차피 다 볼 수 없다는 자포자기의 심정이 약간의 패배의식까지 불러일으키려는 판국이었다. 아직까지도 그 제작 과정이 불가사의라는 상아로 깎은 공 모양의 조각이나 현란한 향수병들이 가득 들어선 전시실을 지나치면서 최초의 감탄은 점점 무디어졌다. 어차피 전부 다 소화할 수 없는데 열심히 다리품을 팔아서 무엇 하나, 체념이 되었다.

"손바닥 안에 들어가는 이 작은 작품 하나 하나가 한 사람의 일생에 걸쳐서 만들어진 것입니다. 그 당시의 장인들은 평생에 한 작품을 만들어 황제께 진상합니다. 만일 그 작품이 황제의 마음에 들면 자손 대대로 먹고 살 만한 상을 받지만 그 반대의 경우에는 죽음을 면치 못합니다. 다시 말해서 이 작품 하나 하나에 그것을 만든 사람의 목숨이 걸려 있다는 말입니다."

돈과 권력을 가진 사람들의 장신구나 취미 생활에 사람 목숨이 달렸었다는 부조리에 분노하며 일행은 어떤 작품 앞에 멈추어 섰다. 사람들에 가려서 설명이 제대로 들리지는 않았지만 상당히 중요한 작품인 것 같았다. 손가락만한 나무 조각이었는데 그 앞에는 커다란 돋보기가 놓여 있었다. 복숭아 씨앗에다 사람을 여섯이나 조각한 작품을 보고 난 후라 그런 류려니 했는데 전혀 다른 분위기의 작품이었다.

"이렇게 작은 조각에다 이다지도 완벽한 표정을 담아냈다는 것은 기적에 가까운 일입니다."

지도 교수는 이렇게 설명을 끝마쳤다.

담뱃대로 등을 긁으며 파안대소를 하고 있는 노인네와 등에 볕을 담뿍 받고 느른하게 졸고 있는 개 한 마리가 돋보기에 비쳤다. 다른 사람들이 차례를 기다리고 있어서 오랫동안 들여다 볼 수 없었지만, 순간 상재의 마음을 뭉클하게 했던 것은 완벽한 평화였다. 허름한 노인의 주름진 얼굴에는 이 세상의 어떤 감정이나 고달픔도 깃들여 있지 않았다. 그것은 반쯤 지그시 눈을 감고 있는 개의 경우도 마찬가지였다. 저것이 바로 인간이 추구하는 최고의 경지가 아닐까, 그 생각이 순간 상재를 전율시켰다. 그 작은 조각은 순간적으로 인간을 정화시키는 엄청난 힘을 가지고 있었다. 상재는 아직도 작품에 착수하지는 못했지만, 그런 작품을 이상으로 삼아야 한다는 마음만은 굳게 지키고 있었다.

하지만 화랑에 그림을 팔러 오는 화가들은 좀 팔린다 싶으면 같은 그림을 몇 장씩 그려왔다. 그들을 탓할 수는 없었지만 그래도 씁쓸했다.

화가는 그동안 그린 호랑이 그림 3점과 난과 작약 각 1점, 산수 그림, 그리고 문인화 계열로 선비의 공부방을 세필로 그린, 대단한 시간과 정성을 요하는 그림을 내 놓았다.

"원래 호랑이만 그리신다면서요."

"한때는 그랬지요. 호랑이 그림만 그리고 살 수 있다면 좋게요. 지금 그럴 처지가 됩니까?"

이 화가는 사장과 친분이 있는 사람으로 영리하고 재능도 뛰어났으나 아직까지 화단에서 주목받지 못하고 있었다.

"호랑이란 놈은 알면 알수록 정말 영물이지요. 손색없는 산중호걸이란 말입니다. 그에 비하면 사자는 초원의 동물입니다. 아마 평지에서는 사자가 호랑이를 이길 겁니다. 사자는 힘이 세니까요. 하지만 나는 호랑이가 멋집디다. 호랑이는 사냥을 나갈 때에 바람 부는 날을 택해요. 그것도 바람을 정면으로 맞으며 나갑니다. 다른 짐승들이 호랑이 냄새를 맡지 못하게 하려고요. 그리고 호랑이는 수놈이 사냥을 해다 식구들을 먹여 살립니다. 그것도 새끼들이 먹은 다음에 암컷이 먹고나서 수컷이 먹습니다. 하지만 항상 그런 것은 아니지요. 가족의 관계를 맺고 있는 동안에만 그렇습니다. 사자는 암놈이 사냥을 해다 주면 수놈은 집에서 놀고먹는데, 호랑이는 철저하게 가장의 책임을 다 한다. 이겁니다."

화가는 잠시 말을 끊었다. 가장이라는 말을 할 때 그의 표정은 사뭇 비장했다.

"호랑이는 모피 동물이거든요. 그래서 움직일 때 보면 가죽이 출렁출렁하지요. 멋지지 않습니까? 그리고 그 털과 무늬는 다 나름대로 특징이 있습니다. 그 털을 얼마나 사실감 있게 그려내는가 하는 문제로 고민을 많이 했지요."

"그래서 호랑이를 그렇게 잘 아시는군요."

"호랑이를 그리는 사람이 호랑이를 몰라서 되겠습니까? 저는 자연 농원에서 사파리 입장권을 아예 열 장씩 사들고 하루 종일 호랑이만 쳐다보는 일을 얼마나 했는지 모릅니다. 나중에 손님이 뜸할 때는 기사 아저씨가 내리지 말고 그냥 타고 있으라고 할 정도였다니까요. 그리고 호랑이가 있는 곳이라면 어디든지 달려갔지요."

"호랑이를 좋아하게 된 특별한 동기라도 있습니까?"

"특별한 동기라고 할 것은 없고요. 저는 호랑이와 독수리를 가장 좋아합니다. 호랑이는 숲의 왕이고 독수리는 하늘의 왕이니까요. 나도 그렇게 강해지고 그만큼 자유롭고 싶었기 때문이지요."

화가는 목발을 짚고 일어섰다.

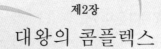

제2장
대왕의 콤플렉스

화가를 배웅하고 상재는 덮어 둔 책을 펼쳤다. 『조선왕조실록』을 읽으면서 점점 알 수 없는 일은 안평대군에 대한 기사가 별로 없다는 것, 그나마도 상당히 부정적으로 묘사되어 있다는 점이었다. 안평대군의 글씨며 그의 풍류, 그리고 예술가를 아끼고 후원했던 그의 파트론 정신은 극히 상식적으로도 알려져 있는 것인데, 정작 실록은 안평대군이 사치스러운 데다 방탕하고 교만하다고 전한다.

"당연한 일이지. 세조가 정권을 잡았으니 세조를 칭송하려면 상대적으로 그의 라이벌이었던 안평대군에 대해서는 좋게 쓸 수가 없지. 멋을 알고 예술을 이해하는 사람이라는 말을 그대로 뒤집으면 사치스럽고 방탕하다고 표현할 수 있는 거라고. 그러니까 잘 새겨서 읽어야 하는 거야. 지금이나 그 시절이나 칼자루 쥔 놈들이 자기들 마음대로 써대니까. 진실이니 정의니 아무리 떠들어대도 해석을 잘해야 해."

사장은 별걸 다 신경 쓰고 있다는 듯이 뜨악한 표정으로 상재를 건너다보며 말했다.

"그나저나 며칠 있으면 안견에 대한 세미나가 열리는데, 내가 거기서 공개 질의를 할 생각이다. 국내에 안견 작품이 하나도 없다고 저렇게 떠드는데 저희들이 무슨 신이야? 어떻게 알고 그런 말을 해? 감히 어떻게 그런 단언을 함부로 할 수 있냐고? 아무리 학벌 팔아먹고 사는 세상이라지만, 박사들이 말하면 그저 신문이고 매스컴이고 솔깃해서 더 설레발을 치고 나서지. 하지만 백 사람이 우겨도 한 사람의 말이 진실일 수도 있는 거야. 제길, 이럴 줄 알았으면 소싯적에 나도 박사학위나 하나 받아놓을 걸 그랬어. 장사꾼들이 하는 소리는 아무리 목청을 높여도 모두들 귀를 막는다니까. 나, 바쁘니까 가게 일은 네가 알아서 잘 처리해."

사장은 무슨 열정이 불었는지 더위도 아랑곳없이 서류 봉투를 한 아름이나 안고 나갔다. 세미나에 참석한 사람들에게 공개 질의서를 나눠주고 거기서 기존 학계의 사람들과 한판 붙어보겠다는 심산이었다. 그래도 명문대학 출신이라서 발이 넓고 아는 사람이 많은 덕분이었는지 사장과 그 동조자들의 주장이 몇 번인가 신문에 소개되었다. 〈청산백운도〉에 관한 진위 논쟁은 상당히 큰 지면을 할애 받을 만큼 언론의 관심을 끈 것도 사실이었다. 또 가게에 드나드는 사장의 지인이 권위 있는 미술 잡지에다 기존 학계의 주장을 반박하는 글을 수개월간 연재하고 있는 중이었다. 사장은 그것을 일일이 스크랩해서 자신의 주장을 담은 소책자를 만든다고 의욕이 대단했다.

'안견의 그림은 국내에 없다.' 이것이 기존 학계의 주장이었다. 이러한 대세에 맞서서 그것은 〈몽유도원도〉를 안견화풍의 유일한 기준으로 삼아서 생긴 오류라며 소위 재야 미술사 연구가들이 대항하는 중이었다. 그들은 오히려 〈몽유도원도〉를 예외적이고 특별한 작품으로 취급해야 한다고 주장했다. 그것은 도원을 꿈꾼 안평대군의 주문대로 3일 만에 제작되었고, 아무래도 안견의 화풍보다는 주문자의 취향대로 그려졌을 가능성이 크기 때문이라는 것이다. 지난번에 사장은 어떤 경로를 통해서인지 〈청산백운도〉를 비롯해 안견의 진작으로 추정되는 산수화 7점을 일반에게 공개했다. 아마 안견에 대한 관심이 고조되는 때가 언론의 관심을 끌기에 적시라고 판단했는지 모른다. 과연 몇몇 일간지들이 상당한 지면을 할애해서 '재야, 학계에 도전'이라는 제법 도발적인 제하에 기사를 실어주었다. 〈몽유도원도〉 외의 작품에서도 안견의 화풍은 가능하다는 재야의 주장과 함께 상업주의를 경계한다는 학계의 주장이 나란히 실려서 진위 논쟁의 불을 붙였다.

　"안견이라고 하면 으레 〈몽유도원도〉를 떠올리지만 그건 엄밀한 의미에서 합작품이야. 안평대군의 꿈에 따라서 또 안평대군의 주문대로 그린 것이니까……. 그런데 〈청산백운도〉는 안견이 자신의 모든 열정을 불어넣어서 그린 대작이거든. 자신의 모든 열성과 혼을 다 바쳤다고 스스로 말했으니까 말이야."

　사장은 약간 흥분했는지 열에 들떠 보였다. 그는 하루 종일 만나는 사람을 붙잡고 〈청산백운도〉에 대해 이야기했고 찬사가 끊이지 않았다. 상재는 이전에 사장의 사생활에 대해 떠돌던 이러저러한 말 때문에 그에 대해 약간은 서먹한 감정을 가지고 있었다. 그런데 근자에 들어 그의 열정과 탐구 자세에 슬며시 존경심까지 품게 되었다.

가로 1미터 4센티, 세로 1미터 78센티 크기의 〈청산백운도〉는 그 규모만으로도 대작이었다. 안견의 것이라 칭해진다는 '전칭' 안견의 작품으로 주목을 끌던 것인데, 이제 그 실체를 드러낸 셈이었다. 그러나 학계에서는 〈몽유도원도〉의 화풍과 거리가 멀고 워낙 수준이 떨어지므로 안견의 작품이 아니라며 더 이상 언급을 회피했다. 그림에 찍혀 있는 안견의 낙관에 대해서도 위조된 것이라고 일축했다. 손바닥이 마주쳐야 소리가 나는 법인데 아무도 대꾸하지 않으니 싸우기도 전에 지레 김이 빠져버렸다. 그 누구도 사장 일행의 주장을 정식으로 응대해주지 않았다.

사장은 며칠 동안 풀이 죽어 보기에도 안쓰러웠다. 시르죽은 듯 말수가 적어지고 화랑에 머무는 시간도 짧았다. 그렇게 며칠 동안 나타나지 않더니 갑자기 활기에 차서 당당하게 들어온 것이다. 그는 아무래도 학계에서 주도하는 학술대회에서 공개 질의를 해서 관심을 끄는 것이 낫겠다고 기염을 토했다. 여러 사람 앞에서 공개적으로 논의하고 심판받겠다는 각오로 사장 일행은 유인물도 만들고 여러 자료를 준비하느라 다시 바람 소리를 내고 다니면서 분주하게 움직였다.

문제는 〈몽유도원도〉였다. 사장의 말대로 안견이 스스로 그린 것이 아니고 안평대군의 주문에 의해 제작된 것이라면, 그 그림은 두 사람의 공동 작품이 분명하다. 안평대군이 찬시에 쓴 것처럼 자신의 꿈대로 그림이 잘되었다면, 안평대군이 구체적으로 그림의 구도까지 지시했을 가능성도 있다. 통상적으로 오른쪽에서부터 왼쪽으로 읽어 가는 다른 그림들과는 달리, 〈몽유도원도〉는 왼쪽 하단에서부터 오른쪽 상단으로 대각선으로 펼쳐지는 점부터 달랐다. 안평대군의 꿈 이야기가 왼쪽 하단에서 시작해서 오른쪽 도원의 복숭아 꽃밭에서 마치고 있기 때문이다.

상재는 비록 복제품이기는 하지만 박물관에 앉아 눈을 가늘게 뜨고 그림을 바라보았다. 현실 세계라고 하는 왼쪽 하단의 그림은 흔하게 보이는 평이한 산의 모습이었다. 능선에는 뾰족뾰족 나무 모양도 있고 물가를 따라 듬성듬성 나무들이 서 있었으며 산 너머에도 제법 굵은 나무들이 여유롭게 그려져 있었다. 엇비슷한 높이에서 뒷산을 비껴 본 시각을 심원법深遠法이라 한다면, 시작 부분이 바로 거기에 해당할 것이다. 산을 오르기 전에 멀리서, 아니면 집터 높은 집 마당에서 저 앞산을 약간 내려다보듯이 편안하고 자연스러운 풍경이었다.

나그네는 가볍게 걷거나 말안장에서 흔들리며 유유자적하다. 봄볕이 나른하게 앉은 대지에는 지난해 묵어 늘어진 마른 잎들 사이로 새싹이 비집고 나오느라 훈기가 가득하다. 황토색으로 물이 오르는 땅을 지그시 밟으며 나그네는 가볍게 땀을 닦는다. 봄볕을 지고 가는 등은 새 명주 솜옷을 두른 양 따사롭다. 얼음 덩어리가 풀려 흐르는 시냇물 소리도 명랑하고 언 땅이 녹아 온 산에 물 기운이 청청하다. 어느새 나뭇잎은 손톱만큼 자라 있고 꽃망울이 곧 터질 듯 붉은 기운을 머금고 있다.

나그네는 시냇가에서 발을 멈추고 양손으로 물을 움켜서 얼굴을 문지른다. 시원하지만 손이 시리지는 않다. 산의 정기가 몸속을 파고들어 뱃속까지 상쾌하다. 나그네는 속세의 홍진을 털고 청계를 건넌다. 물소리에 맞추어 새소리도 청아하다. 꽤 넓으면서도 깊지 않은 시내에는 계곡물을 따라 흘러온 바위가 여기저기 박혀 있고 투명하게 비치는 시내 바닥에서 뒹구는 자갈들이 물소리를 더욱 명랑하게 만들고 있다.

안평대군은 인수 박팽년과 함께 말을 몰아 시내를 건넌다. 몇 걸음 더 가다보니 오솔길이 나누어져 있다. 인수에게 어느 길로 갈까 물으니 인수도 고개를 갸우뚱한다. 산세를 보아서는 북쪽이 거칠고 남쪽이 더 온화하다. 어느 쪽으로 갈까 망설이고 서 있는데 시골 사람인 듯 보이는 한 사내가 나와서 정중하게 절을 한다.

"북쪽으로 가시면 도원에 이르게 됩니다."

"도원이라면?"

"나으리께서 그리시던 곳 말입니다."

"……."

안평대군은 잠시 숨을 고르고 북쪽 길로 말고삐를 당겼다. 얼마쯤 들어가자 산은 높고 험준했으며 깎아지른 벼랑가로 겨우 한 사람이 지나칠까 말까 한 꼬불꼬불한 길이 나왔다. 바위가 눈앞을 막아섰기 때문에 호흡을 가다듬어야 했다. 갑자기 산이 높아지고 나무도 빽빽해서 햇빛조차 제대로 비집고 들어올 틈이 없었다. 험한 산길을 오르다 아래를 내려다보니 빠른 물줄기가 거친 바위사이로 이리저리 굽이쳐 흐르고 있었다.

"이리로 가면 정말 도원이 나올까?"

인수를 돌아다보니 인수 역시 험준한 산세에 눌린 듯 "괜한 말을 했겠습니까?"라고 대꾸할 뿐 더 이상 말이 없다. 두 사람은 망연히 멈춰 서서 굽이치는 계곡 물을 내려다보았다. 요란한 계곡 물소리에 섞여 아버지의 음성이 낭랑하게 귓전을 울렸다.

용의 당호가 안평安平이라……, 모든 인생이 바라는 바가 평안하고 풍파 없이 사는 것이다만, 너는 재주가 많은데 어찌 평안하게 살기를 도모한단 말이냐. 부지런히 학문을 갈고 닦도록 해라. 게으르지 않도록 비해당匪懈堂이라고 하는 것이 좋겠다.

아버지 세종대왕이 빈둥빈둥 살아가고 있던 안평에게 비해당이라는 호를 내려주었다. 아버지는 안평이라는 당호가 마음에 안 들었던 모양으로 재주가 아까우니 해이하지 말라는 분부가 함께 있었다. 그때의 감격이 계곡의 물소리와 함께 안평대군의 마음을 찌르르 스쳐갔다. 그러나 아버지는 과거를 볼 수 없는 종친의 신분으로 학문에 몰두한다는 것이 얼마나 위험한 일인지를 알고 계셨을까. 종친이 무예에 힘쓰는 것만큼 학문에 힘쓰는 것 역시 까딱하면 역모에 걸리기 쉽다는 것도 종친이 할 수 있는 일은 빈둥빈둥 놀면서 글씨나 쓰고 난이나 치면서 적당히 처신을 잘해야 목숨을 부지할 수 있다는 것을 아버지는 아셨을까.

깎아지른 듯 앞을 막고 서 있는 바위를 보니 갑자기 마음에 쿵 하고 부딪치는 것이 있었다. 왕자의 신분, 성군의 셋째 아들 용, 그에게 더 이상 부러울 것이 없었다. 아버지는 그에게 250결[벼 25만 뭇이 나는 땅]의 막대한 토지를 하사했고 그 재력을 기반으로 안평대군은 문인 풍류들과 어울려 보낼 수 있었다. 먹고사는 걱정 없이 하고 싶은 일만 하고 살 수 있다면 얼마나 좋을까. 뭇사람들이 바라는 것처럼 그는 부러울 것 없는 왕자의 신분에 재력과 권력 그리고 재능까지 갖추고 있으니 귀신도 시기할 정도였다. 그럼에도 불구하고 마음 한구석이 여전히 비어 있었다.

그에게 모든 것이 주어진 대신 금지된 한 가지가 있었다. 종친은 정사에 관여할 수 없다. 출사 금지, 즉 과거를 볼 수 없다. 과거를 볼 수 없으니 서책을 가까이 해도 공허했다. 뛰어난 학문을 어디에 쓰겠는가. 하늘이 내린 인재라 해도 등용될 길이 없었다. 글씨 쓰고, 시를 읊고, 거문고나 타고 유유자적하게 놀면서 왕자로서 처신을 잘해야 목숨이 보존된다. 모든 것은 한 사람, 즉 국왕에게 집중되었다. 왕과는 너무 멀어도 안 되고 너무 가까워도 역모에 걸리기 십상이었다. 세자가 못 된 왕자에게 모든 길은 막혀 있었다.

할아버지 태종 때에 일어났던 '왕자의 난'의 피비린내가 아직 채 가시지도 않았다. 성군이라 일컬어지는 아바마마 또한 알게 모르게 큰아버지 양녕대군으로 인해 얼마나 속을 끓였던가. 양녕대군은 폐세자 되었지만, 자신이 왕위를 양보했다는 듯이 얼마나 의기양양하게 온 장안을 휘젓고 다니면서 할아버지와 아버지의 눈엣가시 노릇을 했던가.

쓰임을 얻지 못하는 학문을 해서 무엇 하며, 과거장에 나가 볼 수도 없는 공부를 해서 누구에게 인정을 받을 수 있을까. 큰아버지 양녕대군은 책을 멀리하고 활쏘기나 사냥을 즐겼다. 왕이 되려면 학문에 근거해서 엄격한 자기 관리를 해야 하는데 그는 결국 자기 관리에 실패한 셈이다. 할아버지 태종은 무인적인 기질이 승했지만 고려 말에 과거에 급제했을 정도로 학문적 자질도 갖추고 있었다. 그러나 양녕대군은 이단아에 불과했다. 여자 문제로 인한 비행으로 상소가 빗발치자 결국 양녕대군은 폐세자 되었다. 아버지의 마음이 충녕에게 가 있음을 눈치 챈 효령대군이 미리 알아서 출가함으로써 왕위는 셋째 아들인 충녕대군에게 조용하게 계승되었다.

성군이라고 불리는 아버지도 형님들에게 송구해 하며 일생에 마음의 빚을 지고 살아 온 터였다. 양녕대군은 궁궐 안에 갇혀 있기에는 기질이 사나운 호랑이 같았다.

"할아버지도 임금, 아버지도 임금, 동생도 임금이요, 게다가 부처의 형인데 나에게 거치는 것이 무어냐?"

양녕대군은 호탕하게 웃으며 마음대로 휘젓고 다녔다. 큰아버지가 말썽을 부릴 때마다 할아버지가 먼저 격노함으로써 아버지의 입장을 세워주었지만, 할아버지 태종이 세상을 떠난 뒤에도 큰아버지의 비행소식은 방방곡곡에서 그치지 않았다. 경기도 광주에 있는 사저의 담을 넘어 도망가기도 하고, 남의 소실을 강간하거나 통정하다가 대간들의 탄핵을 받아 세종임금의 입장을 곤란하게 했다. 당시 사헌부 집의로 있던 김종서도 양녕대군의 작록을 회수하고 도성 출입을 금지하라고 여러 번 탄핵했다는 기록이 있다.

왕이 못 되는 왕자는 어디에도 걸칠 곳이 없는 고적한 신세였다. 그래서 역설적으로 안평이라고 당호를 정한 것이 아닌가. 어차피 자신에게 주어진 길은 평안하게 글씨나 쓰고 시나 지으며 거문고를 뜯다가 조용히 가는 것이었다. 그게 안평대군의 운명이자 그의 앞에 놓인 절벽이었다. 그렇다고 해서 그 절벽을 타고 넘어 새로운 세계를 세울 만한 야심은 없었다. 그러기에는 안평은 유약한 예술가였다.

이 생각 저 생각에 잠기면서 산굽이를 돌아가니 바위산들이 쏟아져 내릴 듯 아스라이 서 있다. 계곡은 점점 깊어지고 길은 협착해지는데 저 아래 내려다보이는 물줄기는 더 급한 물살을 이루며 요란하게 흐른다. 새들도 잠시 계곡 물소리에 숨을 죽였는지 조용하다. 안평대군은 문득 불안한 생각이 들었다. 이 길이 정녕 도원에 이르는 길인가. 도원에 가까이 갈수록 아름답고 신선이 사는 경치가 나와야 할 터인데 점점 더 깊은 산골짝으로 빨려 들어가는 듯, 미궁 속으로 나아가는 것 같았다.

※

상재는 그림 앞에서 뭔가 보일 때까지 앉아 있으라던 말의 의미를 어렴풋이 짐작할 듯도 싶었다. 그림을 한참동안 바라보자 바위 틈 사이를 빠르게 지나가는 계곡의 물소리가 귀에 들리는 듯했다. 계곡 밑에서 올라오는 서늘한 기운, 바위 절벽에서 내려오는 청청한 기운이 온몸을 감싸왔다. 그는 눈을 크게 떴다. 7월의 맹더위도 박물관 안에서는 한층 수그러들어 있었다.

사장을 비롯해 화랑가의 사람들이 안견 작품의 진위를 가리는 문제로 한창 열을 올리고 있는 판국에 상재는 도원을 꿈꾸던 안평대군의 진정한 속마음이 무엇이었을까 헤아려보고 싶은 엉뚱한 생각이 들었다. 한솥밥을 먹는 식구의 마음을 알아채기도 힘겨운데, 하물며 오백 년 이상의 세월을 홀쩍 뛰어넘은 역사 속 인물의 마음을 어찌 알 수 있겠는가만, 어찌 보면 예나 지금이나 인간처럼 변하지 않는 존재도 없을 것이다.

"세종대왕이 왜 왕실에서 소장하고 있던 미술 작품들을 막내인 영응대군에게 주라고 유언을 했을까요? 그 당시 이미 글씨로 정평이 나 있고, 선비들과 교류도 많고 예술가의 후원자 역할을 했던 안평대군에게 주는 것이 옳았을 것 같은데요. 사실 안평대군은 이미 많은 명화를 수집했다고 하잖아요."

"글쎄다. 아마 영응대군이 막내라서 더 귀애하지 않았을까. 내리 사랑이라는 말이 있지. 나중에 세종대왕이 병환이 났을 때도 영응대군의 사저에 나가 있었다는 기록이 있는 것을 보면……. 어쨌든 영응대군도 상당히 글씨를 잘 썼다고 해. 문종임금도 명필이었고. 세종대왕 자신이 난초를 잘 쳤다는 기록이 있어. 그러고 보니 그 집안이 모두 서화에는 재질이 있었나 보다."

사장은 상재의 질문에 고개를 갸우뚱하며 빈약한 대답을 했다.

"그럴 수도 있지만 세종대왕이 영응대군의 사저에 나가겠다고 한 것은 다른 속셈이 있다고 봐야 해. 그 당시 대군들이 결혼을 해서 궐밖에 나가려면 집을 지어주어야 했는데 영응대군에게는 미처 집을 지어주지 못했던 거야. 그래서 자신이 힘이 있을 때 병환을 핑계대고 안국방에 동별궁을 마련해서 영응대군의 사저로 삼은 것이지. 대궐이 가깝기도 했고. 안평대군도 수성궁인가 하는 집을 지금의 옥인동에 가지고 있었다고 하지 않아? 누구 말대로 하면 옥인아파트가 있던 곳이라고도 하더라. 수양대군도 마찬가지이고."

화랑에 있던 사장의 친구가 영응대군 이야기가 나오자 활기를 띠며 끼어들었다.

"자네는 그 전부터 지리에 밝더니 이 방면에도 역시 아는 게 많구먼. 그 아까운 지식으로 땅을 사 두었으면 지금쯤 큰 부자가 되었을 것 아닌가."

사장이 친구를 묘한 표정으로 건너다보며 말을 받았다.

"글쎄, 그게 나도 참 이상해. 아무래도 이 지역은 발전가능성이 있 겠다고 생각하면 꼭 땅값이 오른단 말이야. 그런데도 내가 땅을 사 본 적은 없어. 다만 예측이 맞아 들어가는 것이 재미있을 뿐이지."

"예측만 하면 뭐하나. 실제로 손에 쥐는 게 있어야지. 요새는 돈 이 말하는 시대라는 거 모르나?"

"사돈 남 말하고 있네. 상재 군에게 도움이 될지 몰라서 말인데, 그 영응대군의 집이 나중에 월산대군의 사저로 바뀐다네. 성종이 형 대신 왕위에 오르자니 미안한 마음이 들어서 큰 집을 마련해 준 거지. 그러면서 이름도 연경궁으로 했다가 풍월정으로 바뀌게 되 지. 그게 안국동 36번지니까 지금 무슨 건물이 있을까?"

사장의 친구가 고개를 갸우뚱하는 사이에 상재는 잠시 곁 길로 나갔던 이야기를 이어나갔다.

"제 생각에는 세종대왕이 지독한 편애를 했든지, 아니면 안평대 군의 앞날이 불안해서 그랬든지 하여간 그 그림들이 소실될까 봐 막내에게 물려 준 것 같아요. 세종대왕은 여러 가지 훌륭한 일을 많 이 하셨지만 어쩌면 이상 성격이었는지도 모르죠. 워낙 성군이라 는 칭송이 자자하다 보면 웬만한 허물은 그 이름 아래 감춰지는 법 이니까요. 세종대왕이 세자 부부의 금슬이 너무 좋은 것을 걱정해 서 문종임금의 첫 아내를 현숙하지 못하다고 내쳤잖아요. 그리고 막내 영응대군의 아내도 쫓아냈다는 기록이 있던데, 영응대군은 세종대왕이 승하하자 처를 다시 데려왔다는군요. 시아버지가 며 느리 쫓아내는 일이 어디 흔한 일인가요. 그것도 한 번도 아니고 두 번씩이나. 여염집이 아닌 왕가에서 말이죠. 요새 말로 하면 잘 나가는 가문인데 내부적으로는 끈적끈적한 정이 없는 가족인 셈이죠. 겉은 화려해도 그런 외로움이 안평대군에게 도원을 꿈꾸게 했는지도 모르죠."

"그래, 제법 그럴듯하군. 하지만 며느리는 세종대왕이 내친 게 아니야. 쉽게 말하자면 고부간의 갈등이지. 소헌왕후 심씨가 누군가. 수양, 안평 등 대군을 여덟이나 낳은 여장부야. 문종의 아내 휘빈 김씨는 세자와 동갑이었는데 금슬이 아주 좋았거든. 그리고 문종은 아내 이외에 여러 여자를 얻는 것을 별로 좋아하지 않았어. 하지만 왕이라면 후궁 서넛은 기본으로 거느려야 했거든."

"자네 말은 그러니까 기본 세트가 중전 한 명에 후궁 넷이다 그런 말인가?"

"그럴 수 있지. 잘은 모르겠지만 간택을 받은 중전을 제외하고 최종심에 올라갔던 사람들은 다른 사람과 혼인을 못했을 테니까 말이야."

여러 사람의 말이 엇갈렸다.

"그러니 사랑을 못 받는 후궁들이 시어머니에게 고자질을 했을 것이고 시어머니 입장에서는 아들이 몸도 약한데 휘빈 김씨에게 빠져 있으니까 걱정도 되고 질투도 했겠지. 세종대왕이 성군이라지만 아들이 열여덟, 딸이 넷이었다니까. 여색도 상당히 좋아한 편이라고 봐야지. 그런데 문종은 뭐랄까 순정파라고 해야 하나. 오로지 휘빈과 더불어 사이가 좋았던 것이야. 시어머니가 그 꼴을 못 보는 거지. 그래서 문종의 사랑을 독차지하기 위해 비술을 썼다는 혐

의로 휘빈을 사가로 내친 것이야. 그래도 그만하기 다행이지. 까닥하면 죽을 수도 있었는데."

사장은 재미있다는 듯이 상재를 보고 웃었다. 그러더니 자세를 고쳐 잡고 이야기를 이어 나갔다.

"중전은 여인이 아니고 궁중의 어머니가 되어야 해. 사랑도 독차지하면 안 되고 나누어 줄 줄 알아야 하는 거지. 어느 지위 이상 올라가면 여자가 아니라 그 지위에 맞는 역할을 해야 하는 거야. 휘빈을 내친 다음에 얻은 순빈 봉씨는 못생기고 미련해서 문종이 좋아하지 않았다고 하는데, 결국 우여곡절 끝에 동성애 사건에 휘말려 순빈도 쫓겨났지. 그다음에 현덕왕후 권씨가 경혜 공주와 단종을 낳고 세상을 떠났고, 그 후로는 문종이 십 년쯤 혼자 살았다고 해. 말하자면 처복이 없는 셈이지."

"그게 아니야. 다른 설에 따르면 문종은 아예 여자에 관심이 없었어. 그래서 삼 일 동안 의무적으로 신방을 치른 후에는 세자빈의 처소에 가질 않은 거야. 그러니까 세자빈은 소박맞은 여인처럼 풀이 죽어 지냈지. 예나 지금이나 남자가 멀리할 때 여자들이 생각하는 게 무엇이겠어? 아, 다른 여자가 있구나, 의심이 들겠지. 결국 휘빈은 동궁전에서 시중드는 두 궁녀 때문이라고 추측을 한 거야. 그래서 시비 호초의 꼬임에 넘어가서 비방을 한답시고 허튼짓을 하다가 들켜서 사가로 쫓겨난 거야. 그래도 세종대왕 덕분에 목숨은 건지고 사건이 확대되지 않았던 거지."

"그런데 도대체 무슨 비방을 했답니까?"

"진짜인지는 몰라도 좀 황당하고 웃기는 얘기야. 동궁전의 두 궁

녀의 신발을 가져다가 태워서 세자가 드시는 술에 타서 먹이려고
했다네. 그렇게 하면 궁녀와 정이 떨어질 거라고. 그런데 세자가 보
니 술에 웬 티끌이 떠 있거든. 그러니까 마시질 않았단 말이야. 독
이 든지도 모르는데 함부로 마실 수는 없지. 그래서 해프닝 끝에 그
방법은 실패를 했지. 그러다가 두 번째로 생각한 비방이 두 궁녀의
신발을 한 짝씩 훔쳐다가 오려서 주머니에 넣어 차고 다니도록 했
다네. 궁궐에서는 신발이 자꾸 없어지니까 도깨비장난이라고 소란
스러웠지. 하지만 세상에 비밀이 어디 있나. 비밀은 비밀을 만든 사
람 입으로 새나가는 법 아닌가. 결국 호초가 다른 궁녀에게 그 말을
했고 끝내 들통이 난거야. 세자빈이 차고 다니던, 신발을 오린 가죽
조각이 가득 들어 있는 노랑 주머니를 열어보는 세종임금과 소헌왕
후의 표정을 상상해 보게. 거기에서 그치질 않고 독사 암놈 수놈이
정을 통하는 정기를 수건에 받아서 차고 다니면 금슬이 좋아질 거
라고 그걸 구하는 중이었다니, 왕실에서는 창피하고 기가 찰 밖에.
그래서 호초는 사형에 처하고 휘빈 김씨는 사가로 쫓아낸 거야."

"오죽하면 그렇게 해서라도 남편의 관심을 받고 싶었을까. 불쌍
한 맘이 드네. 거기에 비하면 요새 여자들은 제 세상 만난 셈이지.
오히려 요즈음이라면 휘빈 김씨 같은 적극적인 여자가 더 인기가
있었을 텐데."

사장은 무슨 생각을 하는지 입맛을 다셨다.

"그다음에 일부러 못생긴 순빈 봉씨를 얻었다고 하는데 역시 삼
일 동안 신방만 치르고는 문종이 나타나질 않는 거야. 이번에는 세
종임금 내외가 문종을 불러서 세자빈의 침소에 자주 들라고 부탁

을 하는데, 그때뿐이야. 순빈도 자신이 재취에다가 지난번 휘빈의 사건도 있고 해서 꽤 조심을 했겠지만 결국 동성애에 빠지고 말았다네. 그걸 보면 동성애가 요새 생긴 문제가 아니라니까, 아주 뿌리가 깊어요. 여염집도 아니고 왕실에서 두 번이나 정실부인을 내친다는 게 어디 쉬운 일이야? 세종임금도 난감했지만 이미 소문이 다 퍼져서 덮을 수 없는 지경이라 어쩔 수 없었지."

"세종임금은 학문도 깊었지만 여자들도 잘 다스린 것 같은데 아들은 왜 그걸 못했을까? 소헌왕후에게 8대군 2공주를 두고도 다섯 후궁에게서 아들 10명, 딸 2명을 더 두었으니 대단하지 않아? 언제 공부하고, 언제 나라 일을 하고, 언제 밤일을 했을까? 대단하셔."

"그것은 세종임금의 철학이야. 아악의 화음 못지않게 인간 사이에도 화한 기운이 돌아야 한다는 거지. 정실인 소헌왕후에게는 특별하게 미안한 맘이 있어서 더 소중히 여겼고, 후궁들에게도 골고루 은혜를 나눠주었기 때문에 위계질서가 잡히는 가운데 별 탈이 없었는데, 문종은 말하자면 외골수였지."

"문종도 왕실의 법도에 따라서 후궁이 넷이나 있었어요. 그런데 그중에 두 사람을 더 총애한 것 같아. 그때 이미 양원 권씨가 경혜공주를 낳았었거든. 그러니까 왕실에서 세 번째 결혼식을 하기도 번거롭고 창피하니까, 아이가 있는 권씨를 세자빈으로 올린 거야. 당시 제일 큰 바람은 원자를 생산하는 일이었거든. 이미 수양대군이나 안평대군은 아들이 있었단 말이야. 그런데 맏형인 세자에게 아들이 없으니 세종임금이 안절부절 못했지. 한 번 생산한 사람이 아이를 낳을 확률이 크니까, 아들을 낳아주기를 바라면서 양원 권씨를 그대로 세자빈으로 책봉한 것이야."

"그렇게 해서 얻은 귀한 아들이 결국 단종임금이라니. 세상일이
참 허무하네."

"사실 문종은 임금이 되는 것이 별로 탐탁치 않았나봐. 두 번이
나 부인 문제로 송구스러운 차에 아버지가 대를 못 이어 안달을 하
자 세자를 폐해달라고 간청했다니까. 세종대왕이 절대로 안 된다
고 했는데. 그때 그냥 수양대군에게 세자 자리를 넘겨주었으면 후
일의 비극은 없었을 것을……. 누가 그럴 줄 알았겠어."

사장의 친구가 한숨을 길게 쉬었다.

"이것은 순전히 제 추측이니까. 그러려니 하고 들어주세요. 야사
를 보니까 세종대왕은 문종의 몸이 약한 것을 몹시 걱정했다는 이
야기가 나오거든요. 아마 일찍 죽을 것까지도 알고 있었던 것 같아
요. 차라리 수양이 큰아들이었으면 하고 바랄 정도로 수양의 대장
부다움을 높이 평가했다는 구절도 있구요. 그래서 호랑이 같은 수
양의 마음을 정화시키기 위해서 병요나 여러 가지 불경 편찬 사업
을 수양대군에게 맡겼답니다. 말하자면 수양의 성질을 온화하게
만들어서 문종의 지위를 견고히 하려는 속셈이 아니겠어요?"

"점점 흥미로워지는데. 그렇다면 수양을 아예 세자로 책봉을 했
으면 그런 비극을 막았을 것 아닌가? 세종대왕이 그 정도의 선견지
명은 있었을 터인데, 안 그래?"

"물론 그 정도는 내다보셨겠지요. 오죽하면 앞날이 걱정되어서
김종서와 황보인에게 고명을 내려 종사의 앞일을 당부하고, 집현
전 학자들에게 어린 단종의 일을 특별히 부탁하셨을까요. 그런데

조선이 건국된 이래로 맏아들이 제대로 왕위를 이은 적이 없었어요. 그것이 아마도 커다란 콤플렉스로 작용했을 거라는 설이 있습니다. 태조 이성계 이후로 적장자라고 하는 정종이 왕이 되었지만 곧 물러날 수 밖에 없는 상황이었죠. 그다음에 왕자의 난이 일어나서 다섯 번째 아들 방원이 왕이 되지 않았습니까? 그 일로 함흥차사라는 유명한 일화가 생겨났고요. 그러나 따지고 보면 정종이 물러난 다음에 세자를 세울 때 차례를 번복한 것이 화근이었어요. 차례대로 임명을 하면 되었을 터인데, 태조가 후비 강씨의 소생인 여덟째 아들 방석을 세자로 책봉한 것이 불화의 씨앗이라고 봅니다. 방석이 형들보다 뛰어난 점이 없는데도 불구하고 태조가 지극히 사랑하던 강비의 소생이기 때문에 그를 편애했던 거지요."

"제법인데. 역사 공부 많이 했구먼. 계속 해 봐."

"잘 아시다시피 세종도 셋째 아들 아닙니까? 아버지 방원이 은근히 세종을 마음에 두고 있는 줄 눈치 챈 세자는 결국 기이한 짓을 하다가 폐세자되고 말았습니다. 그리고 효령대군은 출가를 했구요. 어쨌든 세종은 셋째 아들로 태어났지만 왕이 되었지요. 문제는 여염집에서도 장자가 집안의 대통을 이어가는 마당에 왕실에서 장자가 적통을 잇지 못했다는 데 있습니다. 이것이 세종대왕의 심기를 불편하게 했고, 종래는 무슨 일이 있어도 장자가 왕위를 계승해야 한다는 강박 관념으로 작용했다고 볼 수 있습니다."

"음, 그럴듯한 추리야. 바로 그 강박 관념이 문제란 말이야. 아예 처음부터 용맹하고 머리 좋고 활달한 세조에게 왕위를 물려주었으면 형제들 간에 피를 부를 일은 막았을 것 아닌가. 사실 그 당시는 조선이 건국한 지 육십 년 남짓 지난 때라서 아직 왕조가 든든히 뿌리를 잡질 못한 시기거든. 그러니 세조처럼 강한 자가 왕이 되어야 절대 왕권을 확립할 수 있지 않겠나? 호랑이 새끼를 아무리 길들여도 호랑이가 고양이가 되는 것은 아니지. 아예 수양대군을 정사에 발을 못 붙이게 막든가. 휴, 차라리 수양대군으로 세자를 삼았으면 나머지 아들들과 손자의 목숨은 보존되었을 것 아니야? 지금이나 예나, 그놈의 체면이나 남의 이목 때문에 일을 휘게 하는 것이 불행의 씨앗이 되는 거야. 까짓것, 사정이 이렇게 되었습니다, 하고 양해를 구하든지 아니면 제 주장이 잘못되었습니다, 라고 해 버리면 만사가 편할 텐데……."

사장은 자신이 연루된 논쟁을 염두에 두었는지 갑자기 언성을 높였다. 사장은 기존 학계의 모 인사가 자신이 제의한 공개 토론을 묵살시켰다고 입에 거품을 품고 발을 굴렀다.

"야, 제가 떳떳하면 공개 토론을 해보자는데 왜 피하니? 우리가 공개 질의서를 인쇄해 갔거든. 거기에 있는 참석자들에게 나누어 준 다음 사람들 앞에서 공개적으로 토론을 해보자는 거였지. 그런데 말도 마라. 멱살만 안 잡혔지, 끌려나온 거나 마찬가지야. 가재는 게 편이더라고, 박물관 자식들이 개인적으로 내 설명을 들을 때는 다 고개를 끄덕이더니만 그 자리에서는 안면몰수하고 점잔만 빼고 앉았더라. 발표자의 논지와 반대되는 내용이라면서 질의서를 압수해 버렸다니까. 우리 같은 장사꾼은 그런 학계에는 안 어울린다는 거겠지. 망할 자식들. 다 한통속이야."

사장은 엊그제 박물관에서 열린 학술발표회를 통해서 자신의 주장을 널리 알리려고 단단히 별러 왔었다. 모 일간신문에서도 「학계-재야 작품 진위 논쟁 예상」이라는 타이틀로 상당한 관심을 보였는데 일이 뜻대로 되지 않자 분통을 터뜨렸다. 날씨는 덥고 비도 오지 않아서 바싹바싹 타들어 가는데 곁에서 사장까지 후닥닥거리니 견디기 힘든 노릇이었다.

"그동안 아무도 안 왔었어?"

사장은 한참동안 화를 삭이고 있더니 갑작스럽게 상재를 보고 물었다.

"개척교회 목사님이 장승업 그림에 대해 물어보러 왔었어요. 그림을 팔면 얼마쯤 되느냐고 묻기에 잘 모르니까 나중에 그림을 가지고 다시 오라고 했어요."

"잘했다. 그림을 보지 않고는 값을 알 수가 없지. 그런데 어떤 그림이라든?"

"잉어 그림이래요. 애들 스케치북만 한 크기라고 하는데 십 년 전에 인사동에서 확인도 받았고 표구도 해놓았답니다."

"작은 것이면 별 거 아니겠구나. 어디서 났다는 말은 안하든?"

"자기 아버지가 그전에 충남에서 군수로 있을 때. 그 동네 사람이 취직 부탁하면서 가져다주었던가 봐요. 그 사람 말로는 추사의 글씨도 몇 점 있었대요. 아마 그 후손들이 선물할 자리 있으면 하나씩 가져다줘서 다 없애버린 모양입니다."

"그러게 자손 삼대가 멍청하면 그 집안 족보도 잃어버린다고 하지 않던? 그렇게 해서 도배하고 불쏘시개로 없어진 문집이며 그림과 글씨들이 얼마나 많은 줄 알아?"

"그런데 보존 상태가 양호하다고 치고, 그런 그림은 얼마쯤 나가요?"

"글쎄, 작품을 봐야 알겠지만, 사군자가 제일 싸게 치고, 그다음은 새나 물고기이고, 그다음이 산수야. 인물화를 제일로 치지. 물론 예술성이 있을 때 말이야. 잘해야 천만 원이나 될까?"

"그 목사님은 그림 팔아서 교회를 지으려는 눈치던데요."

"그런 사람이면 아예 다른 데로 보내. 아무 것도 모르는 사람들이 추사 글씨나 아무개 그림 하나 가지고 있으면 무슨 보물인 줄 알고, 그걸로 아주 팔자를 고치려고 한다니까."

"그래도 〈청산백운도〉는 백억이 넘는다면서요. 그렇게 차이가 나요?"

"그건 크기도 크기지만 시대가 다르지 않나? 그리고 국내에 안견의 작품이 없다고 주장하는 마당에 그 그림이 안견의 작품이라고 인정되면 값을 헤아릴 수 없다는 뜻이지. 사실 처음부터 값이 정해진 그림이 어디 있니?"

사장은 잠시 침묵하더니 혀를 끌끌 찼다.

"우리가 살면서 '절대로'라는 말을 자주 써서는 안 되겠더라. 우리가 신이 아닌 이상 절대가 어디 있냐? 절대가. 공연히 '이 나라에는 안견의 그림이 없다'고 말을 해놓고 자기가 한 말을 끝까지 밀고 나가려니까 무리가 생기는 거야. 막말로 당시에는 그렇게 생각했는데 새로운 작품이 발견되어서 제 주장을 철회하겠다고 하면 얼마나 편해? 웬 고집들인지. 한번쯤 다른 사람의 말에도 귀를 기울여 봐야 하는 거 아냐? 그런데 아예 들으려고도 안 해. 코웃음 치면서 너희들이 뭘 아느냐는 식으로 나오는 거지. 그렇다면 정정당당하게 공개 질의를 해보자는 데도 응하질 않으니, 참."

사장은 한숨을 길게 내쉬었다.

제3장
무계정사武溪精舍 뜰에서

　공개 질의를 통해 자신들의 주장을 세상에 알리려던 사장의 계획은 좌절되었다. 오히려 공개 질의가 무산되었다는 기사가 신문에 실린 것으로 위로를 삼아야 할 처지였다. 그 후 사장은 기가 한풀 꺾였는지 말수가 현저하게 줄어들었다. 그렇다고 화랑 일에 전념하지도 않는 눈치였다. 창밖에 지나다니는 행인들을 맥없이 바라보다가 집에 들어앉아 글씨나 써야 겠다며 일찌감치 화랑을 나섰다.

　사장이 나가고 손님도 없는 틈을 타서 상재는 〈몽유도원도〉의 사본을 펼쳤다. 그림의 구조를 거의 외우다시피 했지만 아무리 해도 색감이 또렷이 살아나지 않는 것이 아쉬웠다. 하기야 미켈란젤로의 〈최후의 만찬〉도 그림을 완성한 직후부터 색채가 바라고 안료가 썩기 시작해서 그것을 복원하느라 몸살이 날 지경이라고 하지 않던가. 거기에 비하면 〈몽유도원도〉는 색이 좀 어둡고 탁하기는 해도 양호한 편이다. 원본이 아니라서 그럴 지도 모른다. 일본 덴리대학 도서관에 있다는 그 그림, 방탄유리로 보호되어 가까이 다가갈 수 없는 그 그림. 국내에 없다는 안견의 그림이 어떻게 해서 바다 건너 일본에 보관

되어 있는 것일까.

어떤 경로로 일본으로 건너가게 되었는지 알려진 바가 없는데 사장은 그것을 알아내라고 상재를 닦달했다. 다행히 〈몽유도원도〉의 유랑 과정을 연구한 서적이 있어서 많은 도움이 되었다.*

1929년 나이토 고난 교수가 5쪽짜리 짧은 논문으로 조선의 걸작 〈몽유도원도〉를 세상에 알릴 당시의 소유자는 소노다 사이지였다. 1893년 11월 2일 자로 일본 정부가 발급한 '감사증'이 그 그림에 첨부된 것으로 보면 이미 일본 정부가 〈몽유도원도〉의 존재와 가치를 인정했다는 사실을 알 수 있다. 메이지유신 이후 일본은 전국적으로 보물을 감사해 등록을 했는데, 그때 등록증을 받았다는 이야기다. 당시에 감사증을 받은 사람이 가고시마의 시마즈島津 가문인 것으로 보아 그 집안의 내력을 찾다보면 실마리가 풀어질 것이다. 마치 퍼즐을 맞추듯 이 그림의 미스터리를 파헤치는 일이 자신의 사명처럼 여겨지는 순간이 있었다.

그런데 시마즈 가의 17대 당주 시마즈 요시히로島津義弘가 임진왜란 때 출병했고 전쟁 초기에 경기도 북부와 강원도 철원 등을 거점으로 활약했다는 기록이 있었다. 그 전까지 어느 정승 댁에서 그 그림을 보았다는 기록이 있는 것으로 보면 적어도 임진왜란 때까지는 국내에 있었다는 이야기다. 그렇다면

---

* 김경임, 『사라진 몽유도원도를 찾아서』, 산처럼, 2013 참조.

임진왜란 때 시마즈 요시히로가 그 그림을 가져갔다고 보아도 무리가 아닐 것이다.

1592년 임진왜란, 안평대군이 적몰된 지 백 년이 훨씬 지났다 해도 성종 때까지 살아 있던 안견, 그리고 세조의 장자방 한명회의 남은 세력이 잔존하고 있을 터였다. 어쩌면 〈몽유도원도〉는 화를 부를 수도 있는 위험한 물건이었다. 그 그림을 가지고 있다는 것은 안평대군과 가까운 사이라는 증거가 될 것이다. 안평대군이 대역 죄인이라면 그와 가까운 사람들, 특히 그 그림에 찬시를 써 바친 사람들이 무사할 리 없다. 요시히로의 활동영역 안에 고양시 덕양구 대자동에 위치한 대자사大慈寺라는 사찰이 있었다는 기록에서 상재의 눈이 크게 떠졌다.

아, 대자암이라니, 맞다. 대자암이라면 안평대군이 애지중지하던 그 그림을 능히 품을 수 있었을 것이다. 대자암은 태종임금의 넷째 아들이자, 세종대왕의 바로 아래 동생 성녕대군의 원찰이었다. 불교를 억누르고 유교를 국시로 삼은 조선 왕조의 억불숭유 정책에도 불구하고 태종은 14세의 나이로 요절한 성녕대군의 넋을 위로하기 위해 유학자들의 반대를 무릅쓰고 절을 지었다. 성녕대군은 결혼은 했지만 자식이 없었기 때문에 양아들을 세워 제사를 지내게 했다. 그 양아들로 입적된 이가 바로 안평대군이다. 조선의 명필로 이름난 안평대군은 양아버지를 위해 절의 편액을 썼다. 문종 역시 정성을 기울여 직접 절을 중창했다.

성녕대군의 재산을 물려받은 안평대군은 당연히 여러 귀중

품을 대자암에 봉헌했다. 혹자는 〈몽유도원도〉 역시 봉헌되었을 가능성을 말하지만 그랬다면 안평대군이 역적으로 사약을 받을 때 그 그림도 화를 입었을 것이다. 시마즈 요시히로가 보낸 편지의 수신지가 대자암으로 적혀 있다는 사실이 가고시마현의 역사에 수록되어 있다. 그러므로 그가 대자암에 머물렀던 것은 역사적 사실이다. 어떤 이유인지 모르지만 요시히로는 대자암에 머물렀다. 공개적으로 봉헌하지는 않았지만 〈몽유도원도〉 역시 대자암 어딘가에 숨겨져 있었고 시마즈 요시히로가 용케 찾아내서 그 그림을 가지고 갔다는 추리가 가능했다.

시마즈 요시히로, 그는 150년이 지나 안평의 혼이 보낸 전령이었나? 안평의 환생이었을까? 왜 다른 곳이 아닌 대자암을 아내에게 보낸 편지의 수신처로 썼을까. 그는 가고시마 현의 사쓰마의 영주로 도요토미 히데요시에게 패한 뒤 그에게 충성을 약속하고 조선에 파병된 장수였다. 하지만 조선을 공격하기로 약속한 병사 일만 명을 차출하지 못해 이천 명을 겨우 모아서 가장 늦게 서울에 도착했다. 그 바람에 주둔지를 배정받지 못하고 경기 북부 포천 근처에 5개월간 머물며 여기저기 전투에 개입했던 것 같다. 그는 임진왜란과 정유재란 때에 가장 악랄하게 살육을 자행했고 이순신 장군에게 포위되었던 왜장들을 구해내서 돌아가는 데 성공한 전략가이기도 하다.

말년에 조선에서 포로로 끌고 간 도공들을 이용해 요업을 일으키고 양봉기술자를 데려가 양봉업을 발전시켜 사쓰마의 경제를 발전시켰다는 기록으로 미루어 용의주도한 인물임을 알 수 있다. 시마즈 요시히로는 대자암에 얽힌 이야기를 알고 있었을 것이다. 왕가에서 지은 절, 왕가의 보물들이 숨겨져 있으리라는 것도.

승려들이 피신하면서 가지고 갈 수 없는 물건들을 깊이 감추고 땅에 묻었다는데 요시히로는 이런저런 보물들을 약탈했다. 특히나 아무도 눈여겨 보지 않던 도자기 항아리 속에 들어 있던 예사롭지 않은 그림과 글씨를 허투루 여기지 않았다. 마침 도요토미 히데요시의 사망으로 철군해야 했을 때 두루마리 그림과 글씨쯤은 빼돌리기도 어렵지 않았을 것이다. 어쨌든 〈몽유도원도〉가 살아남은 것은 기적 중 기적이 아닌가.

국내에는 한 점도 없다는 안견의 그림도 그림이지만, 한 시대를 주름잡던 명사 21명이 바친 휘황한 찬시讚詩, 그 살아 있는 글씨가 덴리대학 지하의 방탄유리 속에 갇혀 있다는 것을 생각하면 숨이 답답해졌다. 박팽년의 「몽도원서夢桃源序」를 시작으로 성삼문, 신숙주, 김종서, 박연, 서거정, 정인지 등의 생동하는 필치는 눈이 부실 지경이었다. 안평대군은 이 그림을 얼마나 사랑했던지 큼직하게 제목도 써 붙이고 그 제작 연유를 적은 긴 글도 손수 적어 넣었다. 그리고 삼 년이 지난 1450년 정월 어느 밤에 치지재에서 다시 펴 보고 감탄해서 글을 지었다.

이 세상 어느 곳이 꿈에 본 도원인가
만났던 시골 사람이 아직도 눈에 선하구나
그림으로 두고 보니 참으로 좋구나

안평대군이 얼마나 〈몽유도원도〉를 사랑하고, 화가 안견을 얼마나 아꼈던가! 그는 방년 17세에 이미 중국의 서화 192점과 안견 작품 30여 점을 가지고 있었다는 기록이 있다. 하지만 기록만 있을 뿐 그 많은 그림들의 행방이 묘연했다. 안평대군이 소장했다는 안견의 그림이 30여 점이라는데 그중 단 하나도 전해지지 않는다니. 대체 그 그림들은 어디로 간 것일까?

그 많은 그림 중에 안평대군에게 가장 위협이 되었을 그림을 하나 꼽으라고 한다면 그것은 바로 〈몽유도원도〉일 것이다. 도원을 꿈꾸는 것으로 그치지 않고 그것을 안견에게 그림으로 그리게 했고, 그림으로 만족하지 않고 실제로 도원을 만들었던 왕자. 꿈을 꿈으로 두지 않고 소유하려 한 죄! 그래서 그는 죽임을 당할 수밖에 없었다. 그렇다면 그가 역적으로 몰려 사약을 받을 때 문제가 되었던 그림은 바로 〈몽유도원도〉가 아닌가. 그런데 그 그림이 어떻게 피바람의 소용돌이를 뚫고 이 긴 세월을 살아 전해질 수 있었을까? 그 그림을 누가 감추었다는 말인가? 그림과 연관이 있다는 사실만으로도 역적으로 몰리기 쉬운 정황이었으므로 〈몽유도원도〉를 감춘다는 것은 목숨을 거는 모험을 했다는 의미가 된다. 과연 누가 목숨을 걸고 그 위험한 그림을 숨겨왔을까?

---

* 世間何處夢桃源, 野服山冠尙宛然, 着畵着來定好事, 自多千載擬相傳

안견은 계유정난의 소용돌이 속에서도 살아남아 오랫동안 화공의 일을 했는데, 그렇다면 안견의 다른 그림들은 정치와 무관하여 사라질 이유가 없었다. 정작 없어져야 할 그림은 살아남아 일본에 가 있고, 있어도 무방한 다른 작품들이 하나도 전해지지 않는다는 게 오히려 이상한 일 아닌가.

"사장님, 〈몽유도원도〉는 대체 누가 보관했을까요? 안평대군도 죽고 그의 아들 우직도 역시 사약을 받았는데, 과연 누가 대담하게 그 그림을 감추어 두었을까요?"

상재의 물음에 사장은 머리를 갸우뚱했다.

"와, 그것은 미처 생각해보지 못한 일인데. 그걸 밝혀내면 상당히 흥미 있겠는 걸. 〈몽유도원도〉가 원래 두루마리로 되어 있었단 말이야. 그래서 숨기기가 쉬웠을 거야. 그 집안 식구들은 전부 몰살되었으니 가족이 숨길 수는 없고. 그렇다면 막내 영응대군이나 넷째 임영대군이 숨겨두었을까? 아니면 안견 자신이 숨겼을지도 모르지. 아무래도 혼을 쏟아 부은 그림에 대해서는 애착이 가는 법이니까. 어쩌면 안평대군에게 등을 돌렸던 일이 미안해서 속죄의 의미로 그랬을 수도 있지."

도원을 옆에 두고 늘 펴 보았던 풍류 왕자. 안평대군이 1418년생이므로 도원을 꿈꾸었던 1447년에 그는 삼십의 문턱에 접어들고 있었다. 남자 나이가 삼십이면 대장부로 입신양명의 꿈을 이룰 나이다. 박팽년이나 신숙주, 이개, 성삼문 등이 모두 한두 살 차이의 연배들인데, 그들은 일찍이 집현전 학사가 되어 학문을 닦고 정치에서 문화에 이르기까지 나라의 주도적인 역할을 담당하고 있었다. 그러나 지존하신 임금의 정실 아들, 대군으로 태어난 안평은 시 짓고 글씨 쓰면서 풍류와 세월을 바꾸고 있었다.

마포에 담담정을 지어 사람들과 어울려 시를 읊고 뱃놀이로 세월을 보냈다. 술을 마셔도, 그것으로는 채워지지 않는 어떤 무엇, 말할 수 없는 허기가 늘 붙어 다녔다. 세종대왕이 대군들에게 내려준 재산도 적지 않은데다 숙부인 성녕대군의 양자로 봉해진 덕분에 그 재산까지 물려받게 되니 재물은 넘쳐났다. 그런데 왜 허기가 따라다니는 것일까? 마음만 먹으면 천하의 명기도 손에 넣을 수 있고 아리따운 여인도 품을 수 있었다. 실로 그렇게도 해보았다. 그의 주위에는 재주 있는 사람들도 많아서 특별히 외로울 것도 없었다. 인간이 누릴 수 있는 온갖 호사를 다 누리는데 무엇이 부족해서 도원을 꿈꾼 것인가? 돌아가신 어머니를 꿈에라도 만나보기를 간절히 원해서였을까?

1446년, 병인년에 안평대군의 어머니 소헌왕후가 돌아가셨다. 쉰두 살의 안타까운 나이였다. 정정하신 분인데 그만 홀연히 세상을 떠나셨다. 어머니는 아들 여덟에 딸 둘, 열 자녀를 생산하셨다. 그 아들들도 보통 아들이 아니고 모두 건장하고 출중해서 자손이 귀한 경우였다면 나라의 대통을 이어가도 부족함이 없는 건장한 여덟 대군이었다. 출중한 아들이 하나만 있어야 하는데 여덟이나 있었던 것이 불행이라면 불행이었다.

어머니는 여자이지만 안평대군의 머릿속에서는 여장부로 새겨져 있다. 그런 어머니와 애틋한 정을 나눌 겨를이나 있었던가? 수양 형님과는 연년생으로 자랐고, 어머니는 또 연년생으로 아우 임영대군을 출산했다. 동생을 계속 출산하셨기 때문에 안평은 일찌감치 어머니를 포기해야만 했다. 그것은 아마 수양도 마찬가지 형편이었을 것이다.

게다가 왕실의 법도에 따라 세자가 되지 못한 대군들은 열두 살이 되면 혼인을 시켜서 사가로 내놓았으니 어머니의 무릎에서 놀아 본 기억도 아득했다. 어머니, 글씨를 잘 쓴다고 칭찬하시고, 재주가 많다고 귀여워하시던 어머니의 모습이 새삼 사무쳤다. 성군 세종대왕의 아내요, 효성 깊은 문종, 사내다운 수양대군과 걸출한 금성대군, 임영대군, 광평대군, 평원대군, 영응대군의 어머니셨다.

가지 많은 나무에 바람 잘 날 없다고 했던가. 그 험한 파도를 다부지게 건너온 어머니가 이번에는 광평대군을 앞세워 보내는 비운을 당했다. 아무리 자식이 많아도 죽은 자식은 땅에 묻지 않고 가슴에 묻는 법이라던가. 그래서였을까, 하필이면 안견에게 다른 대군들이 아닌 광평대군의 초상을 그리게 했던 것이. 안견과 안평대군이 친밀한 사이였기에 안견이 안평대군의 초상을 그렸다는 것은 그런대로 납득할 수 있다. 그런데 하필이면 광평대군이었을까. 그가 스무 살의 나이로 일찍 떠날 줄 알고 그 모습을 그림으로 남겨 두고자 했던 것일까. 우연하게도 안견이 그린 대군의 초상화는 광평대군과 안평대군의 것밖에 없다.

광평대군이 떠난 후, 어머니는 속부터 말라가는 고목나무 같았다. 겉으로는 의연하게 잎도 틔우고 짱짱하게 꽃도 피워 올렸건만 어느 날 갑자기 쓰러져보니 속이 텅텅 빈 고목이었다. 광평대군이 죽은 후에 어머니는 자신이 겪었던 수많은 죽음을 다시 떠올리는 것 같았다. 어머니의 아버지, 작은 아버지, 오빠와 동생들, 그 수많은 죽음의 그림자들이 다시 살아 움직이면서 어머니는 여장부가 아니라 여염집의 아낙의 모습으로 변해갔다. 튼실한 정자나무처럼 모든 것을 품어 안을 수 있는 넉넉한 모습이 아니라 메마른 삭정이처럼 거칠어져갔다.

그것도 모자라 다음 해에 평원대군이 열아홉의 꽃다운 나이로 세상을 하직했다. 어려서 죽은 첫째 공주 정소공주까지 합하면 어머니는 자식을 세 명이나 앞세운 셈이다. 평원대군의 죽음이 어머니에게 치명타를 안긴 것 같았다. 친정 식구들을 몰살시키면서 지켜온 왕비의 자리가 돌이켜 보니 아무것도 아니었구나. 대궐에 살면서 목숨을 부지하느라 살얼음판을 건너듯 조심조심 살아온 온 지난날이 아침 햇살에 스러지는 안개처럼 허망한 것이었다.

어머니는 생명의 끈을 스스로 놓아버리신 것 같았다. 어머니의 생명은 기름이 다한 등잔처럼 스르르 꺼져버렸다. 어머니가 돌아가신 후로 안평은 왠지 허전했다. 그 빈자리를 메워

줄 아무것도 없었다. 생전에 애틋한 사랑을 받은 기억도 따로 없는데 견딜 수 없이 허허했다. 어머니가 계신 곳은 어디일까, 어머니는 앞세운 자식들과 생전에 그리던 외가 식구들을 만나서 행복해 하실까, 그런 생각이 문득 스쳐가곤 했다. 왕비가 된 죄로 친정에 멸문지화를 당하게 한 그 무거운 짐을 어찌 안고 사셨을까. 할아버지 태종임금은 어쩌면 그렇게도 모질고 독했을까.

외할아버지 영의정 심온이 사은사로 뽑혀 명나라로 향하게 되었다. 그때 영의정을 전별하는 거마車馬의 행렬이 장안을 뒤덮었다는 보고를 듣고 할아버지는 얼굴을 찌푸렸다. 그 무렵 할아버지는 세종임금의 왕권 강화를 위해 다시 한번 모진 결심을 하신 것 같다. 할머니의 친정도 쑥대밭이 되었던 경험이 있기 때문이다. 할아버지는 자신을 도와 왕이 되는 데 공을 세운 처남 민무구, 민무질을 귀양지에서 죽이고 또 다른 처남들 민무휼, 민무회도 자결하도록 압박했다. 게다가 그 처자들을 변방으로 내쫓음으로써 민씨들을 모두 권좌에서 몰아냈다. 그 일을 당한 할머니는 제정신이 아니라 혼이 빠진 허깨비로 살았다. 죽지 못해 산다는 것이 바로 이런 경우였다. 그런데 똑같은 일을 어머니의 친정에도 행하게 되니 어머니 역시 이미 오래전에 죽은 목숨으로 살아왔던 것이다.

사은사 심온, 부사 이적, 주문사 박신으로 구성된 사신이 명나라로 떠나는 날, 대궐은 물론 도성이 들떠 있었다. 세종임금의 정실부인이 있는 중궁전도 잔치 분위기였다. 나흘 전에 영의정에 오른 친정아버지가 사은사가 되어 명나라로 떠난다니, 그것만으로도 가문의 영광이었다.

사은사 일행이 경복궁 남쪽에 있는 광화문을 빠져나와 육조거리에 모습을 나타내자 수많은 환송객이 길을 메웠다. 장안의 백성들이 어찌나 많이 나왔는지 구경나온 사람들 때문에 사은사 행렬이 앞으로 나아가지 못 할 지경이었다. 육조거리에 늘어선 관원들도 마찬가지로 행렬을 구경하기에 여념이 없었다.

황토현을 마주보며 행차가 서쪽으로 방향을 틀자, 늘어선 군졸들 때문에 가까이 접근하지 못하고 황토마루에 올라 구경하던 백성들이 한꺼번에 밀려들었다. 행차가 앞으로 나아가지 못하고 잠시 멈추어 설 정도였다.

환송을 보냈던 환관 황도의 보고를 받은 할아버지 태종의 얼굴은 한번 찌푸려지더니 쉽게 펴지지 않았다. 임금의 장인에다 영의정이니 그럴 수도 있겠다고 이해하는 쪽으로 마음을 쓰려해도 호사스럽기 짝이 없는 요란한 행차가 이미 임금의 장인, 국구로서 도를 넘었다는 생각이 머릿속을 떠나지 않았다. 그렇게도 염려하던 외척 세력에 대한 걱정이 할아버지의 잠까지도 앗아갔다. 자신이 세상을 떠난 후에 세종의 왕권이 척신인 심씨네에게 휘둘리는 풍경이 눈앞에 펼쳐지는 듯 했다. 할아버지는 창덕궁에 새로 지은 신궁을 수강궁이라고 이름을 짓고 궁궐에 들어앉아 깊은 생각에 잠겼다.

그렇게 생각이 오락가락하는 동안 하루하루가 지나고 세월은 어김없이 흘러 사은사 일행이 임무를 마치고 무사히 돌아오게 되었다. 마땅히 축하하는 잔치를 베푸는 중에도 태종임금의 마음속에는 무엇인가 미진한 것이 묵지근하게 걸려 있었다. 그런데 먼 길을 오가는 도중에 영의정 심온의 동생인 심정이 국가의 대사를 임금인 세종이 아니라 상왕인 태종이 처결하는 데 대해 불만을 토로했다는 병조판서의 말이 마침 귀에 걸렸다. 물론 당사자인 심온이 아니라 도총제인 아우 심정이 병조판서와 그런 이야기를 나누었다고 하지만 그래도 무척이나 불쾌한 일이었다.

"요즘 명령이 상왕 태종과 세종임금 두 곳에서 나오니 신하들은 대단히 불편합니다. 같은 이야기를 두 곳에 품의하게 되니 형편이 그 전보다 못합니다."

상왕이 이 말을 듣자마자 벼락같이 노하였고, 급기야 국문을 실시하기에 이르렀다. 일이 벌어지자 연루된 사람이 십여 명으로 늘어났다. 상왕은 도총제 심정 혼자서 이런 발칙한 말을 할 리는 없고 배후에 영의정 심온이 있을 것이라고 단정했다. 더 나아가 그 집 사람들이 모두 이런 마음을 품었을 것이라고 우김질을 하면서 며느리의 친정을 박살내고 말았다.

왕비의 친아버지 심온이 역적으로 몰리자 자연히 그의 어머니와 아내도 천한 노비가 될 운명이었다. 왕비의 어머니이자 영의정의 아내가 노비로 전락할 위기에 처했다. 더구나 의금부에서는 죄인의 딸이 왕비로 있을 수는 없다며 폐비를 운운했다. 왕비의 어머니와 할머니를 천한 노비로 삼아야 한다는 주장에도 힘이 실렸다. 이 대목에서 상왕은 상당히 고심했던 것 같다. 왕비를 갈아치우면 다시 혼사를 해야 하고 그렇게 되면 또다시 외척을 숙청해야 한다. 결과적으로 살상이 늘어나는 것이다. 누구는 죄가 있어서 죽는가, 죽어야 할 처지라서 죽는다는 것을 누구보다도 상왕이 잘 알고 있는 터였다. 그래서 왕비는 그대로 두고 왕비의 백부와 숙부 그리고 어머니는 일시적으로 천한 노비로 기록은 하되 실상 천한 일을 시키지 말라고 따로 분부해 두었다. 역적을 그대로 둘 수 없다고 주장하던 신하들도 '더 이상 논하지 말라'는 서릿발 같은 태종의 명령 앞에서 수그러들 수밖에 없었다. 그리고 후일에는 기록도 반드시 고치라고 당부한 것으로 보면 상왕 자신도 사돈 심온이 억울하다는 것을 인정하고 있었던 것 같다.

그러나 이 비정한 외척 제거에 대해 이익은 『성호사설』에서 '민閔씨·심沈씨 두 집안이 함께 흉화凶禍를 당하게 되었으니, 대개 먼 장래를 생각함이 매우 깊었던 것이다'라고 기록하고 있다. 왕비 한 사람 때문에 일족이 화를 당한 그 비통하고 원통한 일에 대해, 역사를 생각하고 미래를 준비하는 상왕의 사려 깊음으로 해석하고 있는 것이다.

1418년을 어찌 무심히 말할 수 있을까. 큰아버지 양녕대군이 폐위되고 그해 6월 충녕대군 '이도' 즉 아버지가 세자에 봉해졌다. 그리고 두 달 후 8월에 할아버지는 주위의 만류에도 불구하고 굳이 세자에게 선위를 하고 상왕이 되어 뒷전으로 물러나고 말았다. 그 해에 어머니는 세자빈에 봉해지고 왕후에 책봉되고 셋째 아들 안평대군을 얻는 잇따른 경사가 있었다. 그러나 호사다마일까, 외척의 세력을 싹부터 말리려는 할아버지의 의도된 계획에 따라 외갓집은 그야말로 절단나고 말았다. 어머니는 친정아버지, 오라버니, 숙부가 줄줄이 죽어나가도 목청을 높여 슬피 울 수조차 없는 처지였다. 조정에서는 대역 죄인의 딸을 왕비로 둘 수 없다는 의정부의 논의가 있었고 상소도 심심찮게 올라왔다. 그러나 할아버지가 왕비의 문제만큼은 더 이상 거론하지 못하게 강력히 막으셨으므로 1418년의 소용돌이는 비로소 잠잠해졌다.

　"나쁜 일은 내가 모두 도맡을 테니 너는 성군이 되어라."
　이것이 아버지에게 했던 할아버지 태종의 변명이었다. 할아버지도 며느리에게 민망하고 죄스러웠든지 임종 시에 잘못을 빌었다는 말도 바람결에 들은 것 같다.
　"종묘사직을 든든히 하고 외척의 세력을 꺾기 위해 어쩔 수 없이 행한 일이었다. 나를 용서해라."
　어머니는 할아버지를 용서했을까. 역적의 딸임에도 불구하고 목숨을 부지해 준 것으로 감사해야 했을까. 아버지 세종도 어머니에게 미안한 마음을 가지고 살았을까. 그런저런 의문들이 안평대군의 마음속에서 솟구쳐 나왔다. 그러다가 어느 날 어머니의 탈상을 지낸 후에 생각지도 않은 도원의 꿈을 꾸게 된 것이다. 어머니가 계신 곳에는 꿈에 본 도원처럼 복숭아꽃이 만발해 있을까? 금빛으로 환하게 빛나는 마을에 살고 계실까?

하지만 꿈속의 도원에는 빈 배만 흔들거리고 사람이 보이지 않았다. 꿈에서도 어머니는 모습을 보여주지 않았다. 꿈에서라도 보고 싶은 어머니의 모습은 끝내 잡히지 않았다.

그러나 도원의 모습은 잊을 수 없을 만큼 강렬했다. 신숙주와 최항이 홀연히 나타나고 그들과 만나면서 잠에서 깼지만 도원의 경치는 어머니처럼 화려하면서도 쓸쓸했다. 어머니는 화려한 궁궐에 살면서도 늘 죽음과 대면하고 있었다. 내색은 안 하셨지만 이따금 어머니의 얼굴에서 보이던 완벽한 무표정은 이 세상 사람의 것이 아니었다.

꿈에 본 도원을 간직해 두고 싶어서 그는 안견을 불렀다. 안견이라면 그가 설명하는 바를 그려낼 수 있을 것이다. 안견이라면 그가 말하는 의미를 이해할 수 있을 것이다. 그래서 안견에게 꿈에 본 도원의 모습을 설명해 주었다. 도원의 입구에서 도원을 찾아가기까지, 그리고 험준한 산길을 지나 복숭아꽃 만발한 그곳에 이르기까지 소상하게 그리게 했고 안견은 과연 그를 실망시키지 않았다. 안평대군은 그 그림을 늘 옆에 두고 사랑했다. 마치 애인처럼, 사랑하는 연인처럼 가까운 곳에 두고 쓰다듬으며 무시로 꺼내 본 지가 벌써 삼 년이란 세월이 지났다.

날이 가고 달이 차고 기울면서 해가 바뀔 때마다 그 그림은 이상하게 새록새록 새로워졌다. 진력이 날 만도 한데 자꾸만 보고 싶어지는 이상한 그림이었다. 본인 스스로 생각해도 다른 그림도 많고 많은데 하필이면 이 그림에 그리 집착하는지 이해하기 힘들었다. 나이를 한 살 더 먹은 정월 어느 날 밤, 안평대군은 혼자서 은밀하게 그림을 꺼내 보았다. 그도 이제 서른셋의 나이가 되면서 세월의 무상함을 곱씹었다. 인생들이 바라는 바는 편안하고 부유하고 장수하는 것이라 했다. 그는 분명 편안하고 부유한 삶을 살고 있었다. 장수야 하늘이 내리는 것이니 인간이 어찌 할 수 없는 것이라 해도 편안함과 부유함이라는, 인생들이 원하는 바를 태어날 때부터 가지고 있는 셈이었다. 왕자의 신분에 타고난 재주가 비상한 그를 남들은 부러워하지만 그에게는 무엇을 얻고자 힘을 쏟을 일이 없기에 아까운 세월을 풍류로 흘려보내고 있었다. 목표가 없는 인생의 적막함은 마치 불이 사그라진 화로처럼 차디 찬 재로 가득한 형국이었다.

"너는 복인福人이로구나. 네가 태어나던 해에 아버지가 세자가 되고 곧이어 상감이 되지 않았느냐. 너는 참 귀한 팔자를 타고 나왔는가 보다. 물론 네 큰아버지는 폐세자가 되어서 광주 땅으로 내려갔지만 말이다. 그리고……"

어머니는 눈물을 글썽이셨다. '네가 태어나던 해는 정말 다사다난했구나. 네 외가 식구들이 모두 떼죽음을 당하지 않았니.' 어머니가 다 못하고 삼킨 말이 파동을 치며 작은 비늘처럼 안평의 가슴으로 건너와 콕콕 찔러댔다.

아버지 세종임금은 몇 해 전부터 몸이 좋지 않았다. 무리한 업무도 부담이었거니와 아버지도 나름대로 쌓인 심신의 피로를 풀 길이 없었기 때문이었다. 셋째로 태어나 임금이 되었으니 그 마음의 빚의 무게는 생각보다 엄청났다. 큰아들, 둘째 아들이 멀쩡히 살아 있는 판국에 왕위를 물려받은 구실이라고는 성군의 재목이라는 것뿐이었다. 아버지는 성군이 되지 않으면 안 될 운명을 타고난 것 같았다. 할아버지의 비위도 맞추고 큰아버지 양녕대군의 자잘한 사건들도 덮으면서 늘 종사에 바빴다. 나라도 흥왕케 해야 하므로 항상 책을 읽어야 했다. 두 형이 왕위를 양보한 대가를 성군이 되는 것으로 치러야 할 것 같았다. 대가를 지불하기 위해 쉬지 않고 달려온 몸이 서서히 내려앉는 중이었다.

아버지는 그것을 핑계 삼아 세자인 큰형에게 여러 가지 정사를 보도록 하고 있었다. 아마도 할아버지가 아버지를 가르쳤던 것처럼 아버지도 병을 구실 삼아 맏형의 위치를 단단히 해 두고 싶었는지 모른다. 게다가 몸이 좋지 않아서 사저로 나가 계실 때에는 어린 영응대군 집으로 가셨다. 인왕산 밑에 있는 안평대군의 수성궁으로 납시어도 좋으련만 왜 오시지 않는 것일까. 그러면 둘째 수양대군의 사저로 나가셔도 될 터인데 왜 굳이 막내 영응대군의 집으로 행차하시는 것일까.

어쩌면 아버지는 한 살 터울인 수양과 안평을 경계하시는 것이 아닐까. 만약 몸이 약한 문종이 어찌되는 날에 가장 두려운 존재는 둘째인 수양이고 안평까지 계산에 넣고 있는 것이 분명했다. 이미 수년 전 을축년부터 세자에게 참결서무를 시키면서 세자의 위치를 내외적으로 공고히 한 것도 아마 내심으로 어떤 감이 와서 그랬을 것이다.

병이 나아질 기미도 없이 임금이 시난고난 앓으니 종친과 신하들의 근심이 이만저만이 아니었다. 내의원이 정성을 다해 약을 지어 올렸으나 별 차도가 없었다. 아버지 자신이 이미 달려갈 길을 다 마친 사람처럼 더 이상 달릴 의욕도, 기력도 없는 것 같았다. 아버지는 잘 살았다. 셋째로 태어나 왕위에 오른 것은 하늘이 정해 준 일이 아니라면 불가능한 사건이었다. 그래서인지 아버지는 유독 큰아들인 문종을 알뜰살뜰하게 챙겼다. 아버지만큼은 어떤 일이 있어도 맏아들에게 왕위를 양위하고 싶은 꿈이 있는 것 같았다. 조선 건국 이래로 맏아들이 왕위를 계승하는 일이 제대로 이루어진 적이 없었던 만큼 집착도 더 강했다.

그렇게 시난고난하다가 경오년 1450년 2월, 세종대왕은 승하했다. 그날따라 늦추위가 무척이나 기승을 부려서 온 천지가 얼어붙는 것 같았다. 문고리에 손이 쩍쩍 달라붙는 가운데 매서운 칼바람이 근정전 마당을 휩쓸고 강녕전으로 휘몰아쳤다. 문종은 아버지의 환후가 위독했던 근 두어 달 동안 제대로 자리에 누워 잠을 이루지도 못했다. 몸도 약한 터에 잠도 못 자면서 정과 성을 다해 세종임금을 간호하는 효도의 진수를 보여주었다. 그러나 문종임금의 정성도 헛되이 세종임금은 늦추위가 유난히도 심하던 날 영영 눈을 감고 말았다.

세상을 떠나기 전, 어린 단종을 몹시도 귀애하던 세종임금은 손자가 여덟 살이 되자 그를 미리 왕세손으로 봉해놓고 집현전 학사들과 김종서, 황보인에게 단종의 앞날에 대한 고명을 내려 두었다. 세자가 왕위에 오르기도 전에 세손부터 정하는 기이한 일이 벌어졌던 것이다. 세종임금은 마지막 눈을 감는 순간까지 병약한 문종과 그 어린 손자가 눈에 밟혔던 모양이다.

아버지가 세상을 떠났다. 어머니가 돌아가신 지 사 년 만에 아버지마저 세상을 버리니 슬픔이라는 단순한 말로는 표현할 수 없는, 형용할 수 없는 허탈감이 안평을 짓눌렀다. 무어라 말을 붙이기 어려울 정도로 기분이 묘했다. 아버지의 시대가 끝나고 자신들의 시대가 선뜻 눈앞에 다가온 것이다. 그를 감싸고 있던 울타리가 갑자기 뒤로 물러나 휑뎅그렁한 터전 위에 홀로 서 있는 것 같았다. 열두 살이 되면 대궐 밖으로 나가 살아야 하는 대군들의 처지이고 보면 부모의 품을 일찍 떠나서 애틋한 정을 느낄 것도 연연할 것도 없었다. 세자를 제외하고는 대궐에서 잠을 자도 안 되고, 대궐에 다니러 오더라도 그날 안으로 다시 돌아가야 했다. 다만 나의 아버지가 지존의 위치에 있다는 것, 형이 그 자리를 이어 갈 것이라는 것, 어린 시절부터 나이 많은 정승들로부터 깍듯한 예우를 받으며 귀한 신분으로 자랐다는 것, 그것이 전부였다. 욕망은 인생을 화려하게 하고 소유는 인생을 시들하게 한다더니 더 이상 욕망할 수 없는 정지된 인생은 맥이 풀린 듯 시들했다. 보통 사람들이 평생 구하고자 하는 것들이 그에게는 이미 주어져 있었다. 그러나 주어진 선물들은 더 이상을 욕망해서는 안 된다는 전제 조건을 단 것이었다.

안평대군은 도원을 꿈꾸고 그림으로 그려 곁에 두는 것으로 성에 차지 않았다. 도원을 만들어 놓고 거기에서 노닐고 싶었다. 사실 왕위를 넘보는 일만 아니라면 그에게 불가능한 일은 없었다. 이 땅 위에 도원을 만들자! 도원을 만드는 데 생각이 미치자 갑자기 그의 생활에 활기가 돌았다. 도원을 그리워할 것이 아니라 직접 만들어 보자. 그 생각을 왜 진작 못했을까, 그게 참 이상했다. 이 땅위에 작은 도원을 만들어보리라는 새로운 계획이 눈앞에 펼쳐졌다.

"행차를 준비하라."

안평대군의 윤기 나는 목소리가 인왕산 아래 수성궁을 쩌렁하게 울렸다. 그 날부터 안평대군은 몇 사람을 거느리고 이곳저곳 돌아다녔다. 경치가 그럴 듯한 곳이 눈에 띄면 자세히 살펴보고, 좋았던 곳이 기억에서 살아나면 직접 말을 달려가 확인해 보았다. 그러나 모든 것이 왠지 좀 미진하고 흡족하지 않았다. 며칠이 지나도 만족스러운 장소를 찾을 수 없었다. 그렇다고 금강산에 들어갈 수도 없는 일 아닌가. 그림을 수시로 꺼내 보듯이 가까운 곳에 도원을 만들어 놓고 무시로 드나들 수 있기를 소망했다.

봄물이 무르녹아 내리는 날 안평대군은 세검정으로 놀이를 나갔다. 절친하게 지내는 성삼문, 박팽년, 그리고 뜻이 맞는 사람들과 동행하여 장의사지 앞에서 연회를 베풀고 술잔을 돌리며 시를 주고받으면서 봄맞이가 절정에 이르렀을 때였다.

"사실, 도원을 그리워 할 것이 아니라 마땅한 곳에 하나 만들어 두면 어떨까?"

안평대군이 도원을 만들고 싶다는 말을 꺼내자 도도했던 취흥이 잠시 멈칫했고 침묵이 흘렀다.

"도원을 만든다? 어떻게 만든다는 말씀인지 자세히 말씀을 해 주셨으면 합니다. 평소에 생각하지 못한 일이라 갑자기 당황스럽습니다."

잠시 동안의 침묵을 깨고 성정이 곧고 바른 말 잘하는 성삼문이 물었다.

"조용한 곳에 도원과 흡사한 장소를 찾아서, 작은 집을 한 채 짓는 거야. 복숭아나무도 심고 꽃나무도 심고 인간 낙원으로 만들어 보는 거지. 속세에 물든 몸을 거기에 가서 쉬고 정기를 맑게 하는 ……, 자네들 생각은 어떤가?"

안평대군이 들뜬 표정으로 좌중을 둘러보았다.

"무릉도원이라는 것이 인간이 만들어서 되는 것은 아니지 않습니까? 손에 잡히지 않아야 그리운 마음도 더 생길 터이고, 무엇이건 손안에 있으면 시들해지는 것이 세상의 이치가 아닙니까?"

박팽년이 성질대로 직언을 하고 나섰다.

"그 말도 일리는 있네만, 작은 낙원을 만들고 싶다는 말일세. 뜻이 맞는 친구들과 어울려 놀기도 하고 시도 짓고, 세상의 속된 격정 근심이 없는 곳, 인간의 추악한 욕심이 침입하지 못하는 곳 말일세."

"하지만 이미 마포에도 담담정을 가지고 있는 터라 항간에서 말이 없을지 모르겠군요."

안평대군의 호사 취미를 익히 알고 있던 신숙주가 조심스럽게 말머리를 들고 나왔다.

"담담정도 물론 좋지. 그러나 담담정이 강물을 바라보며 열려진 곳이라면 앞으로 지을 작은 도원은 꿈에서 본 대로 숲속에 고적하게 들어가 있는 은자의 거처가 될 것이오."

안평대군이 〈몽유도원도〉에 집착하는 사실을 익히 알고 있는 터라 그의 뜻이 쉽게 꺾일 것 같지 않았다. 그래서 모두 고개를 끄덕일 수밖에 없었다.

"그런데 마땅한 장소가 아직 떠오르지 않는단 말씀이오. 집에서 가까우면서도 사람들의 눈에 잘 띄지 않는 곳이면 좋겠는데."

"그렇다면 혹시 부암동은 어떠하실지? 자하문을 나오자마자 오른 쪽으로 오르면 언덕이 좀 가파르기는 해도 백악산 줄기를 타고 골짜기가 제법 깊습니다."

"부암동이라……. 그렇다면 가깝기는 하지. 마치 깊은 산속에 있는 것과도 같고."

안평대군은 골똘하게 생각에 잠기는 듯했다.

"아 참. 한 군데 생각난 곳이 있네."

그는 무릎을 치며 탄성을 질렀다.

"어서 술 한잔 하고 일어서도록 하지. 자네들하고 같이 가서 확인하고 싶네."

안평대군의 얼굴이 활짝 핀 꽃처럼 환하게 펴지는 것으로 봐서 정말 좋은 장소가 생각난 듯 했다. 그들은 자리를 주섬주섬 거두고 안평대군의 뒤를 따라 나섰다.

그는 세검정에서 자하문으로 말을 달렸다. 자하문 앞에서 저 멀리 세검정을 향해 눈을 들어 산세를 내려다보니 꿈에 보았던 정경과 비슷했다. 안평대군은 자하문을 앞에 두고 일행을 흘긋 뒤돌아보더니 오른쪽으로 꺾여 들어갔다.

"아까 공이 이야기 한 곳은 반대편이 아닌가? 공자께서 다른 곳으로 가시려는가?"

뒤에서 수군거리는 소리가 말발굽에 묻혀 이내 사그라졌다.

"무슨 요량이 있으시겠지. 저렇게 자신만만하게 앞장서시는데, 설마하니……."

좁은 길을 따라 두어 마장쯤 들어가니 세검정으로 흘러내리는 시내와 울울창창한 소나무 숲이 이어졌다. 다시 시내를 끼고 완만한 산줄기를 타고 올라가 보니 빽빽한 나무와 수풀이 무성했다. 자신 있게 앞장 서는 안평대군을 따라 좀 더 들어가니 어둑어둑한 숲속에 갑자기 둥글고 넓은 빛기둥이 쏟아져 내렸다. 거기에 평평한 집터가 있었다. 그리고 보니 〈몽유도원도〉에서 늘 보던 도원과 비슷한 것도 같았다.

"이 산속에 웬 집터랍니까?"

"공자께서 미리 준비해 놓으신 터입니까?"

"……."

안평대군은 대답 대신 눈을 들어 그윽하게 그 곳을 바라보았다.

"여기가 바로 중부님이 출가하시기 전에 기거하셨던 곳일세."

아우 세종임금에게 왕위를 양보하기 위해 불교에 귀의한 효령대군의 집터였다. 효령대군이 양주 회암사에 가기 전까지 산속 고요한 곳에 와서 마음을 닦았던 곳이다. 효자였던 효령대군은 아버지의 심중을 눈치 채고 불교에 귀의함으로써 아우에게 길을 비켜주었다. 학문도 높고 재주도 많았던 효령대군으로서는 양녕대군이 폐세자된 후 심사가 적지 않게 괴로웠을 것이다. 그래서 이곳에 집을 짓고 산속에 들어앉아 손만 내밀면 잡을 수도 있는 왕위를 양보하기까지 마음을 다지고 또 다지고 비우고 또 비워냈을 것이다. 그 마음자리가 인가가 끊어진 쓸쓸한 집터만큼이나 신산해 보였다.

꼬불꼬불한 벼랑길을 위태하게 지나고 나니 갑자기 눈앞이 환해졌던 도원! 진분홍빛 만발한 꽃송이가 환하게 펼쳐지던 무릉도원 언덕! 언덕을 따라 비스듬히 펼쳐진 복숭아나무, 그 튼실한 가지마다 알알이 달린 산호 조각과 같이 붉은 도화! 안견은 도화를 그릴 때 금분을 써서 화사하게 칠했다.

그 도원의 정경과 흡사해 보였다. 인왕산으로 이어지는 산줄기 그리고 시냇물을 따라 세검정으로 이어지는 골짜기 안에 편편한 장소가 눈에 확 들어왔던 것이다.

안평대군은 상기된 얼굴로 좌중을 둘러보았다. 효령대군의 집터라는 말이 주는 무게에다 안평대군이 흥분하는 모습을 보니 누구도 함부로 말릴 수 없는 것임을 직감적으로 느끼고 있었다.

"여기에다 작은 도원을 지어볼까 하는데."

안평대군의 말에 다들 고개를 주억거렸다. 반대할 명분도 없었거니와 안평의 성격으로 미루어 보건대 한다면 할 것이었다. 대군을 저리도 흥분시킨 일이 근자에 없었다. 동년배로 같이 지내면서도 자신들만 벼슬길에 나가 있는 것이 왠지 걸리는 것도 사실이었다. 작은 도원을 짓는 일이 안평대군에게 위안이 된다면 나쁠 것도 없었다.

지금 인왕산 자락에 있는 안평대군의 집인 수성궁도 풍수로 보나 경치로 보나 빠지지 않았지만 이 산자락에 도원을 따로 간직하고 싶은 마음이 이해가 될 듯도 했다.

점술가인 맹인 지화가 안평대군 이용의 사주팔자를 보고 군왕의 팔자라며, 입 밖에 내면 역모가 되는 위험한 말을 입에 담은 적이 있었다. 관상감으로 있는 이현로는 한술 더 떠서 '더할 나위 없이 귀한 운명이며 임금의 팔자'라고 부추겨 세웠다. 겉으로는 웃는 체했지만 안평대군은 그들을 속으로 비웃었다.

나는 임금 일을 하고 싶지 않다.

안평대군은 가만히 되뇌어 보았다. 어디선가 많이 듣던 소리였다. 큰아버지 양녕대군이 대궐 안에서 법도와 격식에 맞춰 살아야 하는 임금의 자리를 버리고 자유를 찾아가기 위해 일부러 황음荒淫을 일삼으며 하던 말이었다. 큰아버지는 세자였으므로 버릴 자유도 있었지만 안평은 셋째 왕자이니 버릴 수 있는 처지도 아니다.

가뜩이나 몸이 약한 문종 형님은 아버지를 간호하느라 그나마 반쪽이 되었고 신하들이 간일시사間日視事: 하루씩 걸러서 국정을 보는 것를 간하여도 듣지 않았다. 오히려 간일시사를 권했던 판서 민신이 역적으로 오해받을 지경이었다. 문종임금이 잘못되는 날에는 수양대군의 차례가 될 터인데 아무래도 수양대군에게는 걸리는 것이 있었다. 수양은 문인보다는 야인의 기질이 승했다. 할아버지 태종임금과 많이 닮아서 성군의 재목은 못될 성싶었다. 그렇다면 그다음 차례는 안평이 될 수도 있다. 과연 그런 날이 올 수 있을까?

나도 임금이 되고 싶지 않다.

어쩔 수 없는 경우가 아니라면 일부러 힘들여서 임금이 되고 싶지는 않았다. 높은 자리인 만큼 외로운 자리였다. 일거수일투족이 누군가에게 보이고 조정 대신들이 매사를 간섭하고 나설 것이었다. 할아버지 태종처럼 힘으로 누르자면 자연 피를 보아야 할 것이요, 아버지 세종처럼 실력으로 누르자면 눈이 멀도록 밤낮으로 서책을 끼고 살아야 할 형편이었다. 그 두 가지 방식 모두가 마음에 차지 않았다. 최고의 자리이기는 해도 평생 그렇게 살기는 싫었다. 그래서 버릴 자격은 없지만 '나도 임금이 되고 싶지 않다'고 가만히 마음속으로 뇌어보는 것이다.

게다가 풍수를 안다는, 관상감으로 있던 이현로를 데려다

보이니 이곳이 바로 산줄기가 일어나는 명당이라고 한 술 더 뜨는 것이다.

"나으리, 풍수도참서에 보면 하원갑자에 성인이 나와서 목멱정의 물을 마신다고 했는데 이곳이 바로 참으로 왕업을 일으킬 땅입니다. 이곳에 살면 큰 복을 받을 것입니다."

"왕업을 일으킨다는 것은 우리 왕실이 모두 흥한다는 말이렷다. 나는 이곳에서 시나 읊으면서 상감마마가 흥하시기를 빌어야겠다."

"궁을 백악산 뒤에 짓지 않고 앞에 지은 탓으로 조선에는 정룡이 쇠하고 방룡이 흥하게 됩니다."

이현로는 방약무인하게 안평대군에게 대꾸했다.

"네가 목이 백 개라도 감당치 못할 소리를 함부로 하는구나. 그렇다면 정룡인 문종임금이 쇠하게 된다는 말이니 너는 천하에 죄인이다. 입을 조심해라. 한 번만 더 그런 소리를 내면 역모로 다스릴 것이다."

"대군 나으리, 풍수가 그렇다는 것이지, 소인의 뜻이 그렇다는 것은 아니올시다. 한 번만 용서해 주십시오."

"여기가 방룡이 흥하는 자리라면 어찌하여 중부 되시는 효령대군께서는 왕이 못되었단 말이냐? 효령대군께서 바로 이곳에 사시지 않았느냐?"

이현로는 뜨끔해서 안평대군의 눈치를 살폈다. 입으로는 역모 운운해도 과히 기분이 나쁜 표정은 아니었다. 정룡이 쇠하고 방룡이 흥하는 지세라? 다시 말하면 종손보다는 지손이 번성한다는 뜻인데 태종과 세종이 모두 방룡이고, 정종은 방룡인 동생 방원에게 임금의 자리를 급하게 물려주었다. 정종은 몸의 약하다는 것을 핑계 삼아 송도로 갔고 아들들을 모두 중으로 만들어 출가시킨 터였다. 동생 태종의 손아귀에서 아들의 목숨을 지키려는 피눈물 나는 선택이었다. 그렇다면 문종도 오래 못 간다는 이야기다. 이현로는 대 역모의 화를 불러올 수도 있는 방약무인한 말을 입에 담았다.

이현로의 말 때문이 아니라, 꿈에 본 도원과 비슷한 곳에다 무계정사를 짓고 싶은 마음을 내려놓을 수가 없었다. 그래서 국상을 입은 몸으로 게다가 남의 이목을 살펴야 하는 처지에도 불구하고 안평대군은 무계정사를 짓는 일에 착수했다. 그는 이미 마포에 담담정이라는 별장을 가지고 있었지만 그것은 한강의 경치를 음미하고 해질녘에 황금으로 번쩍이는 물너울을 바라보며 시를 짓거나 술을 따르면서 풍류 묵객들을 대접하기 위한 곳이었다. 담담정이 물이라면 무계정은 산이고 도원이었다.

정자가 완성되자 안평대군은 무계정을 단장하는 데 심혈을 기울였다. 집착이 있으면 반드시 욕심이 잉태되고 욕심이 성하면 죄가 되어 돌아온다고 하는 말이 걸렸지만 이상하게도 마음이 자꾸만 무계정으로 쏠리고 있었다.

"성인이 나타나서 목멱 우물의 물을 마실 것이다. 백악산 북쪽이 바로 그곳이다. 장차 임금이 일어날 곳이니 살면서 복을 받을 만하다"는 아첨의 말 때문은 아니었다. 또한 '대군으로만 되고 말 사람은 아니다'라는 허황된 말 때문도 아니었다.

꿈에 도원을 본 다음부터 얼마나 그 인상이 강했던지 복숭아꽃 만발한 도원에 그만 마음을 빼앗기고 말았다. 여인을 연애하는 것처럼 도원의 모습이 눈앞에 삼삼하게 떠올랐다. 그래서 그는 자신의 도원을 가꾸는 데 온 정성을 쏟았다.

창가에는 뭉게뭉게 피어난 눈처럼 하얀 꽃잎의 매화를 심고, 산다화와 옥매화를 어울리게 심었다. 아직도 청청한 서리 기운이 남아 있는 눈 녹은 자리에 매화가 피어 봄이 다가오는 것을 맨 처음 알려줄 것이다. 방 안에서 책을 들고 앉아 눈을 들면 창가에 매화가 한가득 시야에 잡힐 것이다. 뜰 옆으로 구색을 맞춰 붉은 동백도 나란히 심어 두었다.

뜰로 내려가는 계단 머리에 자미화가 자줏빛 안개처럼 벙글었다. 섬돌 밑에는 비단 치마처럼 꽃잎을 펼치는 함박꽃이 자리 잡았다. 계단 가장자리로 근심을 잊게 해준다는 노란 원추리가 둘러져 있다. 금상첨화로 분홍과 흰색의 철쭉이 호사스럽게 뜰을 수놓는다. 봄이 다 갔는가 싶게 꽃들이 하나둘 시들어 갈 때쯤이면 세상의 꽃들과 감히 어울릴 필요가 없다는 듯이 부귀를 자랑하는 모란이 드디어 자취를 뽐낸다. 꽃 중의 꽃, 화왕이라고 일컫는 모란은 자잘한 꽃들과 견주기 싫어서 아예 늦게 나오는 봄꽃이다.

창밖에는 푸른 부채처럼 펼쳐진 파초선이 보이고 흰색과 붉은색과 자주색의 복숭아꽃, 삼도화가 만발하다. 집 모퉁이에는 배꽃이 수줍게 꽃망울을 터뜨리며 웃고 있다. 영산홍이 화려한 자태를 뽐내고 나면 뜰 앞의 시렁에 줄기를 뻗친 장미의 어지러운 꽃무리가 높은 시렁을 버팀목으로 삼아 수놓은 휘장처럼 감아 올라가고 있다. 난간 뒤에 서 있는 해바라기는 하루 종일 해를 바라기 하다가 금빛 햇살을 머금고, 낮은 담장 밑에는 금잔화가 노랗게 피어서 눈을 유혹한다.

"금전金錢을 닮은 금잔화를 여기저기 심어서 온 누리의 가난한 자들을 구제하고 싶다"

신숙주는 금잔화를 이렇게 노래했다. 이에 질세라 성삼문도 "너를 보면 마음이 맑아지는데 너를 닮은 엽전을 보면 왜 욕심이 일어나는지 모르겠다"고 화답했다.

포도를 심어 덩굴을 드리우고 석류를 심어서 그 붉은 석류 알이 알알이 벌어지는 정경을 흠모하기도 했다. 석류를 바라보기만 해도 목이 타는 소갈병이 낫는 것 같았다. 향기 짙은 치자나무의 흰 꽃이 바람을 타고 코를 간질이면 그 향기가 서늘한 대나무 숲길을 따라 후원으로 퍼져나간다. 대숲을 지나온 바람은 소리마저 파랗게 물드는 것 같다. 집 뒤에는 늘 푸른 소나무가 절개를 지키고 서 있는데, 소나무가 외로울까 봐 등나무가 소나무를 꼭 감아 안고 있다. 울창한 회나무를 심어 깊은 숲 속에 있는 것 같은 분위기를 만들고, 문 앞에는 버드나무 다섯 그루를 심어 천 가닥의 주렴을 쳐놓은 듯, 푸른 연기가 슬려 있는 듯 조경을 하였다. 안쪽 담벼락에 해당화를 심고, 담 너머로는 붉은 비단 조각 같은 살구나무를 심었다. 사계절 꽃을 골고루 심어서 어느 계절이고 꽃이 빠지는 일이 없도록 세심하게 배려했다.

그래도 뭔가 미진한 구석이 있었다. 꿈속의 도원을 거닐 때 복숭아꽃이 만발한 동산 앞에 시내가 흐르고 있었다. 조각배가 매어 있던 정경으로 보아서 제법 큰 시내였을 것이다. 도원을 기억하면서 무계정사를 짓고 갖가지 화초로 장식했건만 돌이켜 보니 물이 없었다. 물은 만물의 생명을 잉태하는 근원이 아닌가. 안평대군은 뜰에 연못을 파게하고 연꽃을 심었다. 물속에 잠겨 있던 연꽃 줄기는 며칠 만에 길어 나서 연잎이 물 위로 펼쳐졌다. 연못가에는 봉황이 날아오기를 꿈꾸면서 키가 큰 벽오동을 옮겨 심었고 물 위에는 금계 두 마리를 만들어 띄워 놓았다. 바람에 작은 물결이 일고 금계가 흔들릴 때마다 두 마리 닭이 마치 천상에 있는 금닭 같아서 신선 노름이 따로 없었다.

연못을 파면서 생긴 흙으로 가산假山, 즉 나부산을 만들었다. 산처럼 높이 쌓아 올리고 화초를 심고 나무를 심으니 마치 커다란 산이 뜰 안으로 들어와 있는 듯 기묘한 조화를 이루었다. 뒤뜰로 이어지는 오솔길에는 공자의 덕을 기리는 은행나무를 심고, 서리를 이기는 국화며 늦가을 추위에도 잘 견디는 화초들을 심어 두었다. 감나무의 홍시는 푸른 하늘에 붉은 꽃처럼 점점이 타올라서 까치를 불러 모았다. 겨울에도 늘 푸른 소나무가 늠름하게 지키고 서 있으니 멀리 목멱산의 구름이 소나무 끝으로 곧 몰려올 듯하였다. 정원을 다 꾸며 놓고 안평대군은 말할 수 없는 행복감으로 흡족했다.

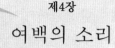

제4장
여백의 소리

　사장은 그즈음 획기적인 발견을 했다며 쾌재를 불렀다. 자연히 화랑에는 고미술 연구가와 서예가, 서예평론가와 몇몇 일간지 기자들의 발길이 잦아져서 상재도 나 몰라라 앉아 있을 수 없게 되었다.

　〈청산백운도〉의 진위 문제가 복잡한 파장을 불러일으키자 사장은 반대편의 몇몇 사람들의 무지와 고집을 탓하며 분을 쏟아냈다. 그러다가 '안견'의 그림에 대해 언급한 모든 자료를 구해 읽기로 작정했던 것 같다. 안평대군이 조선의 3대 명필 중 하나라고 하지만 전해 내려오는 그의 글씨는 별로 없다. 안평대군이 역모에 연루되어 그의 글씨며 필첩들이 재로 사그라졌기 때문이라고 한다면, 그것도 명분이 있었다. 그러나 안견은 성종임금 시절까지 오래 살아 있었다고 기록에도 나와 있었다. 그렇다면 역모와 관련된 〈몽유도원도〉를 제외하면 안견의 다른 그림들이 깡그리 사라져야 할 아무런 이유도 없는 것이다. 오히려 이상한 것은 역모에 직접 관련된 문제의 〈몽유도원도〉만 남아 있다는 것, 그리고 그 그림이 어떻게 모진 풍파 속에서 살아남았는가 하는 점이다.

조선 최고의 화가 안견의 그림이 모두 다 없어졌다 해도 어딘가에는 그의 그림에 대한 언급이 남아 있을 것이다. 안견이 늙도록 그림을 그렸다면 대한민국 어느 곳에서건 안견의 그림 하나쯤은 남아 있어야 한다. 그래서 사장은 『조선왕조실록』과 미술 사료를 정리한 책을 구해 닥치는 대로 읽었다는 것이다. 그러다가 다행스럽게도 진홍섭 선생이 쓴 『조선미술사료집』을 접하게 되었다. 그 과정에서 당시의 풍습으로 화가의 그림에 시를 써주는 제시題詩들이 많이 있다는 사실을 알게 되었다.

안평대군이 도원을 꿈꾸고 위대한 〈몽유도원도〉가 그려졌던 1447년, 그해의 『조선왕조실록』 어디에도 〈몽유도원도〉에 관한 기록을 찾아볼 수 없었다. 그 당시 쟁쟁했던 21명의 선비들이 찬시를 썼다면 상당히 비중이 있던 사안임에도 불구하고 안견이라는 이름도, 〈몽유도원도〉가 그려졌다는 사실조차도 기록되어 있지 않았다. 안견의 〈무릉도원도〉라는 글귀가 언뜻 누군가의 글에 비쳤을 뿐이다. 그러므로 〈몽유도원도〉는 오직 안평대군의 발문과 그 그림에 붙여진 찬시로만 말해지고 있었다. 『조선왕조실록』에는 당시 어느 고을에서 아무개가 남의 집 첩을 간통했다는 이야기까지 시시콜콜 적혀 있었지만 막상 그 그림에 대해서는 한마디 언급도 없었다.

안견의 그림들이 사라졌다 해도 당시 사대부들의 문집을 찾아보면 안견의 그림에 붙였던 제시들이 실려 있을 것이라는 추측이 가능했다. 사장은 그 가능성을 붙잡고 이 책 저 책 뒤적이다가 안견에 관한 다수의 기록이 있다는 것과 또 안견의 그림에 붙여진 제시가 남아 있다는 사실을 알게 되었다. 제시가 묘사한 내용의 그림들이 어딘가에 있을 거라는 기대로 사장은 동호인들을 만나면 안견을 소재로 대화를 나누곤 하였다. 그 제시들을 분석해서 역으로 안견의 화풍과 그림의 소재들을 추적해 낼 수 있다는 바람, 그리고 그 제시와 맞아떨어지는 작품이 있을지도 모른다는 기대감으로 작업에 착수했던 것이다.

그러던 어느 날, 사장의 말대로 안견의 혼령이 도우심인가. 자신이 퇴계 16대손이라고 입이 닳도록 주장하던 사장이 드디어 퇴계 선생의 문집에서 안견의 산수화에 제발題跋했다는 시 8수를 찾아냈다. 그렇다면 이 시가 어느 그림엔가 씌어졌다는 말이 된다. 문집에 소개된 이 시와 꼭 맞는 그림이 발견된다면 안견 연구에 획을 긋는 새로운 전기가 마련될 것이다. 그래서 내심 제시와 맞아 떨어지는 그림들을 수소문하는 중이었다.

그러던 어느 날 화랑으로 다급한 전화가 걸려왔다.

"뭐 20년 전에 사 둔 그림이 있다구? 안견 그림이라고 해서 샀다는 거야? 시도 씌어 있어? 그게 진짜 퇴계 선생의 글씨래?"

사장의 목소리가 점점 높아졌다. 사장의 목소리가 높아짐에 따라서 화랑 안의 공기도 팽팽하게 당겨졌다.

"어디야? 곧 가지. 뭐? 내일 오라구? 한시가 급한데 어떻게 기다려?"

사장은 수화기를 내려놓고 안절부절못했다. 긴 겨울 내내 안견의 이야기가 한 토막이라도 비친 사료들을 찾아 읽느라고 칩거하다시피 했는데, 이제 봄기운이 막 퍼지는 시절을 맞아 반가운 소식이었다.

"사장님, 내일 같이 가도 돼요?"

분위기에 편승해서 약간 흥분이 된 상재가 슬그머니 따라 붙었다.

"왜, 가고 싶어?"

"그럼요. 왠지 역사적인 일이 일어날 것 같은데, 그 현장에 참여하고 싶네요."

"그래, 가자. 그런데 내일까지 어떻게 기다리냐."

사장은 화랑 안을 왔다 갔다 걸어 다니며 초조를 감추지 못했다. 그게 진짜 안견의 그림이라면, 아, 얼마나 설레는 일인가!

"이번에도 학계에서 진품이 아니라고 하면 어쩌지요?"

상재는 조심스럽게 물었다. 저렇게 확신하고 있다가 만일의 경우 아니라고 하면 그 실망하는 모습을 마주하기가 민망했기 때문이다.

"야, 이번에 퇴계의 시가 틀림없다는 것만 밝혀지면 당연히 그 그림도 진짜일 것 아니냐? 퇴계 선생이 가짜 그림에다 시를 써 주었겠어? 게다가 당시에 뭐가 아쉬워서 가짜를 만들겠냐구. 요새처럼 그림이 대접받던 시절도 아닌데……, 화가라는 말이 요새는 문화인으로 통하니까 그럴듯하지. 그 당시에는 결국 환쟁이 아니냐, 환쟁이. 지금이니까 안견이 하늘처럼 보이지, 당시만 해도 호군 직책을 받은 것이 천민 장영실과 화사畵師 안견뿐이었어. 호군 직책을 받으면 궁궐에 출입할 수 있었거든. 세종임금이나 되니까 중인 출신 안견하고 천민 출신 장영실에게 일을 맡기고 직책도 주었지. 당시 사대부들이 얼마나 드셌는데, 다른 왕 같으면 감히 엄두도 못 낼 일이야. 아마 반대하는 상소가 빗발쳤을걸."

하품만 전염되는 줄 알았더니 흥분도 전염성이 있었다. 공연히 마음이 두근거렸다. 상재는 맞선 보는 자리도 아닌데 옷매무시까지도 단정하게 차리고 나섰다. 사장이 여기저기 연락을 해서 서예평론가와 동호인 몇 사람이 동석하게 되었다. 점심을 막 먹고 난 참이라 나른할 만도 했건만 사안이 중대한 만큼 전쟁터에 나가는 듯 비장한 어떤 결의까지도 있었던 것이다.

그 그림을 소장하고 있다는 이 선생의 집은 한남동 언덕 위에 남산을 뒤에 지고 한강을 향하고 있었다.

"한 20년도 더 되었을까. 안견의 그림이라는 말을 듣고 이 화첩을 샀어요. 그런데 상태가 안 좋아서 그중에 그림 두 장과 글씨 두 장만 배관을 해 놓고 나머지는 그냥 화첩 그대로 두었거든. 당시에 그림이 좋아서 샀는데 우리나라에 안견 그림이 없다고 하니 내가 속았나 보다 했지. 그래서 지하 수장고에 넣어뒀어요. 그런데 듣자니까 댁들이 찾는 그림 같기도 하고 말이야. 솔직히 글씨는 누구 것인지 잘 모르고 그림만 좋아서 산 것이거든. 그러니 한 번 보시오."

노인이 화첩을 펼치는 순간, 사장은 탄성을 질렀다.

"이건 분명해요. 이 그림 하며 이 글씨. 이 필체는 분명 퇴계의 것이야. 정 선생, 어떻소?"

사장은 서예평론가를 돌아보았다. 초서까지는 아니라도 반

초행서라고 할까, 흘려 내려 쓴 필체가 유려했다.

"이 시가 바로 문집에 있는 첫째와 셋째 수의 내용이네. 와, 이럴 수가!"

비록 다 낡아서 선명하게 보이지는 않았지만 퇴계의 필적을 알아보는 데는 누구보다도 자신이 있다고 큰 소리를 친 사장은 이것이 바로 안견의 작품에 제시를 했다고 문집에 기록된 시의 첫째 수와 셋째 수라며 환호를 올렸다.

山前茅店樹冥冥,　산전모점수명명
臨水柴門午不扃.　임수시문오불경
小市販魚翁未返,　소시판어옹미반
家人排網滿涉河.　가인배망만섭하

산 앞의 띠집은 나무 속에 그윽하고,
물가에 싸리문은 한낮에도 닫혀 있네.
마을에 고기 팔러 간 노인 돌아오지 않았는데,
집안사람들이 쳐 놓은 어망 모래톱에 가득하네.

蓮嶽峨峨竹院空,　연옥아아죽원공
何人栖遯欲長終.　하인서둔욕장종
洞門不是羊裘輩,　동문부시양구배
那肯來尋絶世蹤.　나긍래심절세종

연옥은 높디높고, 죽원은 비었는데
어느 누가 보금자리 삼아 숨어 살려 하였는고?

동구는 본시 은자들의 것이 아니거늘

어찌해 찾아오는 세속의 자취 끊어졌는고?

"이 시가 문집에 올라 있던 여덟 수 가운데 첫째와 셋째 수라면, 가만 있자. 이것이 바로 안견의 그림에 제시를 했다는 그 문제의 시란 말이야. 그렇다면 가지고 계신 화첩이 진짜 안견의 것이 아닐까요?"

노인의 얼굴이 빛나기 시작했다.

"그림도 있어요. 전에 구입할 때 여덟 작품이 다 있었는데 워낙 상태가 안 좋아서 그중에 괜찮은 것 두 점만 표구를 해 두었거든요. 나머지는 원래 상태 그대로 있는데 박락이 심해서 육안으론 구분이 안될 거요."

"어르신 그 말씀을 진작하시지. 그럼. 그림도 보여주실 수 있습니까?"

"그야 이를 말입니까? 어제 연락을 받고 글씨 두 점, 그림 두 점을 지하 수장고에서 찾아 올려놓았습니다."

사장은 눈을 감았다.

마침내 그림이 눈앞에 놓이자 사장은 엎드려 절이라도 할 태세였다.

"이렇게 배관拜觀할 기회를 주시니 감사합니다."

그림은 언뜻 보기에는 정사각형 같은데, 가로가 47.5센티, 세로가 45.5센티의 아담한 크기였다. 크기만 아담한 것이 아니라 여백이 많았다. 왼쪽 끝 부분에 나뭇가지 몇 개뿐이고 중앙에 나무와 집이 간단하게 스케치하듯 그려져 있었다. 오른쪽 상단으로 집 뒤에 산을 아주 단순하게 그린 것을 제외하고 나머지는 거의 여백이었다. 두 번째 그림 역시 칼바람을 맞아 견디고 있는 듯 뒤틀린 세 그루의 나무와 멀리 산 끝자락을 스케치해 놓은 듯 헐렁한 풍경에 어떤 여운이 있었다. 이 그림을 어떻게 말해야 좋을까, 어쩌면 이렇게 몇 가닥의 선으로 완벽한 경치를 표현할 수 있을까. 그 여백을 채우고 있던 것이 세월이 흐르는 동안 지워진 것일까. 아니면 처음부터 여백을 저렇게 많이 두었을까, 상재는 이런저런 생각에 잠겼다.

한동안 숨을 죽이는 긴장의 시간이 흘렀다. 사장은 그림이 문집 속에 있는 여섯째 수와 일곱째 수의 제시 내용과 딱 맞아떨어진다며 어찌 할 바를 모르고 기뻐했다. 술렁이는 분위기 속에서 상재도 점차로 흥분되어 갔다. 화첩을 펼쳐보았는데 박락이 너무 심해서 전체적으로 흐릿했기 때문에 첫째 수에 해당하는 내용의 그림을 선뜻 제시할 수 없다는 점이 아쉬웠다. 하지만 사장은 여덟 장의 그림 중에 상태가 가장 좋은 두 장이 각각 여섯 번째와 일곱 번째 시의 내용과 부합한다며 자세히 살펴보아야 한다고 주장했다. 상재도 덩달아 큰 기대로 설레면서 시의 내용과 그림을 가만히 비교해 보았다.

띠집 좋은 곳이 강가에 의지하여,

아득하여 경치 찾는 사람 불러들이네.

벼랑길을 나귀 몰아 숲속 마을 찾아 드는데,

들배는 노를 저으며 안개 낀 나루 가르쳐 주네.

그림이 흐릿하기는 했지만 강가에 띠집이 몇 채 보이고 그 뒤에는 높은 산이 마을을 두르고 있었다. 강가에 나무 몇 그루 그리고 왼쪽 아래에 나무가 그려진 평화로운 강변 마을 풍경 그대로였다. 나귀를 탄 사람들이 보이고 물가에는 배가 있는지 없는지 흐릿했지만 전반적인 구도는 시에서 말하고 있는 내용 그대로였다.

나머지 그림도 역시 시의 내용에 부합되었다. 괴상하게 뒤틀린 나무들과 기묘하게 생긴 산세는 육안으로도 쉽게 구별할 수 있었다. 흐릿한 달 모양의 배와 낚시를 드리운 삿갓 쓴 노인은 쉽게 구별되지 않았지만 바위 위에 서 있는 괴상한 나무는 표현 그대로 괴이한 나무였다.

> 괴이한 나무 바위에 의지하고, 물굽이는 산을 감싸 도는데
> 인간의 경치가 어찌 이리 넓고 한가한고?
> 야정野庭에 주인 없으니 내 마땅히 주인이리.
> 달 모양의 배 흐릿하고 삿갓 쓴 노인이 낚시 드리웠네.

"이건 퇴계의 문집에 올라 있는 제시의 내용과 꼭 같으니까 아무도 반박할 수 없을 것입니다. 두 편의 시는 퇴계 선생의 글씨가 틀림없어요. 문집에는 여덟 수가 다 소개되어 있는데, 전부는 아니지만 2편이라도 보게 되어 다행입니다. 게다가 문집에 퇴계 선생이

안견의 그림에 제시를 했다고 나와 있는데, 그 시와 딱 맞아떨어지는 이 그림들이 안견이 아니면 누구의 것이겠습니까? 이제 우리나라 미술사를 다시 써야 할 것입니다. 오늘은 그런 의미에서 역사적인 순간이고 이곳에 계신 분들은 새로운 역사에 참여하신 셈이죠."

서예감정가 정 선생이 비감어린 투로 말했다. 그 날 오후는 내내 흥분 속에서 보냈다. 아무리 여러 번 되풀이해도 질리지 않을 감격과 찬사 그리고 세인들의 반응에 대한 기대로 온 하루를 보낸 것 같았다.

"자네의 소감은 어떤가?"

돌아오는 차 안에서 사장이 물었다.

"제가 뭘 알겠습니까. 하지만 저는 여백이 주는 아름다움이라고 할까요? 좀 색다른 느낌이었어요. 중국이나 일본의 산수에 비해 단아하다고 할까요. 저는 첫 번째 그림이 〈몽유도원도〉에서 현실 세계를 나타내는 산자락과 많이 닮았고, 두 번째 그림 즉 일곱 번째 시와 비슷하다고 한 그림은 〈몽유도원도〉에서 도원으로 가는 통로, 절벽 사이로 길이 구불구불하고 산이 머리 위로 쏟아져 내릴듯한 그 부분과 흡사하다는 생각이 들었어요."

"자네 〈몽유도원도〉에 푹 빠져 있구먼. 그보다는 국립박물관에 있는 〈소상팔경도〉와 비슷하지 않아? 자네도 본 적이 있지? 안견 산수는 비교적 빈 공간이 많은 편이지. 자네 말대로 여백의 아름다움을 추구했을까? 그렇다면 상당히 현대적인걸."

"〈소상팔경도〉보다 더 담백하다고 할까요. 어떻게 표현해야 할지 모르겠는데요. 오래된 절에서 단청이 다 벗겨져서 나뭇결이 그대로 드러난 기둥이나 서까래를 보는 것 같은 느낌입니다. 물론 색색으로 단청이 입혀진 것도 나름대로 멋이 있지만 세월이 다 벗겨내고 그대로 속살을 드러낸 것 같은 거요."

"아무래도 재질에서도 차이가 날거야. 〈소상팔경도〉는 비단에 먹으로 그렸지만 이 산수화는 오래된 다듬이 장지에 그려진 것이지. 비단과 종이의 차이에서 오는 느낌도 다를 거야."

"그런데 정말 안견의 진품으로 인정해 줄까요?"

상재는 아주 조심스럽게 그러나 가장 중요한 질문을 했다.

"글쎄, 퇴계 선생이 가짜 그림에다 제시를 할 리는 없고, 퇴계의 글씨가 맞다면 진품이라고 봐야지."

상재의 뇌리에는 그리다 만 것 같은, 여백이 많은 산수화 두 점이 눈앞에 어른거렸다. 사장의 말대로 그것이 오래된 종이가 주는 색다른 느낌인지는 알 수 없었다. 화가 안견이 구하던 바는 먹고 살기에 급급한 인간이 아니라 생존을 넘어선 존재로서 인간 정신의 한 모습이었다. 정권 다툼으로 사화가 끊이지 않던 조선시대의 사대부들은 밖에서의 긴장에 대한 보상심리로 이러한 무심無心의 경지를 바란 것일까. 대부분 풍경화들이 현실과는 다소 거리가 먼 정적인 세계를 그리고 있었다.

"사장님, 그림과 같은 곳에 가서 며칠만 살다 와도 가슴이 후련해 질 것 같지요?"

"그야말로 신선놀음이지. 하기야 요즘도 비슷한 곳을 찾으려면 찾을 수 있을 거야. 어때, 한번 가서 살아 볼래? 강원도 산골에 가면 어쩌다 강물 따라서 배가 한 번씩 들어오는 마을이 있다는구

먼. 누구더라. 왜 화가 부부가 폐교된 학교에서 그림 그리며 살고
있다며?"

"그게 보기에만 좋지. 가서 한번 살아보시지. 보통 사람들은 한
달도 못 견딜걸. 불편한 게 어디 한두 가진가. 막상 가서 살자니 걸
리는 게 많으니까 그림이라도 걸어 두고 매일 바라보자는 거겠지.
그래서 요새 아파트 조망권 값이 있다고 하지 않나? 한강이 보이는
아파트가 수억, 산이 보이면 얼마 하는 게 다 뭔가? 각박한 생활을
할수록 강과 산이 그리운 법이지. 그러니까 눈으로라도 그 허기를
풀어야 해. 그 많은 돈을 들여서 비싼 아파트를 사려고 애쓸 게 아
니라 그만한 돈이 있으면 다 훌훌 털어버리고 진짜 강가에 가서 살
면 될 거 아니겠어? 하지만 강가에 가서 혼자 아니 몇 명이서 살면
뭐하나. 같이 놀 사람도 있어야 하고 봐주는 구경꾼도 있어야 신나
는 법이지. 맨날 혼자 낚시질만 할 수도 없는 일이고."

사장의 친구가 도리질을 쳤다.

"맞아. 그러니까 요새는 실버타운을 산속이 아니라 도시에다 짓
는다더군. 늙은이들일수록 사람이 그리운 법인데 산 속에 처박아
놔보라지, 누가 가려고 하나. 도시에 살다가 지쳤을 때 잠시 자연
속에서 살고 싶은 거야. 하루 종일 바다나 산만 바라보고 살라고 하
면 아마 다 도망칠걸."

사장이 말을 받았다.

"예나 지금이나 사람에겐 신선처럼 살고 싶은 막연한 꿈들이 있
는가 봐요. 그런데 그 신선이라는 발상은 도대체 어디서 나온 걸
까요?"

상재가 다시 말꼬리를 돌렸다.

"글쎄, 도교에서 나왔다고 봐야겠지. 그렇지만 명확하지는 않아. 신선이라는 말은 도교에서 나왔는지 모르지만, 불로장생이야 말로 인간의 가장 기본적인 욕망이 아니겠어? 그런데 자네는 신선이 무엇이라고 생각하나?"

갑작스런 질문이 상재를 향해 날아들었다.

"글쎄요. 완전히 신은 아니지만 사람보다는 능력 있는 존재라고나 할까요. 반신半神, 그렇다고 아이들 동화책에 나오는 수염이 긴 신령님은 아니구요. 어쨌든 신선은 경치 좋은 곳에서 책을 읽든지 거문고를 타는 존재로 상상해 왔어요."

당황한 상재가 더듬더듬 말을 이었다.

"보통 그렇게 생각하지. 하지만 신선이 인간과 다른 점은 수명이 엄청나게 길다는 것이야. 그래서 신선 노름에 도끼 자루 썩는 줄 모른다고 하잖아. 신선의 시간은 인간의 시간과는 차원이 다른 거야. 물론 도교의 중요한 요소로 신선술을 빼놓을 수 없지. 도교는 내세를 위한 것이 아니라 현세의 이익을 확보하려고 하는 것이니까. 주로 재물의 복을 받고 권세와 명예의 녹을 얻고 장수를 누리려는 목적을 가지고 있거든. 그중에서도 가장 중요한 것이 장수란 말이야. 그래서 자연히 장생불사長生不死에 관심이 집중되었지. 도교에서는 음양오행설을 많이 따지지만, 자세히 들여다보면 그게 섭생과 장생술의 원리와 많이 관련되거든. 그러다 보니 음양오행설이 의학에 엄청난 공헌을 한 것은 말할 것도 없지."

사장의 말을 들으며 상재는 내심 감탄했다. 사장은 화제가 풍부해서 그와 이야기하는 시간이 즐거웠다. 그가 너무나 바쁘게 돌아다니기 때문에 여유 있게 마주 앉아 많은 이야기를 나눌 수 없다는 점이 항상 아쉬움으로 남았다.

"저는 음양오행설이라고 하면 한약방 할아버지나 점쟁이가 하는 말인 줄 알았어요."

"물론 그런 면이 없지는 않지. 병을 고치는 것을 목적으로 하는 주술적 색채가 짙거든. 그래서 도교는 불교의 적수가 못되고 그냥 민간신앙으로 자리 잡고 말았지."

"하지만 그림에 나타난 신선의 이미지는 좀 다르지 않을까요? 이를테면 사람들이 명예와 이익을 추구하며 살다보니 어떤 정신적인 안식처가 필요하게 된 거지요. 강가에 띠풀 집을 짓고 낚시질하면서 어부처럼 살고 싶은 마음이 가끔 들기는 하겠지만, 실제로 그런 그림을 그리고 그 그림에 찬시를 쓴 사람들은 거의 다 벼슬길에 나가 있던 사람들이잖아요? 그 사람들에게 이상향이랄까, 안식처로 신선의 나라가 필요했던 게 아닐까요?"

"그럴 수도 있지. 일종의 대리 만족이랄까. 세속의 명리를 탐하면서도 가끔은 훌훌 벗어버리고 낚싯대나 드리우고 싶은 꿈이 누구에게나 있으니까. 하지만 막상 고기를 잡아먹고 사는 어부들에게는 그게 고통스러운 현실이거든. 적어도 소망하고 싶은 꿈은 아니란 말이야."

"어쨌든 누구에게나 한적한 곳에 가서 몸과 마음을 쉬면서 오래오래 평화롭게 살고 싶은 꿈이 있는가 봅니다."

"남 얘기할 거 뭐 있어? 자네가 대표적인 경우잖아. 그래서 프랑스에 가서 신선놀음하다 온 거 아니야? 하하."

"신선놀음이 아니라 도망갔다 왔습니다. 하하하."

그들은 유쾌하게 웃었다. 오랜만에 사장이 하는 일에도 서기가 비치고 있어서 이번 기회에 사장의 주장이 학계에 받아들여졌으면 하는 바람이 상재의 마음에도 간절했다. 학문이라는 것이 꼭 학위를 가진 사람들의 전유물이 아니라는 사실을 만방에 알리고 싶기도 했다.

상재 자신이 프랑스에 잠시 도피했던 것도, 안평대군이 무계정사를 짓고 그 정원을 가꾼 것도 따지고 보면 안견 산수화의 여백처럼, 생의 여백이었다. 그것은 아무 것도 그려져 있지 않지만, 그러기에 많은 것을 말하고 있었다. 왕자가 현실적 삶과는 별개의 세상을 만들려고 했던 무계정사는 분명 안평대군의 빈 곳 즉 마음의 여백을 드러내고 있었다. 안견 산수화의 여백에서 상재는 안견의 세미한 음성을 들을 수 있었다.

미안하다. 어쩔 수 없었다. 내가 희생을 치러 당신이 살 수 있다면 나는 기꺼이 그렇게 했을 것이다. 그러나 당신의 옆에 있다는 이유만으로 내 목숨은 보장받을 수 없었고 내 죽음과는 상관없이 당신은 죽을 수밖에 없었다. 그게 운명이라면 어쩔 수 없는 것이지. 당신이 도원의 꿈에 집착하고 무계정사에 애착하던 순간부터 그것은 운명이었다.

안견, 그는 누구인가. 조선 제일의 화가로 꼽히는 안견의 호는 주경朱耕 또는 현동자玄洞子다. '주경'이란 인주로 짓는 농사라는 뜻으로 화원의 신분을 나타내고 '현동자'란 '그윽한 골짜기에 사는 이'라는 뜻으로 그의 취향을 보여준다. 안견의 자는 가도可度인데, 이것은 "진퇴가도 주선가칙進退可度 周旋可則"이라는 말에서 유래되었다고 한다. 그것은 『춘추좌씨전』에 나온 말로 나아가고 물러섬과 모든 몸가짐에서 남의 본이 되었다는 뜻이다. 안견은 과연 물러섬과 나아감의 때를 간파한 사람이었다. 그런 뛰어난 예지력과 처세술이 있었기에 〈몽유도원도〉를 그렸음에도 불구하고 계유정난의 피바람을 피할 수 있었고, 화원으로서 한계인 종6품을 뛰어넘어 종4품까지 치오를 수 있었다.

안평대군은 왕자의 신분으로 시, 서, 화에 두루 능했고 당대의 명화를 수집하는 취미가 있었다. 그래서 그 수장품이 대단했고 더구나 안견의 그림을 좋아해서 안견의 그림을 30점이나 소장했다는 기록이 있다. 예술적인 안목도 높아서 안견의 재주를 알아보았고 인간적으로도 안견을 매우 사랑했다. 그래서 안견을 자신의 집에 묵객으로 잡아 두고 그림을 그리게 하고 수집한 그림들을 함께 보면서 담소를 나누기도 했다. 덕분에 안견은 당시에 유명하던 그림들을 두루 섭렵하고 그 기법을 익힐 수 있는 기회를 얻을 수 있었다. 그래서인지 그 유명한 〈몽유도원도〉가 안견의 그림이라고는 하지만 두 사람의 합작품이라고 하는 데는 이견이 없다.

안평대군을 따르는 사람들은 많았고, 그중에는 당대의 권력가들도 상당수 있었다. 무계정사에 많은 문인들이 모여 시를 짓고 풍류를 즐기는 중에도 안견은 특유한 감각으로 시절이 점점 위태로워지는 것을 느낄 수 있었다. 그러나 안평대군은 그를 놓아주지 않았다. 어느 날 안평대군은 매우 기뻐하면서 안견을 불렀다.

"내가 북경 저자에서 매우 좋은 용매먹 한 덩이를 구해왔네. 이 먹으로 그림을 그리면 얼마나 좋은 작품이 될 것인지 생각만 해도 기쁘네."

안평의 얼굴에는 정말 환한 미소가 피어났다. 그때 마침 안채에서 일이 있다는 전갈이 와서 안평대군이 잠시 자리를 비워야 할 형편이었다. 안견은 혼자 방안에 앉아 눈을 지그시 감았다. 마음은 조마조마한데 머릿속이 실타래가 얼크러지듯 복잡했다. 한참 만에 다시 방에 들어온 대군은 안견이 눈을 감고 앉아 있는 것을 발견했다. 안견은 가만히 앉아 있는데 두고 간 용매먹이 온데간데없었다.

"가도가 먹을 보관해 두었소?"

안견은 머리를 가로저었다.

"그러면 그동안 이 방에 들어 온 사람이 있소?"

"저는 다른 생각을 하고 있다가 미처 깨닫지 못했는데 아무도 안 들어 온 듯합니다."

"귀신이 곡할 노릇이군. 그러면 이게 도대체 어찌 된 일인가?"

안평대군이 언성을 높이는 데도 안견은 감았던 눈만 떴을 뿐 미동도 하지 않았다. 안견의 무심한 태도가 안평대군의 화를 질렀고 대군은 그 방을 담당한 계집종들을 불러 문초를 시작했다. 그들도 모르는 일이라고 완강하게 부인하자 점점 화가 난 안평대군은 급기야 종들에게 매질하는 사태까지 이르렀다. 이 모든 일들이 진행되는 동안 안견은 잠자코 자리를 지키고 앉아 있었다. 종들은 자신들이 방에 들어간 일이 없으니 안견을 조사해 보라고 그에게 혐의를 두었다. 안견이 펄쩍 뛰며 일어서는데 그의 소맷자락에서 용매먹이 방바닥으로 떨어지고 말았다. 그다음 일은 각자의 상상에 맡긴다. 안평대군은 벌쏘인 강아지처럼 길길이 뛰었고 안견은 그 민망한 상황을 끝까지 침묵으로 버텨냈다.

결국 안평대군은 안견을 내쫓고 말았다. 다시는 근처에 얼씬도 하지 말라는 말과 함께. 만천하에 드러난 도둑질이었으므로 아무런 변명도 못한 채 묵묵히 그 집을 나오는 안견의 심정을 상상해 보라.

자신을 아꼈고 자신에게 좋은 먹을 구해 주려 했던 왕자, 오래전부터 인연을 맺었고 1440년에 광평대군의 초상을, 1442년에 안평대군의 초상을 그려 줄 정도로 가까웠던 왕자였다. 〈몽유도원도〉에 이르러서는 두 사람의 예술혼이 하나가 되는 경지에 이르렀던 안평대군과의 결별의 아픔을 안견은 그 후의 산수화의 여백에서 말하고 있지 않은가?

배신자, 도둑으로 낙인찍히고 장안에 퍼진 파다한 소문으로 인해 안평대군과의 관계는 공식적으로 끝났다. 의리 없는 자라고 손가락질도 수없이 받았다. 그러나 그 후에 일어난 사화에서 안견이 용케 살아남았을 때 사람들은 안견을 달리 보기 시작했다. 그런데 안평대군이 소장했던 안견의 그림 30여 점은 다 어디로 흩어졌을까? 안평대군의 소장품들이 수양대군에 의해 불태워졌다면, 〈몽유도원도〉는 누가 어디에 숨겨두었던 것일까? 안견은 그림의 여백에서 그 말을 하고 있을지 모른다.

제5장

팔자소관

상재는 안평대군의 꿈을 여러 번 되풀이해서 읽었다. 박팽년과 함께 말을 타고 가다가 갈림길에서 주춤하고 서 있는 안평대군의 모습은 어땠을까? 어느 길로 갈까 망설이는데 누군가 나타나서 도원으로 가는 길을 가르쳐 준다. 골짜기를 끼고 돌아 들어가니 대나무 숲에 둘러싸인 마을이 눈앞에 펼쳐진다. 복숭아나무에는 앙증맞게 핑크빛 꽃이 만발해 있다. 마을 안을 흐르는 시내에는 빈 배가 흔들리고 있을 뿐, 사람은 물론이고 가축의 그림자도 보이지 않는다. 그때 마침 어디선가 신숙주와 최항이 나타나 함께 시를 짓고 어울리다가 산을 내려오면서 꿈에서 깨어난다.

하필이면 그를 배반한 신숙주와 최항을 도원에서 만났을까. 안평은 자신의 꿈을 스스로 해석하기를, 자신이 좋아하는 사람이 많은데 하필이면 꿈에 나타난 사람은 셋뿐이라며 아마도 그들과는 특별히 교분이 두터웠을 것이라고 말한다. 안평대군이 죽은 것은 1453년의 일이고 이 꿈을 꾼 것은 1447년이므로 6년이라는 시차가 있다. 따라서 당시에는 아마 그런 우호적인 해몽이 가능했을 것이다. 그러나 세조에 맞서 죽음도 불사

했던 박팽년까지 오히려 안평에게 사약을 내리라고 상소를 하는 것 역시 이해할 수 없는 일이었다. 이해되지 않더라도 왕조실록에 분명히 나오고 있으니 엄연한 사실이 아니겠는가. 역사의 기록을 보면 박팽년뿐만 아니라 심지가 굳은 성삼문까지 안평대군을 죽이자고 나서고 있다. 꿈속에서 함께 도원을 거닐었던 신숙주와 최항은 일찌감치 안평이 아닌 세조의 편에 섰으니 그렇다고 쳐도 그 아이러니를 어떻게 받아들여야 할 것인가. 그들은 도원에 안평대군을 홀로 남겨두고 말을 타고 돌아 나왔단 말인가.

〈몽유도원도〉에 앞을 다투어 찬시를 올리고 무계정사의 뜰에서 시를 읊고 즐기던 그 많던 사람들이 안평대군에게서 등을 돌렸다. 절개가 굳기로 알려진 사육신들조차 안평대군의 보호 방패가 되기는커녕 헌신짝처럼 그를 버리고 새로운 정권으로 돌아서다니. 예나 지금이나 힘 있는 자에게 사람이 몰리는 것은 당연한 이치건만 그래도 그들이 예사 사람이 아니고 소위 선비를 대표한다는 인물들이 아닌가.

사육신의 한 사람인 박팽년은 결코 안평대군을 위해 희생한 것이 아니었다. 안평대군이 사약을 받은 지 3년이나 지난 다음에 단종의 복귀를 꾀하다가 죽은 것이므로, 그가 안평의 편을 들었다고는 볼 수 없다. 안평대군의 주위에 사람들이 그렇게 많았어도 그의 편을 들어주던 사람은 겨우 몇 손가락을 꼽을 정도에 불과했다는 사실이 이미 꿈속에서 인적 없는 마을로 계시된 것이 아닌지……

안평대군은 어째서 다른 문인들처럼 가마를 타거나 걸어 가질 않고, 말을 타고 도원에 갔을까, 그것도 상재에게는 하나의 의문이었다. 하지만 안평대군은 알려진 대로 글을 잘 짓고, 글씨를 잘 쓰며 노래도 잘 했을 뿐만 아니라 무예에도 상당히 능해서 20세에는 함경도로 야인을 토벌하러 갔을 정도였다는 글귀를 접하고 보니 그 의문이 약간 풀리게 되었다. 그가 학문과 예술에만 전념했다면 그렇게 허망하게 죽지는 않았을 것이라는 생각이 들었다. 그러자 꿈속에서 보았다는 그 갈림길이라는 것이 학문과 정치라는 두 길로 보이기 시작했다.

만약 안평대군이 학문과 예술에만 몰두했다면 사약을 받고 요절하는 일은 피할 수 있지 않았을까. 굴원의 '도화원기'와는 달리, 안평이 꿈꾼 도원에는 살아 있는 사람들이 보이지 않는 것으로 보아 어쩌면 도원은 죽음의 세계를 의미하는지도 모를 일이었다. 아니면 잠시 동안 강화 섬으로 귀양 갔을 때의 적막한 정경을 미리 꿈으로 나타내 보여준 것인가.

당대에 따를 자가 없다는 명필이자 거문고 잘 타고, 시 잘 짓고, 무예에도 능했던 안평이 결국 자기 사람을 만드는 데는 실패했다는 이야기로밖에 달리 결론을 지을 수 없었다. 그를 위해서 방패막이를 한 인물이 거론되지 않았기 때문이다. 고작해야 이현로 정도가 안평대군을 따랐지만 그 또한 안평의 편에서 부와 영화를 누려보겠다는 사심이었음이 분명하다. 그렇다면 안평대군은 성격 이상자였을까? 안견의 후원자이면서도 결국 안견으로부터 따돌림을 당하지 않았던가? 상재는 미궁 속을 헤매면서 안평대군의 인간됨을 이리 저리 그려보았다.

실록에는 안평대군의 성격을 들뜨고 방탕하고 호사스럽다고 묘사하고 있었다. 책을 좋아해서 만권의 책을 소장하고, 수많은 명화를 수집하고, 마포에 담담정을 짓고, 북문밖에 무계정사를 지어 문인들과 어울려 놀기를 좋아했다고 전하고 있다. 안평대군의 사저인 수성궁은 물 흐르는 소리가 들린다고 해서 붙여진 이름이다. 인왕산의 산세가 굽이쳐 내려오다가 수성궁이 있는 곳에서 높은 봉우리를 이루고 그 봉우리만큼 깊어진 골짜기를 따라 시내가 흐르는 곳이다. 옥인아파트가 있던 곳이 바로 안평대군의 수성궁 자리라고 전한다.

안평대군은 이 아름다운 동산에서 어여쁜 여인들과 함께 매일 주흥과 시흥에 취해서 지냈다. 그것도 모자라 무계정사까지 지어 놓고 문인 묵객들을 데려다 시를 읊고 주흥에 취했으니 인간으로서 사치가 그만한 이도 없을 것 같다. 게다가 세종대왕의 동생인 성녕대군에게 양자를 간 처지에 그 소실과 간통한 일까지 있다는 기록이 사실이라면 이미 윤리 도덕과는 상당히 거리가 먼 사람이라고 할 수 있다.

기록이 전하기를, 안평대군은 사은사로 명나라에 갈 일을 놓고 수양과 다투다가 뜻을 이루지 못했다. 그러자 임무를 마치고 돌아오는 수양을 마중하러 가겠다고 임금을 조른다. 사신들을 영접하는 선위사를 자원해놓고 가는 도중에 일부러 말에서 떨어지는 해프닝을 연출한다. 그래서 형을 마중하러 가지 않고 평양에 눌러앉아 기생 박비와 어울려 놀았다는 말이 전해진다. 사실인지는 알 수 없으나 안평에 대한 기록은 명필이라는 것을 빼놓고는 대개가 다 부정적이었다. 남의 이목을 두려워하지 않고 제 멋대로 행하는 망나니 왕자로 기록되어 있었다. 더욱이 안견을 지성스럽게 후원했음에도 불구하고 안견은 꾀를 내어 그와 결별하지 않았던가

"그건 안평대군이 우유부단해서 그렇게 된 거야."

뜨겁게 달아오르는 〈청산백운도〉에 대한 진위 논쟁으로 화랑 출입이 잦았던 고서 연구가는 상재의 말을 듣더니 한마디로 일축해 버렸다.

"그 당시 정황을 생각해 보게. 조선이 건국한 지 겨우 60년 남짓되었어. 나무로 치자면 아직 뿌리가 깊이 내리지 않았단 말일세. 그런데 문종이 보위에 오른 지 2년 만에 죽는 불운이 생겼지. 그때 단종은 12세 소년이었단 말이야. 지금으로 말하면 초등학생인데 그 어린아이가 어떻게 나라를 다스릴 수 있겠나. 그러니 세종대왕의 고명을 받아 의정부를 쥐고 있던 사람들이 단종을 보호한다는 구실로 권력을 남용했음은 당연한 일이지. 그 대표가 황보인과 김종서 아니겠나. 권력이라는 게 무엇인지 그것에 맛을 들이면 마약 중독보다 더 심하다고 하잖아. 반대로 수양대군 편에서 보면 김종서가 의정부를 손에 쥐고 제 마음대로 좌지우지하는 것을 좋게 여길 수 있겠어? 그러다가 나라를 빼앗길지도 모른다는 의심을 할 만도 하지."

"김종서와 황보인이 했다는 그 황표정치 말이죠? 그들이 공정하게 정치를 한다고 했지만 자기 자식들의 벼슬이 마구 높아진 걸 보

니 권력을 남용한 것은 맞죠. 팔은 안으로 굽는다는 사실, 어쩔 수 없는 것이죠. 사실 저는 김종서가 육진을 개척한 무인인 줄만 알았는데 알고 보니 『고려사』 등 역사의 편찬을 맡을 정도로 실력도 있었더군요. 그래서 좀 놀랐어요. 더구나 〈몽유도원도〉에 부쳐진 찬시의 필체를 보니 저 같은 문외한이 보기에도 힘이 느껴져요. 그 기상이 과연 장수 김종서다웠습니다."

"이르다 뿐인가. 김종서의 글씨체를 보게. 정말 감탄이 절로 나올 정도라구. 같은 글자를 다 다른 필체로 썼는데 그게 보통 실력으론 되질 않지. 사실 역사는 어느 한 면만 보고 옳다 그르다 판단해서는 못쓰네. 김종서 입장에서 보면, 자기편 사람을 써야 어린 임금이 성년이 되도록 무사할 것 아닌가? 임금에게 아무런 정치적인 감각이 없는데, 그냥 맡겨두면 적을 기용할 수도 있으니까 미리 자기 편 사람 이름에 점을 찍어둔 게지. 그게 황표정치라고 해서 말이 많지. 하지만 입장을 달리해서 수양의 편에서 보면 자신의 측근들은 아예 벼슬길에 나가지도 못하게 차단하고 있으니 김종서가 왕위를 넘보고 있다고 생각할 수 있고. 아무튼 그때는 분경이라고 해서 종친들은 아예 종사에 관여하지 못하게 하는 법이 있었거든."

"그렇다면 안평대군은 결국 수양대군에 맞서기 위해 김종서가 표면에 내세운 인물에 불과하군요."

"그렇게 볼 수 있지. 사실 안평은 애초부터 수양의 적수가 못되었어. 김종서도 사람 볼 줄 아는 눈이 있는데 왜 수양과 손을 잡고 협력하지 않았겠나. 안평과 손을 잡은 것은 적어도 안평이 정치적인 야심이 없었거나 약했다는 말이 되지. 결국 위험인물이 아니었다는 의미겠지."

"안평이 왕위를 노릴 인물은 아니라는 말씀이지요. 그런데 제 생각은 안평이 문무를 겸비했기 때문에 그렇게 일찍 죽게 된 것 같습니다. 예술 쪽으로 확실하게 기울었으면 견제 대상이 되지 않았을 거 아닙니까? 그리고 안평은 수양에 대해서 본래 호의적인 감정을 가지고 있지 않았던 것 같아요. 라이벌로 생각했는지 아니면 무인 기질이 눈에 띄게 드러난 수양을 얕잡아봐서 그랬는지는 모르는 일이지만……, 사실 수양의 학문도 상당히 뛰어나지 않습니까?"

"그걸 안평의 호승기질이라고 해야 하나, 하여튼 자기 위에 사람이 없다는 듯이 방자한 것만은 사실인 것 같아."

"안평에게는 즉흥적인 데다가 유치한 구석이 있어요. 좋게 말하면 아주 순진한 것 같으면서도 또 전혀 다른 이기적인 면도 있고……."

"상재, 이 사람, 안평에게 푹 빠져 있구먼. 허허. 하지만 한 가지 기억해 둘 것은 수양이 승리한 데에는 결정적으로 그 뒤에 한명회라는 모사꾼이 있었기 때문이야. 안평의 측근이었던 이현로는 한명회의 상대가 못되었어. 어떻게 생각하면 이 싸움은 한명회와 이현로의 두뇌 게임이었지. 결국 모사꾼인 한명회의 승리로 판정이 난 셈이고."

모사가 한명회가 그 당시 김종서와 황보인의 비호를 받고 있던 안평을 따르지 않고 수양을 택했던 것은 역시 안평이 우유부단한 인물이었음을 암시해 주는 일인가. 그 시대가 강력한 절대 정치가 요구되는 때여서 수양처럼 결단성 있는 인물이 필요한 시대였다면 말이다. 그러나 후일 역사가들이 말하는 대로 한명회는 안평과 수양을 놓고 수없이 저울질했다고 한다. 결국 안평의 휘하에는 사람이 너무 많아서 공을 세웠을 때 자신에게 돌아올 지분이 작았고, 따르는 사람이 적었던 수양에게 가면 독점적인 위치를 차지할 수 있었으므로 수양을 선택하는 모험을 감행한 것이다. 수양대군은 자신의 동생과 조카 그리고 수많은 사람을 죽인 죄책감을 무덤까지 지고 갔지만 정작 수양대군을 숙주로 삼아 자신의 권력욕을 채운 한명회는 오랜 세월 부귀영화를 누렸으니 과연 모사가로서는 탁월한 선택을 한 셈이다.

왜 안평대군은 영응대군처럼 조용히 학문과 예술에만 몰두할 수 없었던가. 여덟째 왕자인 영응대군은 세종의 사랑을 지극히 받았을 뿐 아니라 형 세조의 사랑까지도 받질 않는가. 얼마든지 호사스럽게 살 수 있음에도 불구하고 검소하게 살았던 영응대군의 삶이 담담정이나 무계정사에서 호사스러운 주연을 베풀고 뱃놀이를 즐겼던 안평의 삶과 대비를 이루면서 상재의 눈앞을 스쳐 갔다.

순간, 상재는 안평대군이 자신의 내적인 공허를 그런 식으로 나타내지 않았을까, 어떤 느낌이 왔다. 연년생으로 형제들이 태어나 부모의 사랑을 받는 데도 뒤처지고 어차피 셋째이기 때문에 세자가 되지 못할 운명이었다. 게다가 남에게 지기는 싫은데 그게 뜻대로 되지 않을 때, 그저 될 대로 되라는 식으로 아무렇게 살아간 것이 바로 그의 인생이 아니었을까. 큰 것을 포기하고 나니 그다음 것들은 아무래도 좋다는 자포자기식의 삶을 살았던 것은 아닐까. 그림과 글씨 잘하는 것으로 자랑을 삼을 수 없었던 당시의 풍조에 발목을 잡히고 종친은 벼슬을 할 수 없다는 법도에 매여서 앞이 꽉 막힌 인생을 살아야 했던 안평의 심정이 어쩌면 이해가 될 듯도 싶었다. 아예 당호를 안평으로 정한 것이 편안히 놀며 지내겠다는 시위는 아니었는지. 안평의 우유부단함이라는 말이 상재의 가슴을 사정없이 할퀴어 댔다.

퇴계가 제시를 한 안견의 그림을 발견하였다고 기뻐 뛰던 사장은 잠시 동안 매스컴의 집중 세례를 받았고 그래서 우쭐하기도 했다. 그런데 어찌된 일인지 기존 학계 쪽에서는 침묵으로 일관할 뿐 아무런 반응을 보이지 않았다. 그러더니 퇴계가 제시했다는 산수화는 안견의 이름을 끌어다 붙이기에도 민망할 정도로 격이 떨어지는 작품이라는 혹평을 하고 나섰다. 구도나 공간 구성이 16세기 작품이라는 의견과 함께 퇴계 선생이 제시를 했다고 해서 그것이 곧 안견의 작품이라는 증거는 아니라고 반박하는 기사가 신문에 오르내렸다.

퇴계가 제시했다는 산수화는 원래 그림과 글씨가 8면씩 16면으로 된 화첩이었지만 6면의 그림과 2면의 글씨만이 남아 내려올 뿐이었다. 그중에서도 상태가 양호한 2면의 그림만 배관해서 보았는데 상재가 보기에도 그렇게 형편없는 그림은 아니었다. 어쨌든 사장은 다 이긴 줄 알았던 논쟁에서 예기치 못한 강편치를 맞고 분에 겨워 있었다.

"야, 그런 소리는 퇴계 선생이 16세기 사람이라서 해 보는 말이야. 안견이 그 당시로서는 대단히 장수해서 성종시대 까지 살아남았다는 기록이 있단 말이야. 퇴계 선생이 1501년생이고 이 화첩의 글씨는 그분 말년의 글씨에 해당하거든. 그러니 안견과는 일세기도 차이가 나질 않아. 그런데 퇴계 선생이 제시를 할 때, 상식적으로 생각해도, 안견의 가짜 그림에다 시를 써 주었겠냐? 그리고 자기네들이 무슨 도사야. 어떻게 그림을 보고 척하면 몇 세기다, 이런 말들을 함부로 해. 사실 절대적으로 옳은 감정이라는 것은 있을 수 없는 거야. 유명한 감식가일수록 실수의 확률이 낮다는 것뿐이거든. 그래서 대개의 경우 겸손하게 자신의 소견을 개진할 뿐이지, 저런 식의 오만한 단언은 하지 않는 법이란 말이야."

사장은 언성을 높이며 소금 뿌린 미꾸라지처럼 씨근덕거렸다.

"그 말은 맞아. 서화 감정에는 자수성가가 없다고 하는 말이 있어. 좋은 선생님 밑에서 지도를 잘 받고 훈련해서 실전 경험을 쌓아야 하는 것이거든. 진품은 진짜로서의 법칙이 있고 위조품은 가짜대로의 법칙이 있다질 않아. 그걸 두루 섭렵해야만 해. 교수들은 대학에서 이론적으로 공부만 했으니 현장 경험이 모자랄 수밖에 없지. 그러니 추상적인 소리만 늘어놓는 것이고. 가장 좋은 방법은 자기가 비싼 돈을 내고 미술품을 사보는 거야. 뭐든지 투자를 해야 제대로 배우는 것이거든. 그러면 눈이 확 뜨이게 되지. 하하하."

화랑에 자주 오는 김 선생이 화닥닥거리는 사장을 재미있다는 듯이 바라보며 말했다.

"그 교수의 말이 그 그림에 바늘 모양으로 나무를 그리는 침형세수針形細樹의 단선점준법이 보이기 때문에 가짜라는 거야. 단선점준은 16세기 그림의 특징이라서 15세기에 살았던 안견의 그림에는 나타날 수 없다는 거지. 하지만 생각해 보게. 아니, 화가들이 어느 준법을 언제부터 정확히 사용하겠다고 발표하고 그림을 그리나? 안견이 사용했던 기법을 그다음 후대들이 받아들여서 더 발전시킬 수도 있는 거잖아."

사장은 아직도 열이 받치는지 손으로 가슴을 쓸어내리며 말했다.

"너무 흥분하지 마시게. 아직은 우리가 하는 일이 계란으로 바위를 치는 일이 아닌가. 기다리면 때가 올 거야."

같이 있던 사람 중 하나가 사장의 등을 두드리며 위로의 말을 건넸다.

"안견의 다른 그림들이 그놈의 〈몽유도원도〉하고 화풍이 똑같아야만 진품이란 말이야? 요새 유행하는 말로 왜 있잖아? 역발상이라고 하던가? 오히려 〈몽유도원도〉의 화풍이 예외일 수 있다는 생각을 왜 못하는 거지? 이렇게 답답한 일이 또 있겠어? 안견이 안평대군이 소장하고 있던 곽희나 마원 등 여러 화가의 그림을 두루 섭렵해서 화풍을 익혔다는 기록도 안 읽어 보았어? 그러니 안견의 그림에 중국풍의 화풍이 나오는 것은 당연한 일 아닌가 말이야. 또

한 안견이 그렇게 획일적이고 하나의 화풍밖에 구사할 줄 모르는 화가였다면 그 이름이 오늘날까지 전해 내려오겠느냔 말이야?"

곁에 있던 사람들이 사장의 화를 누그러뜨려 보려고 이모저모로 애를 써보았으나 사장은 분을 참지 못하고 더운 날씨도 아랑곳하지 않고 밖으로 나가고 말았다.

"저것도 팔자야. 웬만큼 해 두지 않고⋯⋯, 아니 할 말로 뭣 땜에 자기가 안견의 일에 그렇게 팔을 걷고 나서? 그렇다고 자기에게 안견의 그림이나 한 점 있다면 또 몰라도. 저 사람이 똑똑한 것 같아도 지금 남 좋은 일만 하는 거라구."

모여 있던 동호인 중 한 사람이 사장의 뒷모습을 보고 혀를 차며 말했다. 그래서 이런저런 말들이 오가다 보니 소위 팔자타령이 나오게 되었고 이야기는 뜬금없이 팔자타령으로 돌아가게 되었던 것이다.

"말이 나왔으니까 말이네만 그 '팔자'라는 거, 어찌 생각하는가? 나는 '팔자소관이다'라는 말이 때로는 인간의 마음을 아주 편하게 해주는 좋은 말이라는 생각이 든단 말이야. 어차피 애를 써도 안 될 일이라면 팔자소관이다. 이렇게 다독거리면 마음 상할 일도 별로 없고. 안 그런가?"

"자네도 이제 다 되었구먼. 그 팔자타령이라는 것이 게으른 놈이 자기 합리화하기에 좋은 구실이지. 뭐 별다른 건가? 시험을 앞둔 놈이 공부를 대충 해서 시험에 떨어지고 나서 팔자소관이다. 운이 없었다. 이런 말 하면 듣기 좋은가? 나는 그 팔자라는 말을 믿고 싶진 않네. 팔자건 운명이건 다 자기가 만들어 가는 게야."

고미술학자인 김 선생이 양미간을 찌푸리며 팔자론에 반박을 하고 나섰다.

"하지만 조선시대를 생각해보라구. 종으로 태어난 놈이 팔자소관이다 여기고 살아야지 별 수 있어? 나도 들은 소린데, 인도에는 아직도 그 카스트제돈가 뭔가가 있잖아. 자기가 태어난 계급의 삶을 팔자소관이거니 받아들이고 순응하며 사는 거야. 그러니까 우리네가 생각하는 만큼 불행하지 않다는 이야기지. 처음부터 아예 욕구를 키우지 않았으니까 말이지."

"물론 어쩔 수 없는 경우에는 할 수 없지만, 내 말은 대개 팔자 타령하는 사람은 발전성이 없다는 이야기네. 아무리 가난한 집에 천덕꾸러기로 태어났다고 해도, 그대로 살다 죽으리라고 마음을 먹는 사람에게 무슨 발전이 있겠어?"

"그러니까 도저히 어쩔 수 없는 일에만 팔자론을 적용하면 괜찮을 것도 같단 말이야. 안 그래?"

누군가가 중도의 길을 제시하며 양쪽의 의견을 조정하고 나섰다.

"자네 말도 옳아. 안 되는 것은 체념할 줄도 알고, 받아들일 것은 받아 들여야지. 하지만 문제는 도저히 불가능해 보이는 일의 범위가 사람마다 다르다는 것이겠지."

김 선생은 한숨을 길게 내쉬었다.

"저도 문득 생각나는 것이 있어서 그러는데 어르신들에게 이야기를 해도 될까요?"

상재가 조심스럽게 이야기에 끼어들었다.

"아까 인도의 카스트제도를 말씀하셨는데요. 제 생각은 좀 다릅니다. 그 사람들이 순응하는 것은 팔자소관이라고 받아들이는 탓도 있지만 그 배후에는 엄청난 종교적 믿음이 있다고 해요. 다시 말해서 현생애에서 충실하게 살아야 다음 생에 다시 태어날 때 조금 더 나은 계급으로 태어날 수 있다는 윤회사상이 깔려 있기 때문에 현재의 모든 고통과 멸시를 참아내는 것이지요. 그러니까 자기의 일에 불만을 품지 않고 사는 것을 다음 생에 좀 더 낫게 태어나기 위한 노력이라고 보아야 할 것 같아요. 묵묵히 운명을 따르는 것은 욕구가 없어서가 아니라 좀 더 멀리 내다보는 내세의 욕망 때문이 아닐까요?"

"그럴듯하군. 결국 모든 것이 정신력이란 말이야. 상재 이 사람. 젊은 사람치고 생각이 깊다니까. 우리의 것을 아낄 줄도 알고. 자네, 사장의 뒤를 이어서 이 분야에 한 십 년만 파고들면 고미술화 분야에 상당한 재목이 될 거야. 자네 말이야. 〈몽유도원도〉에는 단선점준이 전혀 나타나질 않는지 잘 살펴보게. 어쩌면 단선점준이 보일 수도 있는 거 아니야? 한 번 분발해 보게."

뜻밖의 칭찬까지 듣게 되자 상재는 낯이 부끄러웠다. 단선점준이 무엇인지 확실하게 알아봐야겠다고 생각하면서도 팔자소관이라는 말이 더 큰 힘으로 다가왔다. 피라미 팔자로 태어난 놈이 대어를 바랄 수 없고 참새가 대붕을 꿈꿀 수 없듯이 사람은 타고난 팔자대로 살게끔 프로그램 되어 있는 것 같았다. 하필이면 그 시간에 그 곳을 지나가다가 어이없는 사고로 목숨을 잃는 사람들의 그 불가사의한 사연들을 팔자소관이라는 말이 아니면 어떻게 설명할 수 있으랴.

———————————— ❧ ————————————

모사가 한명회는 거사를 일으키기를 주저하는 수양대군을 충동질 할 때 '안평대군이 임금의 자리를 엿본다' 는 내용의 편지를 친구인 권람에게 보내는 수를 썼다. 수양대군과 절친한 권람이 그 편지를 수양대군에게 보여줄 것을 확신하고 말이다. 수양대군의 마음속에 있는 욕망의 꿈틀거림을 알아차린 한명회, 그리고 자신의 욕망을 솔직하게 인정하지 않았던, 아니 스스로 자신의 욕망을 마주보기를 두려워했던 수양대군.

요사이 돌아가는 이치가 이와 같고 안평대군이 임금의 자리를 엿보니 화란이 일어날 것은 뻔한 이치로 아침 아니면 저녁이라. 그대 생각해 보라. 화란을 평정하려면 제세발란濟世撥亂의 힘을 가진 임금이 아니면 안 되는데 지금 단종임금이 그것을 할 수 있겠는가. 수양대군은 활달함이 한 고조와 같고. 영특하고 용맹하기가 당 태종과 같으니 하늘의 명이 어디에 있는지 알 것이다. 그대가 수양대군을 가까이 모시고 있으면서 어찌하여 조용히 건의하여 늦기 전에 결단케 하지 않느냐.

한명회는 최후 수단인 이 편지를 수양대군에게 직접 전달하지 않고 권람에게 보내는 우회전략을 사용했다. 권람을 통해 수양대군이 이 편지를 읽게 될 것을 그림을 보듯 알고 있었기 때문이다. 수양대군이 움직여야 경덕궁 문지기인 자신의 처지가 탐스런 모란꽃처럼 크고 화사하게 피어날 수 있었다. 자신의 운명이 평생 궁지기로 살 팔자가 아니라고 했다. 수양대군이 일어나서 어린 새 임금을 옹호하는 일파를 싸잡아 안평대군의 일당으로 몰아 없애버리고 정권을 잡기만 하면 이조판서 한자리는 떼어 놓은 당상이었다. 이것은 감히 수양대군도 생각하지 못한 과감한 일이었다. 자신이 평생을 비천한 궁지기로 끝날 팔자는 아니라고 믿고 있었던 한명회도 나이가 삼십 팔세를 넘어 사십을 향하고 있으니, 언제까지나 감나무 밑에서 감이 입으로 떨어 들어오기를 바라고 있을 수는 없는 노릇이었다. 무엇인가 행동에 착수해야 하는데, 자칫 역보의 증거가 될 수 있는 위험한 편지에 자신의 운명을 걸었다.

수양대군을 한고조와 당태종에 비유한 것은 아첨이라고 하더라도 안평대군이 신기를 엿본다고 적은 것은 한명회가 지어낸 말이었다. 하지만 그것이 수양대군을 움직일 수 있는 가장 힘 있는 말 아닌가. 안평대군을 좋아하지 않는 수양대군의 심리를 이용해야 수양대군을 충동질 할 수 있었다. 또한 수양대군에게 거사를 일으킬 만한 좋은 핑계를 만들어 준 셈이었다. 이 편지에 한명회는 자신의 운명을 걸었다. 잘못되면 역적이요, 잘되면 정승이 되는 갈림길에 선 것이었다. 아닌 게 아니라 '안평이 신기를 엿보기에 부득이 하여'라는 구절은 수양의 눈에 불꽃이 튀게 했다. 수양대군의 마음속 깊이 감추어 있던 마그마가 갑자기 살아나서 단번에 이글이글 격동하기 시작했다. '안평이 신기를 엿보다니', 수양대군은 안평이 괘씸했지만 당장 어떻게 처리할 수도 없는 노릇이라 안절부절못했다.

만일 수양대군이 이 편지에 반응을 보이지 않는다면 한명회는 다른 곳에서 자신의 팔자를 고칠 방도를 찾아야 했다. 그 편지에는 수양대군의 이름이 거론되어 있기에 한명회를 역적으로 몰기도 쉽지 않은 일이었다. 공연히 이 편지를 문제 삼다가는 수양대군 자신도 역모의 회오리 속에 말려들 수 있기 때문이다. 이 모든 치밀한 계산에도 불구하고 이 편지에 수양대군이 어떻게 반응하는가에 따라 자신의 운명이 결정될 판이었다. 그래서 한명회는 편지를 보내놓고 두문불출하며 조마조마한 마음을 다스리고 있었다. 그러다가 수양대군에게 불꽃이 일어난다는 소식을 접하고 한명회는 회심의 미소를 지었다.

"안평이 애매하게 되었지만 나 같은 사람을 만난 것이 제 팔자이지."

한명회는 혼자서 빙긋이 웃었다. 그렇게 해서 성군 세종대왕의 셋째 아들이요, 단종임금의 숙부요, 수양대군과는 아버지도 같고 어머니도 같고 또 항렬로 바로 다음 되는 아우인 안평대군의 운명이 결정되었다. 영의정 황보인, 좌의정 김종서와 같은 정승을 역적으로 몰기 위해서는 어느 세력 있는 대군 하나 정도는 희생시켜야 하는 것도 정치의 논리이다. 세력 있는 대군이라면 수양이나 안평인데 한명회가 수양의 편에 붙기로 작정한 이상 안평이 희생되어야 하는 것은 자명한 이치였다.

그래서 안평대군은 영문을 알지 못한 채 조카인 단종을 없애고 왕이 되려했다는 누명을 쓰고 역적으로 몰리게 된 것이다. 이것도 팔자소관이라면 피할 수 없는 일이었을까.

제6장
무너진 울타리

세상에는 만약 그때 그랬었다면 그 일만은 일어나지 않았을 텐데, 그런 회한들이 얼마나 많은가. 하필 그 순간에, 그 사람이, 그 장소에 나타나지만 않았더라도 무사했을 일들과 애절한 사연들이 산을 이루고 강을 이룬다. 그 수많은 인연들이 비켜가는 경우의 수들 가운데서 하필이면 몇 가지 일이 그렇게 짝이 맞아 돌아갈 수가 있을까, 의아한 일이 많다. 비운에 간 소년 임금, 단종의 경우도 그중 하나일 것이다. 왜 하필이면 단종의 어머니는 그를 낳고 하루 만에 세상을 떠났단 말인가. 어머니가 없으면 아버지 문종이라도 오래 살았더라면, 하다못해 문종이 일찌감치 새 중전을 맞아들여 대비라도 왕실을 든든히 지킬 수 있었더라면 어린 임금이 두려움에 떠는 일은 없었을 것이다. 왜 문종은 현덕왕후가 승하한 후 10년이라는 긴 세월을 혼자 살았던 것일까.

문종은 아내를 이미 두 번이나 폐위시킨 일이 있었다. 그래서 후궁이었던 양원 권씨 즉 현덕왕후를 세자빈으로 승격시킨 것인데 처복이 없었는지 아들을 낳고 산후 출혈이 심해 하루 만에 숨을 거두고 말았다. 현숙한 여인이었고 중전 감으로 부족함이 없는 부덕한 여인이어서 오랜만에 마음을 붙이고 살던 차에 그렇게 허망하게 세상을 떠나니 부인을 따로 두고 싶은 마음이 싹 가시게 되었다. 처복이 없어도 그렇게 없을 수 있을까.

> 이제부터는 장가드는 일 없이 혼자 살고자 합니다. 윤허해 주시옵소서.

세자의 비장한 청에 세종대왕과 소헌왕후도 더 이상 어떤 권유를 할 수 없었다. 문종이 애초부터 여색에는 관심이 없는 터였고 다행히 대를 이을 손자를 보았으니 부인을 얻으라고 강권할 명분도 없었다. 그러나 그것보다는 몸이 약한 문종이 다른 부인을 얻어 왕자를 생산한 후에 만일 잘못된다면 왕위를 놓고 피비린내 나는 싸움이 일어날 것을 염려했다. 그래서 차라리 지금 얻은 손자를 잘 키우는 것이 낫겠다는 판단하에 중전 없이 살 것을 허락했던 것이다.

할아버지 세종대왕이 세상을 떠났으면 할머니라도 오래 살았더라면 좋았을 것을, 할머니가 먼저 서둘러 세상을 버리고 말았다. 삼촌인 수양대군이 주공처럼 야심 없이 어린 조카가 성년이 되도록 잘 보위했더라면, 안평대군이나 김종서 장군이 어린 단종을 막아주는 울타리 역할을 잘해주었다면, 소년 단종이 그렇게 어린 나이에 비운의 주인공은 되지 않았을 것이다. 또한 세종대왕이 그토록 아끼던 집현전의 인재들도 몸이 갈가리 찢기는 참극을 면할 수 있었을 것이다. 뿐만 아니라 그들의 어린 자녀며 처자와 동생들도 한 구덩이에 몰려 죽는 일은 없었을 것 아닌가.

하지만 일을 당하는 사람은 당시에는 그것을 깨닫지 못한다. 큰일을 당하고 나서야, 그때 그 일만 피했더라면 이러저러했을 텐데 식의 가정을 수없이 되뇌는 것이다. 그때 그 길로만 가지 않았더라면 교통사고를 당하지 않았을 것이고, 하필이면 그 시간에 거기에 있지 않았더라면, 쓰나미 해일이나 지진을 만나지 않았을 것이다. 하지만 인간은 바로 앞에 일어날 일을 모르기 때문에 평안하게 잠을 잘 수도 있고 내일을 계획하기도 한다.

백두산 호랑이 김종서. 그는 함길도 병마도절제사로 북쪽의 변방을 지키는 책임을 지고 야인들의 손아귀에서 조선을 지켜온 장수 중의 장수였다. 나라의 안위를 두 어깨에 짊어지고 있었기에 세종임금의 극진한 사랑을 받았고 김종서 또한 그 사랑을 지극한 충성으로 화답했다. 그러나 사랑을 받은 만큼 보답해야 하는 것이 세상의 이치인지라 어머니의 상을 당하고도 겨우 장례만 마치고 삼년상을 치르지 못한 채 변방으로 돌아가야 했다. 삼년상을 치르게 해달라고 상소를 올렸지만 끝내 허락 받지 못하고 그 추운 북방으로 돌아갔다.

김종서는 효도를 다 하지 못한 죄책감을 깊이 새겼다. 그래서 육식을 먹지 않고 채식을 고집하는 것으로 불효를 사죄하면서 나름대로 마음으로 어머니 상을 지내고 있었다. 하지만 그것마저도 뜻대로 되지 않고 김종서는 왕명에 의해 고기를 먹을 수밖에 없게 된다. 변방을 지키는 장수가 몸이 약해지면 안 된다며 강제로 고기를 먹게한 것이다. 먹는 것조차 마음대로 할 수 없는 처지였다. 그만큼 책임이 막중한 자리였으므로 충성을 다해 임금을 섬기고 변방을 지켜야 했다.

겨울이면 늘 경험하는 일이지만 천지가 흰색으로 덮이면 그 쌓인 눈이 햇빛에 반사되어 온 천지가 불이 켜진 듯 환했다. 눈이 부시던 그 밝음이 스러지자 요요한 달빛이 차가운 눈 위에 내려앉았다.

삭풍은 나무 끝에 불고 명월은 눈 속에 찬데
만리변성에 일장검 짚고 서서
긴파람 큰 한소리에 거칠 것이 없어라

그는 목청껏 소리를 질렀다. 우렁우렁한 고함은 평원을 지나서 계곡을 따라 어디론지 아스라이 흘러갔다. 백두산 호랑이의 포효는 변방에서 오랑캐들의 간담을 서늘하게 하고 어머니가 계신 곳으로 흘러갈 것이었다. 어느 시대, 어느 사회를 막론하고 지도자에게 신임을 받고 최고의 지위에 오른 사람이 그만큼 시기의 대상이 되는 것은 정한 이치다. 따라서 수많은 모함과 시기의 가시밭을 헤치고 최고의 자리로 올라간 사람은 실력은 말할 것 없고, 여러 사람에게 신임을 받았을 뿐 아니라 운도 좋았다고 할 수 있다.

김종서에게도 여러 고비가 있었다. 같은 계열에 있는 사람에게 미움을 받기가 십상인데 병조판서 최사강에게 곤욕을 당한 것도 그러한 이치였다. 최사강은 딸 둘을 태종의 왕자 함령군과 세종의 왕자 금성대군에게 출가시키고 손녀딸까지 세종의 넷째 아들 임영대군에게 출가시켜 왕실과 든든한 겹사돈을 맺은 세력가였다. 아래위, 좌우로 세도가 당당한 병조판서 최사강에게 김종서가 밉보인 것도 어쩌면 자연스러운 일이라고 할 수 있다.

김종서는 비장裨將으로 데리고 있던 박호문을 나무랐다가 오히려 그에게 참소를 당해 하마터면 벼랑에서 굴러 떨어질 위기의 순간을 당한 적도 있다. 박호문은 자신이 오랑캐 포로들을 풀어 도망치게 만들고 김종서가 감시를 등한히 해서 포로들을 놓쳤다고 거짓으로 보고를 올렸다. 김종서가 야인들과 내통하는 것 같다는 암시를 잊지 않았다. 임금과 신하 사이를 이간하는 여러 말과 정황에 휘둘러서 현군 세종임금도 잠시 총명이 흐려져서 하마터면 김종서를 처벌할 뻔했다.

그러나 세종임금은 과연 성군답게 황보인으로 하여금 거짓 없이 조사할 것을 명령하여 사태를 바로잡고 오히려 김종서를 서울로 불러들이게 된다. 그때 황보인이 제대로 조사를 하지 못했다면, 변방에서 포로들을 도망 보낸 연극의 연출자가 박호문이라는 것을 밝혀내지 못하고 깜박 속아 넘어갔다면, 김종서는 야인이 되어 재야에 묻혔을 것이다.

인생만사가 새옹지마이고 전화위복이라고들 하지만 이 일

로 인해 김종서는 오랫동안의 변경에서의 삶을 정리하고 형조 판서로 부름을 받게 되었다. 하마터면 야인 포로들을 놓아준 역적 죄인이 될 뻔했는데 오히려 그 일이 김종서를 형조판서 로 만들어 준 셈이었다. 그다음부터 김종서는 세종임금이 온천에 갈 때 어가를 호위하는 임무를 수행하고, 예조판서가 되어 『용비어천가』를 편찬한 것은 물론, 세종임금의 묏자리까지 미리 정하고 정비하는 임무를 수행했다. 여러 가지 우여곡절로 사헌부의 탄핵도 받고 사직서도 제출했으나 그의 강직한 성품이 그를 우의정까지 이르게 하였다.

그렇게 세월이 흘러 1453년, 계유년에 김종서는 이미 71세의 상노인이 되어 있었다.

"수양을 사은사로 명나라에 보내는 것이 아니었어."

그는 쓸쓸히 되뇌었다. 그러나 누가 보낸 것이 아니고 수양 자신이 가겠다고 자천한 일이 아니었던가.

"하지만 그때 어떻게 해서든 말렸어야 했는데……."

함께 딸려 보낸, 서장관으로 발탁된 범옹 신숙주 그리고 수양대군의 요청으로 할 수 없이 보낼 수밖에 없었던 아들 김승규, 영의정 황보인의 아들 황보석의 안부도 궁금했다.

자신을 극진히 사랑했던 세종임금, 한 오라기의 의심 없이 충성을 다 바쳐도 아쉬울 것이 없었던 지혜로운 왕을 모시고 사는 것이 복이었다면 세종임금을 먼저 보낸 것은 감당하기 힘든 불운이었다. 게다가 세종임금의 대상을 마치자마자 병약한 문종은 피지도 못하고 사그라지는 꽃잎처럼 시들시들했다.

시든 꽃잎이 떨어지는 것은 세상의 이치 아닌가.

세종이 승하하기까지 마지막 두어 달 동안 세자였던 문종은 하루도 편하게 잠을 잔 적이 없었다. 영응대군 사저로 거처를 옮기면 좀 나아질까 했으나 처음에는 차도가 있어 보이던 환후가 급격히 나빠지기 시작했다. 실력 있는 의원들이 모두 매달렸지만 회복의 기미가 보이지 않았다. 국가에서는 불교를 배척하는 정책을 쓰고 있었지만 상황이 다급해지자 혹시 부처님의 은덕을 바라고 보름날에는 영응대군 사저에 스님 50명을 불러 구병정근救病精勤을 베풀었다. 또한 하옥되어 있는 죄인들을 방면하는 선심 조치를 취하기도 했다.

주자 성리학에 입각한 합리주의를 신봉했기 때문에 세종임금은 현실의 길흉화복을 해결하는 데 불교는 아무런 도움이 되지 않는다며 허망한 가르침이라고 확신하고 있었다. 그러나 45세의 장년기에 들어섰을 때, 세종임금은 며느리인 세자빈 양원 권씨가 세손을 낳고 젊은 나이로 죽는 참담한 일을 당하였다. 3년 후에는 광평대군, 다음 해에는 평원대군을 잃게 되면서 마음의 빗장이 점차 풀리기 시작했다. 아내인 소헌왕후가 세상을 떠난 후 아내의 빈자리 때문에 마음이 허해서도 그렇지만 인생의 허망함에 스스로 굳었던 마음이 무너져 내리고 있었다. 그래서 수양대군으로 하여금 어머니를 추도하며 〈월인천강지곡〉을 지어 올리게 하였다. 유생들의 반대 상소가 빗발치는데도 세종대왕은 여러 가지 불교 행사를 단행했다. 아마도 단종의 모후인 며느리가 세상을 떠나면서부터 인생의 허무를 더욱 깊이 느낀 것 같았다. 인간의 힘으로는 어쩔 수 없는 일들에 대한 생각이 깊어졌고 종교에 귀의하는 마음이 생겼던 것이다.

문종이 옷고름을 풀고 잘 수 없을 정도로 뜬 밤을 새우며 자리를 지켰지만 그 정성스런 간호도 보람 없이 세종임금은 세상을 떠났다. 원래가 어질고 효성스러운 문종은 자신의 불효를 탓하며 아버지의 상을 정성껏 받들었다. 그 후 문종은 왕이 된 뒤에도 아버지 상을 지키고 학문을 연구하고 민정을 살피느라고 잠시도 한가한 적이 없었다. 원래 병약한 몸이 그렇게 일을 많이 하니 갈수록 몸이 쇠약해지는 것은 당연한 일이었다.

보다 못한 판서 민신은 하루 쉬고 하루 정사를 보는 간일시사를 주장하였고 영의정 황희도 그 의견에 찬성하였다. 그러나 '임금이 게으르게 천 년을 살면 무엇 하느냐. 부지런히 정성을 다해 일 년을 살아도 족하다'고 고집하면서 끝내 듣지 않았다. 하지만 정인지와 수양대군 일파는 임금이 정사를 돌보는 것이 옳다면서 왕을 쉬게 하지 않았다.

그때 나서서 왕을 쉬게 했어야 하는데, 그랬더라면 문종임금이 아버지의 상을 벗자마자 그렇게 홀연히 가지는 않았을 것이다. 어진 왕이 되려고 무리할 것이 아니라 오래 살아서 아들을 지켰어야 옳지 않을까. 부지런히 살다가 일 년 후에 죽어도 족한 것은 문종 자신에게나 해당되는 사정이었다. 그토록 사랑하던 아들이 비참하게 갈 줄 알았더라면 사랑하는 아우들과 충신들이 그렇게 죽임을 당할 줄 알았더라면 문종임금도 그렇게 몸을 혹사하지는 않았을 것이다.

김종서는 지나간 일들로 회한에 가득 찼다. 한 치만 앞을 내다볼 줄 알았더라면, 그랬더라면 목숨을 내놓고 막을 수도 있었을 일들이 하나 둘씩 빠르게 기억에서 떠올라왔다.

1452년 문종 2년의 봄은 어수선했다. 문종은 식은땀을 흘리면서도 종사에 열심이었지만 임금을 바라보는 신하들의 마음은 바람 앞에 등불처럼 위태로웠다. 세종대왕의 대상을 앞두고 문종은 영릉에 다녀오고, 휘덕전에 나가 정중히 대상제사를 지내느라 여념이 없었다. 종기의 고름을 짜고 나면 하루쯤은 가벼워진 듯하다 다음날이 되면 다시 열이 높아졌다. 몸은 점점 눈에 띄게 약해져서 5월로 들어서면서는 친히 정무를 볼 수 없을 지경이었다. 임금의 환후가 중해지자 조정도 숨 가쁘게 돌아갔다.

초나흗날부터는 모든 공적인 일은 문서로 올리고 임금과의 면담을 제한하기로 결의했다. 다급해진 조정은 문종의 쾌유를 위하여 종묘, 사직단, 소격전, 삼각산, 백악산, 목멱산의 신들에게 빌기 위해 중신들을 보냈고 안평대군도 대자암에 가서 기도를 드렸다. 경기도 고양 벽제에 있는 대자암은 세종대왕의 동생 성녕대군이 꽃다운 나이로 요절하자 그 넋을 달래기 위해 지은 절이었다. 성녕대군이 죽던 해에 태어난 안평대군이 그의 양자로 보내졌고 그런 연유로 안평대군은 대자암에 가서 기도를 올리게 되었다. 수양대군도 도승지 강맹경을 거느리고 홍천사로 가서 공작재孔雀齋를 올렸다.

그래도 차도가 보이질 않자 10일부터는 조관들을 여러 도에 파견해서 명산과 대천의 신에게 기도하게 하였다. 영의정 황보인은 종묘에서 기도했고, 우의정 김종서는 사직단에서 간절히 빌고 또 빌었다. 공조판서 정인지는 소격전에서 지성과 성심으로 기도를 올렸다. 그러나 여러 사람의 간절한 기도에도 아무 보람 없이 1452년 5월 14일 오후 6시에 문종은 39세의 나이로 승하하고 말았다.

문종임금은 천성이 너그럽고 기쁨과 분노를 얼굴에 나타내지 않았으며 모든 동작이 한결같고 법도에 어긋남이 없었다. 문사나 초서, 예서 그리고 모든 학문에 신묘한 경지에 도달했다고 한다면 지나친 과장일까. 물론 사랑의 상처도 깊었을 것이다. 동궁 때 열다섯의 나이로 맞아들인 동갑내기 세자빈 휘빈 김씨와 첫사랑이 자못 깊었었다. 휘빈이 열일곱이 되었을 때 그 얼굴은 복사꽃처럼 피어나고 세자의 잘생긴 모습도 늠름하여 젊은 한 쌍은 마치 그림처럼 아름다웠다. 그러나 모든 좋은 일에는 그림자가 따르는 법, 그 젊은 부부를 축복하는 말보다는 세자의 얼굴이 창백해지고 공부를 멀리한다는 소문이 돌았다. 세자빈이 세자를 휘어잡고 놓아주지 않는다는 소문도 함께 떠돌아다녔다. 세자의 마음을 사로잡기 위해 요상한 것들을 지니고 요망한 짓을 한다는 참소를 받은 휘빈 김씨가 드디어 폐위되어 삼청동의 사가로 쫓겨나는 비운을 맞게 되었다.

세자는 아무런 힘도 쓰지 못하고 세자빈을 떠나보내야 했다. 그래도 일국의 세자이건만 사랑하는 아내가 모함을 받고 울며 쫓겨나는데도 아무 것도 할 수 없었다. 여염집의 사내만도 못한 무능력한 자신에게 화가 날 지경이었지만 그 화를 함부로 드러낼 수도 없는 처지였다. 아름다운 휘빈 김씨와는 반대로 성품이 거칠고 박색인 순빈 봉씨가 정략적으로 선택되었다. 그러나 이미 자신의 무능력에 아파하며 궁중의 생활에 염증을 느낀 세자의 마음을 사로잡을 수는 없었다. 남편의 사랑을 얻지 못한 여인, 순빈은 그녀대로 성품이 거칠어져 갔고 여러 가지 부덕한 행위를 하다가 결국 쫓겨나고 말았다.

순빈과 불행한 부부생활을 마감하고 그다음 가례를 올린 것이 단종의 모후인 안동 권씨 현덕왕후였다. 하지만 현덕왕후와도 기껏 몇 년 동안 부부의 연을 맺은 것이 전부였다. 공주에 이어 원자를 낳고 하루 만에 세상을 떠나자 아내 복이 없는 문종은 '남녀와 음식은 사람의 욕심 중 가장 큰 것이지만 나 같이 병약한 사람에게는 긴요치 않다' 는 말로 모든 권유를 물리치고 말았다. 문종은 마치 수도승처럼 학문에 몰두하고 효성스럽게 부모님을 섬기다 그렇게 허망하게 가버린 것이다.

그다음의 어지러웠던 일들, 소년 왕의 즉위와 대간들이 청했던 분경奔競금지가 가물가물 의식이 흐려지는 김종서의 뇌리에 떠올랐다. 분경이란 개국초기부터 금했던 것으로 신하들이 종친이나 조정 중신들을 찾아다니면서 사사로운 일을 부탁하는 일을 말한다. 종친들이 종사에 관여하게 되면 사사로운 입김들이 작용할까 봐 분경을 금지한다는 조치가 행해진 것이다. 다시 말하면 종친들을 정치에 참여하지 못하게 하는 법이 정해졌는데 그것은 종친들이 정치에 간여하여 사사로운 정으로 법도를 어그러뜨리지 않도록 하기 위함이었다.

어린 소년 왕이 즉위하면 숙부인 수양대군은 물론 안평대군 이하 여러 대군들이 정치에 개입하게 될 것은 뻔한 이치였다. 그래서 조종에서는 서둘러 분경금지를 제안했다. 마침 수양대군은 명나라에 고명 사은사로 가느라 자리에 없었고 안평대군이야 사실 정치에 큰 야심이 없어서 별 탈이 없이 통과된 사안이었다. 그러나 명나라에서 돌아오자마자 수양대군은 안평대군을 앞세우고 들어와 분경금지의 교지를 하루 만에 뒤집어 버렸다.

단순하고 야심이 없는 안평대군은 수양대군의 말만 듣고 의정부가 왕실을 업신여긴다고 같이 분개했다. 나중 일을 생각했더라면, 안평대군이 그때 수양의 부추김에 놀아나지만 않았어도 나라가 이렇게 어지럽지는 않을 터였다. 그때 단호하게 막았어야 할 것을……. 바람 앞에 호롱불처럼 의식이 가물거리며 김종서의 눈가에 눈물이 어렸다.

황보인과 김종서가 왕위를 넘본다는 세간의 오해를 받아가면서 강행했던 황표정치. 아무리 욕을 먹어도 어쩔 수 없었다. 별별 오해를 받아도 다른 길이 없었다. 문종이 아무런 고명 없이 승하했기 때문에 어느 누구도 섭정으로 나설 수 없었다. 어느 누구에게 후사를 부탁하지도 않고 동생들에게 조카를 돌보아달라는 말도 남기지않았다. 세종대왕이 김종서와 집현전 학사들에게 어린 손자를 부탁한다는 고명을 남긴 것과는 달리 정작 그 아비 되는 문종은 아무 말도 하지 않고 세상을 떠났다.

따라서 나이 어린 단종이 친히 종사를 살피고 모든 일을 결재해야 했는데, 소년 왕이 아직 어린 터라 수많은 조종 중신들의 이름과 그 성향을 다 기억할 수 없었다. 그래서 관원을 등용하거나 승진시킬 때 의정부에서 삼배수의 인물을 추천하면서 그 가운데 마땅한 인물에게 미리 노란 점을 찍어 두는 방법을 택했다. 노란 점이 찍혀 있는 인물을 단종이 낙점하도록 한 것이 바로 황표정치다. 물론 왕실 사람들은 김종서와 황보인이 어린 단종을 허수아비로 만들고 뒤에서 조종한다고 오해할 여지가 충분히 있었다. 그러나 성년이 되기까지 왕을 보호하기 위해서는 어쩔 수 없는 노릇이었다. 왕이 자신의 편이 될 만한 사람을 등용해야 했다. 자연히 수양대군 측근의 사람들이 낙점되는 일은 거의 없었고 그것이 수양대군 측의 분노를 산다는 것도 알고 있었다.

'그래도 몇 년만 더 시간을 끌자. 주상이 성년이 되어 제대로 일을 처결할 때까지는 이렇게 해서라도 시간을 벌어야 한다.'

김종서 측의 변명이었다.

그러던 중에 명나라에 고명 사은사를 보낼 일이 생겼다. 지난 겨울 영의정 황보인은 이미 다녀왔고 좌의정 남지는 병이 깊어 이미 사직 상소를 올린 바 있었다. 그렇다면 우의정인 김종서가 고명 사은사의 사명을 받을 차례였다. 칠십이라면 연로한 몸이라고 평계할 수 있지만 김종서는 아직도 호랑이답게 기개가 살아 있었다. 체력으로만 따진다면 못갈 일도 아니건만 자신이 몇 개월 동안 나라를 비우면 그동안 무슨 일이 일어날지 모를 정도로 공기가 심상치 않았다. 어떤 형태로든 임금 곁을 지키는 울타리가 되어야 했다. 김종서는 그래서 고명 사은사를 가지 못하겠노라고 사양했다. 또 신하의 임무를 다하지 못함이 죄스러워 사직상소를 올리고 처분을 기다리는 중이었다.

단종임금 역시 김종서를 의지하고 있었던 터라 멀리 보내기가 꺼림직했는지 누이 경혜공주의 부마인 영양위 정종을 보내기로 작정했다. 정승들이 가지 못하면 왕실의 사람이라도 대신 가야 대국에 대한 성의와 예의를 갖추는 모양새가 되기 때문이었다. 그런데 뜻밖에도 수양대군이 사은사를 자청하고 나설 줄이야. 마치 정치적인 야심은 전혀 없다는 듯이 명나라까지 먼길을 다녀오겠다고 했을 때 그동안 수양을 의심했던 김종서는 순간 자신이 부끄러웠다.

주상과 가장 가까운 숙부인데 나름대로 왕실을 위해 힘을 도우려고 하는 것이거니. 늙은이가 너무 오래 살다보니 판단이 흐려졌구나. 아무래도 주변 정리를 하고 물러나야겠다. 늘그막에 큰 위로가 되었던 애첩 진녀도 제 나라로 돌려보내야겠고……. 진녀도 제 고향이 얼마나 생각날까. 수양을 나쁘게만 볼 것은 아니었어.

그런데 자책감도 잠시, 수양에 대한 원래의 감정이 맞았다는 판단이 서는 일이 곧 생겨나고 말았다. 나라를 위해 순순하게 그 먼길을 가겠다고 해서 내심 감동했는데 수양대군은 다른 속셈이 있었다. 수양대군이 동행할 서장관으로 신숙주를 지정하고 김종서의 큰아들 승규와 영의정 황보인의 아들을 종사관으로 지명하자 그 속내가 보이기 시작했다. 안으로는 정승의 아들들을 인질삼아 어떤 일이 일어나지 못하게 방어하면서 밖으로는 다음 임금 자리를 대비해 명나라와 우호관계를 맺고자 함이었다.

불안한 마음이 다시 고개를 들었다. 우려한 대로 네 달이나 걸리는 긴 여행을 통해 집현전 학사 신숙주를 자신의 사람으로 삼고자 하는 속마음까지 짐작할 수 있었다. 그러나 반대할 명분이 없어서 울며 겨자 먹기로 동의하고 말았던 것이다.

"그래도 그때 나서서 반대했어야 했어. 설마 하던 일이 이렇게까지 될 줄이야."

김종서는 긴 한숨을 쉬었다.

그리하여 1452년 10월 12일, 사은사 일행은 추위를 무릅쓰고 명나라를 향해 길을 떠났다.

1453년 2월 26일, 수양대군은 4개월에 걸친 긴 여행을 끝내고 돌아왔다. 사은사의 임무를 맡아 먼 곳까지 친히 다녀온 수양대군은 동갑내기 신숙주를 서장관으로 동행하여 그를 자기 사람으로 만드는 데 성공했다. 수양대군은 연경에서 사은사의 임무를 마친 뒤 신숙주를 데리고 영락제永樂帝가 묻힌 장릉長陵을 참배했다. 영락제는 명 태조 주원장의 넷째 아들로 장조카인 혜제惠帝가 등극하자, 그를 죽이고 황제가 된 인물이었다.

영락제는 '나의 패륜은 세월이 흐르면 잊히겠지만, 위업은 역사에 오래도록 기록될 것이다' 라고 말했다는데, 수양대군과 신숙주는 나란히 장릉에 엎드려 무슨 생각을 했을까.

수양대군이 없는 동안 영의정 황보인과 우의정 김종서는 나름대로 대비책을 세워놓고 있었다. 수양대군 측근들을 주요직에서 외직으로 돌려놓고, 병권을 쥐고 있는 병조판서도 수양 측이 아닌 사람으로 교체해 두었다. 만일의 경우 수양이 야심을 가졌더라도 그것을 펼칠 수 없게 구석구석에 자기 사람을 심어두었다. 그러나 수양측이 이것을 그냥 넘길 리가 없었다. 수양대군은 그냥 넘긴다고 하더라도 그의 장지방인 한명회가 이 일을 그냥 두고 볼 리가 없었다.

하루 이틀 수양대군이 돌아오기만을 기다리던 한명회는 수양대군이 오자마자 해야 할 일을 착착 진행했다. 수양대군이 가장 먼저 해야 할 일은 종친의 정치 참여를 금하는 분경 금지부터 취소시키는 것이었다. 한명회는 분경금지를 없었던 일로 해야 한다고 수양을 압박했다. 혼자 가지 말고 안평대군을 동행하면 훨씬 더 효과가 있을 것이라는 조언도 잊지 않았다.

안평대군을 방문한 수양대군은 평소보다 훨씬 부드러운 목소리로 아우의 안부를 물었다. 그리고 고명 사은사로 다녀온 일과 여러 가지 잡다한 사안들을 나누면서 담소했다. 평소에 다정하지 않던 형이 갑자기 다정스럽게 굴자 감동을 받았는지 안평대군의 마음에 섭섭하고 클클하던 것이 한꺼번에 모두 사라지고 말았다. 그래서 피는 물보다 진한 것일까. 단 한마디의 말에, 미소에, 환한 표정에 그동안 쌓였던 섭섭했던 것들이 모두 오해로 여겨지면서 말끔하게 씻겨나갔던 것이다.

"왕실을 우습게 보아도 유분수지. 이 나라가 김씨의 나라가 아니라 엄연히 이씨의 조선인데 왜 김종서가 나서서 이래라 저래라 하는가. 그리고 분경금지라니? 우리 숙부들이 어린 임금을 내몰기라도 한다는 말인가. 그런 망측한 말이 어디에 있어? 우리도 나라를 생각하고 조카를 생각하는 마음은 누구보다도 못하지 않네. 아무래도 왕실 사람들을 빼놓고 저희들끼리 일을 꾸미려는 수작일 게야. 동생, 내가 입궐하려는데 함께 가지 않겠나?"

안평대군은 그 길로 수양을 따라 나섰고, 수양대군은 안평대군을 동행하여 의정부 정승들을 면대하고 호통을 쳤다.

"어린 임금을 보필하는 데 종실의 역할이 중요하거늘 종실을 의심하여 어린 주상을 고립시키려 하는 것이 대감들의 생각입니까? 종실을 가까이 못하게 하는 것은 임금의 날개를 자르는 일과 다름없습니다. 우리 종실의 사람들은 자나 깨나 종사의 앞일을 걱정하고 있는데 대감들이 이 일을 금하는 것은 이 나라 종사를 대감들 멋대로 쥐락펴락하려는 것으로 밖에 달리 생각이 들지 않습니다. 결국 분경금지라는 것은 우리 형제를 의심하는 처사가 아닙니까?"

대가 무른 황보인은 눈을 부라리는 수양대군 앞에서 땀을 비칠비칠 흘렸다. 사람 좋고 태평스런 정분 역시 비슬비슬 뒷걸음치며 영의정에게 구원의 눈길을 보낼 뿐이었다.

"아마 사헌부에서 철없이 그런 소리를 했나 봅니다."

"대사헌 기건이 그런 말을 낸 것 같습니다."

모두들 서슬이 퍼런 수양대군 앞에서 다른 핑계를 찾느라 급급했다.

"그럴 것 같아서 대감들에게 먼저 찾아 온 것이오. 어쨌든 이 일을 바로 잡도록 하시오. 세상 사람들의 이목이 있지. 우리 종실 사람들이 시정잡배요? 종친들의 수족을 묶어놓는 분경금지. 그게 말이 되는 소리요?"

수양대군이 눈에 힘을 주었다. 안평대군은 수양대군 옆에 서서 종친을 무시한다는 말에 공연히 덩달아 흥분하면서 수양대군에게 힘을 실어주었다.

'아. 일이 이 지경이 될 줄 알았다면 그때 어떻게 해서라도 분경금지를 관철시켜야 했어.'

김종서의 눈에서 점점 힘이 빠져갔다.

'아무래도 이젠 틀린 것 같아. 내 생전에 사돈집의 골방에 숨어 있는 이 치욕을 어떻게 감당하리. 수양을 너무 믿은 것이 내 실책이구나.'

1453년 10월 10일.

김종서는 뜻밖에 수양대군의 방문을 받게 되었다. 한명회의 계략에 따라 김종서를 긴장시키지 않기 위해서 집에서 부리는 시종 임얼운을 데리고 단신으로 김종서 대감 댁을 찾아간 것이다.

"안으로 들어오시지요."

뜻밖의 방문을 받아 당황한 김종서는 말은 부드럽게 하면서도 선뜻 다가오지 않고 거리를 두고 서 있었고, 아버지를 따라 나와 옆을 지키고 있는 승규도 잠시의 틈을 주지 않았다.

"예. 그런데 사모의 뿔이 부러져서 예를 갖출 수가 없습니다. 여분이 있으면 하나 주실 수 있으신지요."

수양이 자신의 머리에서 상투꼭지를 만지며 부러진 사모의 뿔을 내어 놓자 김종서는 승규에게 안에 들어가 새것을 가져오라고 했다. 그때 왠지 모를 예감에서 머뭇거리던 승규를 재촉해서 들여보냈다. 그리고 나서 편지가 건네지고 달빛에 가짜 편지를 읽던 순간, 임얼운의 품에 들어 있던 철퇴가 수양의 손에 들려졌고 아차 하는 순간 철퇴를 맞고 휘청했던 일이 생각났다. 그 후 날아든 칼날, 큰아들 승규가 몸으로 싸안고 넘어져서 치명적인 칼날을 피할 수 있었다. 대신 승규가 칼을 맞고 쓰러진 것이다. 한 식경이나 지나 정신이 들었을 때, 그 황당함이란.

'그때 좀 더 침착했어야만 했어. 내가 이 지경이라면 단종임금에게도 무슨 탈은 없을까. 조종 대신들의 안부가 궁금한 마음에 무조건 궁궐로 들어가려고 했던 내가 어리석었다.'

피가 흐르는 머리를 동여매고 보교를 불러 입궐을 지시하는 김종서를 아무도 막지 못했다. 궁궐에만 들어가면 만사가 해결이 될 줄 알았다. 누가 감히 백두산 호랑이를 막으리라고 상상이나 했겠는가. 그때 대궐로 가지 말고 침착하게 군사를 모아 기회를 엿보았어야 했는데…….

앉지도 못하고 가마에 비스듬히 누운 김종서는 가마꾼들을 호령하여 돈의문으로 달려갔다.

"우의정 김종서 대감의 행차시다. 문을 열어라."

그러나 문은 꿈쩍도 하지 않았다. 이럴 수가? 착오가 있는 것은 아닐까? 하지만 그렇게 소덕문과 숭례문을 돌아다녔어도 문은 굳게 닫혀 열리지 않았다. 이미 문지기들이 수양의 부하로 바뀌어 있었던 것이다. 오히려 김종서가 살아 있다는 사실을 온 동네에 누설하고 다닌 셈이 되고 말았다.

"김종서가 아직 안 죽었다니? 일이 이렇게 된 이상 반드시 찾아 내 목을 베어라."

김종서를 잡으러 군사들이 급파되었고 오히려 김종서는 죄인처럼 쫓기는 몸이 되어 피신할 곳을 찾아야 했다. 정신이 가물가물 스러져 가는데 자신의 몸보다, 자식들의 일보다 나라의 일이 걱정되었다. 급기야 식구들이 김종서를 사돈집으로 피신시켰지만 거기까지 군사들이 찾아오는 데는 사흘이 걸리지 않았다. 결국 한 나라를 호령하던 장수가 건달이나 진배없는 양정과 이홍상에게 걸려 힘없이 피를 뿜고 엎드려지고 만 것이다.

10월 10일의 밤은 김종서에게만 불운의 날은 아니었다. 수양대군은 단종을 위협해서 대신들에게 입궐명령을 내리게 했다. 김종서 일당의 역모를 발견했는데 보고할 틈이 없을 만큼 사태가 급박하여 역적을 우선 처단하고 오는 길이라고 말마디에 힘을 주었다. 나이는 어리지만 영리하고 명철한 단종이 그 것을 모를 리 없었다. 하지만 수양을 거역할 수 없다는 두려움, 그리고 숙부가 자신을 보호할 것이라는 일말의 기대, 사실의 진위를 파악할 수 없는 정보의 부재로 인해 수양에 말에 순순히 따를 수밖에 없었다. 왕의 명령에 따라 밤중에 입궐하던 대신들은 수양대군이 문지기 홍달손에게 건네준 살생부에 따라 생과 사의 갈림길에 서게 되었다.

영의정 황보인, 조극관, 이양, 윤처공, 이명민, 조번, 민신 등이 그날 밤에 맞아죽고 이 일의 주동자로 지목된 안평대군은 반역죄로 강화섬에 유배되었다. 상식 밖으로 편법으로 나오는 사람들에게 어찌 정법을 쓰는 선비들이 당할 수 있으랴.

김종서는 숨이 끊어지며 탄식했다.

'너무 믿은 것이 불찰이다. 인간을 너무 믿었구나. 울타리 역할을 하지 못한 이 불충을 어찌 할고? 저승에서 세종대왕을 어찌 보며 무슨 낯으로 문종임금을 대할 것인가.'

뿌옇게 흐려진 눈앞에 금빛 복숭아꽃이 만발한 도원이 펼쳐졌다. 안견이 그린 훌륭한 그림에 제시를 부탁하던 안평대군의 환한 얼굴도 떠올랐다. 장수이기도 하지만 필력도 좋았던 김종서, 『고려사절요』 등의 수많은 책을 편집한 학자 김종서의 붓이 단숨에 도원 예찬을 써내려갔다. 이것이 단 한 장 남아 있는, 〈몽유도원도〉에 붙여진 절재 김종서의 친필이다.

도원이 꿈꾸는 혼으로 들어오자, 꿈꾸는 혼이 도원으로 돌아가는구나. 신령한 기운의 변화가 서로 끝이 없거늘, 누가 능히 조화의 본원을 알 수 있을까. 공자가 주공을 이어서 천지의 근본을 뒤밟으니 앞뒤의 생각이 같아, 꿈에서 얼마나 자주 뵈었나.

황량몽*과 남가몽**은 허망하여 말할 것도 없으나 달인이 신선을 꿈꾼다 하니, 이 말이 옳도다. 자진주령왕의 태자로 신선이 되어 학을 타고 날아감은 도를 좋아해서 어려서부터 세속을 싫어하였다. 언제나 바깥 세상 그리워하며, 부귀를 뜬구름 같이 여겼다.

멀고 먼 무릉도원 길. 아득한 진나라 세상, 우연히 꿈에서 만나, 마음대로 오르내리며 찾아다녔네. 깨어나 화공에게 그리게 하니 만 가지 형상이 온전함을 얻어냈구나. 태고 적부터 세상을 피해 들어가던 땅이 하루 저녁에 안평대군에게 옮겨졌구나. 구슬 빛이 사립에 비취니, 해와 달이 빛을 뿜는구나. 그림을 펼치고 또 글을 읽으니 즐거움으로 아침저녁 다 보냈도다. 인생은 쇠나 돌이 아니라. 백 년도 번개처럼 순식간에 달아나는구나. 어떻게 복숭아나무를 뽑아내다가 궁전 뜰 안에 옮겨 심을 수 있을까. 한 개를 먹으면 천 년을 산다는 복숭아를 세 번이나 도둑질하던 동방삭을 꾸짖으면서 만세토록 우리 임금께 바쳐 올릴까.

인생은 쇠나 돌이 아니었구나. 칼에 찔리고 보니 피를 뿜는 깨지기 쉬운 약한 그릇이었구나. 우리 임금을 보필하지 못하

---

* 노생이 도사 여옹의 베개를 베고 자다가 온갖 부귀영화를 다 누리고 잠에서 깨어보니 좁쌀 밥이 아직 안 익었다는 이야기.

** 홰나무 아래에서 낮잠을 자면서 20년간 남가군을 다스리며 부귀영화를 누리는 꿈.

고 도원에 만발한 금빛나는 복숭아꽃을 궁전 뜰에서 보지 못한 채 내가 먼저 도원으로 가게 되었구나.

그렇게 해서 계유년 10월의 가을밤은 피바람으로 얼룩지고 어린 임금의 울타리는 속절없이 허물어졌다. 임금을 보위하던 선비들은 수많은 글을 남겼건만, 역적으로 몰리는 바람에 모두 재로 사라져서 그 흔적조차 찾을 길이 없다. 하지만 피바람 속에 스러진 김종서의 친필은 〈몽유도원도〉와 함께 살아남아서 아직도 청청하게 살아 움직이고 있으니 이상한 일이 아닐 수 없다.

제7장
사나이의 울음

울타리에 구멍이 뚫리고 나니 바람이 거세게 파고들었다. 김종서가 죽지 않고 살아서 입궐하려 했다는 소식이 한명회의 귀에 걸리자마자 그 놀라운 뉴스는 곧바로 수양대군에게 전달되었다. 질긴 목숨이 아직 붙어 있다는 소식을 접한 수양대군 측 사람들은 백두산 호랑이를 제거하기 위해 재빠르게 움직였다.

자신을 찾아 나선 검객들로 인해 다급해진 김종서는 체면을 불고하고 사돈집으로 피신하기로 했다. 아버지를 방어하느라 함께 철퇴를 맞고 쓰러진 아들 승규 위에 다시 칼날이 지나갔으니 아들은 이미 이 세상 사람이 아니었다. 피로 범벅이 된 시체를 놓고 초상을 치를 엄두도 내지 못한 채 며느리는 시아버지를 급하게 친정으로 빼돌려야 했다.

시아버지만 다시 살아나서 호령할 수 있다면 이 모든 일을 수습할 수 있으리. 백두산 호랑이라 불리던 김종서에게, 그것도 전쟁터도 아닌 자기 집 마당에서 이렇게 허망하고도 발칙한 일이 어떻게 일어날 수 있으랴. 모든 것이 꿈만 같았다. 피를 뿜고 쓰러진 남편도, 철퇴를 맞고 혼절했던 시아버지도.

상재는 서대문 사거리에서 적십자병원을 마주보고 섰다. 바람이 불어와 귓가를 간질이고 목덜미를 쓰다듬었다. 그의 등 뒤로 농협 본사 건물이 풍채 좋게 버티고 있었다. 그는 돌아서서 농협박물관 안으로 천천히 발걸음을 떼어 본다. 마당에 주차된 자동차들과 주변에 촘촘히 박힌 건물들을 보니 새삼 무상한 세월의 힘이 느껴졌다.

이 세상 어느 장사보다도 더 힘센 것이 세월이라고 했던가. 세월은 모든 것을 이긴다. 그 누가 쉼 없이 흐르는 세월을 잡을 수 있으며 그 침식에 대항할 수 있겠는가. 이 자리가 김종서 대감댁이었다는 정보를 듣기는 했지만 아무런 느낌이 오지 않았다. 상재는 심호흡을 하고 주차되어 있는 자동차들 사이로 몇 발짝 걸어보았다. 여기가 사랑채였을까. 이쯤에서 철퇴를 맞고 쓰러졌을까.

이번에는 건너편 경희궁과 이전 MBC 방송국 사이에 있었을 돈의문을 그려보았다. 강북삼성병원 앞에 표지석이 있다고 하니 아마도 짐작하는 곳이 맞는 듯싶다. 눈을 가늘게 뜨고 보니 마치 아지랑이 속에서 남대문의 반쯤 되는 서대문 즉 돈의문이 보이는 것 같았다. 자동차의 소리와 도시의 쉴 새 없는 소음 속에서 가마에 기댄 채 돈의문을 열어달라고 외치던 늙은 장수의 애절한 음성이 희미하게 들리는 듯 상재는 귀를 쫑긋 세웠다.

계유년 10월의 밤은 죽은 자들에게만 고통스러웠던 것은 아니었다. 살아남은 자에게도 죽음 못지않은 슬픔이었다. 차라리 그 날 밤에 죽은 자들은 어쩌면 행복했을 수도 있다. 임금이 부른다기에 영문도 모른 채 대궐 문에 들어서다가 맞아죽거나 찔려죽었으니 죽음의 두려움에 사로잡힐 시간이 짧았다는 것이 다행이라면 다행이었다. 모든 것이 숨 가쁘게 진행되었으므로 죽음 또한 신속했다고 할 수 있다. 그들의 죽음이 짧았다면 살아남은 자들의 슬픔과 불안 그리고 고통은 모질고도 길었다. 죽은 자의 가족들은 역적으로 몰려 참수될 운명에 놓이게 되었다. 입궐한 아버지 혹은 남편은 돌아오기는커녕 피로 낭자하게 범벅이 되어 쓰러졌고 그것도 모자라 역적이라는 죄명까지 붙었다. 집안의 기둥을 잃은 슬픔을 진정할 새도 없이 아들들은 예외 없이 죽임을 당했고 남자 형제들 심지어 늙은 아버지까지도 참살되었다. 아내와 딸들은 노비나 종으로 비천하게 목숨을 유지할 수밖에 없었다.

소년 왕 단종도 비슷한 처지였다. 의지하고 따르던 영의정 황보인과 우의정 김종서의 죽음을 슬퍼할 겨를도 없이 역적 무리를 토벌했다는 수양대군의 공로를 치하하는 자리에 앉게 되었다.

"숙부의 공로를 어떻게 감사해야 할지요. 앞으로도 어린 저를 잘 도와주세요."

대세가 기울었음을 직감한 단종임금은 웃는 낯을 지으며 수양의 비위를 건드리지 않으려 애썼다.

"이제 역적 괴수는 다 멸하여 국가의 큰 근심을 덜었으나 기강을 바로 하기 위해서 앞으로 더 어려운 일이 많습니다. 임금께서는 부디 충성스럽고 어진 사람을 택하여 종사를 맡기시길 바랍니다."

정인지가 옆에서 운을 떼자 단종임금이 고개를 끄덕였고 수양대군이 입을 열어 즉석에서 정인지를 좌의정, 수양대군의 사돈인 한확을 우의정으로 제수했다. 게다가 수양대군 자신은 '영의정, 이조판서, 병조판서 겸 내외병마도통사'라는 그 이름도 긴, 전무후무한 겸직을 맡아 나라의 권세를 한 손에 장악했다.

거기에서 그치지 않았다. 좌의정이 된 정인지는 급하게 상소를 올려 수양대군을 어린 조카 성왕을 잘 도와서 성년이 되도록 보살폈던 주공에 비기며 수양대군이 한 일, 즉 충신들을 주살한 일에 대해 왕의 인준을 요청했다. 세종대왕의 고명을 받은 중신들을 죽여 버린 것은 충신이거나 역적의 행위임이 분명했다. 따라서 수양대군이 옳다는 것을 만방에 입증하려면 죽은 사람들은 모두 예외 없이 역적이 되어야 했다. 당연하게 그 자녀들까지 적몰되어야 할 처지였다.

수양대군의 꾀주머니 한명회는 이 순간에도 한 가지 꾀를 내었다.

"우리 편 사람이 교서를 짓는다면 남들이 보기에 좀 그렇지요. 이 교서는 집현전에서 짓는 것이 옳을 듯합니다."

"정말 한 공이 아니면 생각도 못할 일이군요."

정인지는 무릎을 치면서 왕에게 청하여 집현전에서 교서를 짓게 하였다. 집현전으로 하여금 수양대군의 공을 인정하게 하자는 속셈이었다.

그런 낌새를 느꼈을까. 우연이라고 하기에는 이상할 정도로 하필이면 그날 집현전 사람들은 모두 자리를 피하고 없었다. 그러다 보니 가장 나이가 어린 유성원이 집현전에 입직해 있다가 얼떨결에 이 일을 떠안게 되었다. 왕의 명령이라고는 하지만 왠지 마음 한 구석이 개운치 않고 꺼림칙했다. 일이 돌아가는 정황도 제대로 파악이 안 되었고 무엇보다도 대궐 안의 거역할 수 없는 분위기에 짓눌려서 유성원은 위에서 시키는 대로 정난녹훈의 교서를 짓기에 이르렀다. 얼떨결에 글을 지어 올리기는 했지만 선비의 양심에 꺼리는 일이었다. 목숨이 그렇게도 아까웠던가, 집에 돌아간 유성원은 크게 탄식하며 통곡했다. 거짓인 줄 알면서도 그런 글을 지어 올린 자신을 훗날 역사는 무엇이라고 평할 것인가.

그의 붓끝에서 절재 김종서나 황보인이 역적의 괴수로 지목되고 수양대군이 충신으로 칭송되었다.

"숙부. 효와 우애는 천성에서 나고 충성과 의리는 지성에서 납니다. 그 기운이 세상을 덮을 만하고 용기가 삼군을 다스릴 만합니다. (…중략…) 황보인, 김종서, 이양, 민신, 조극관, 윤처공, 이명민 등 이러한 간악하고 못된 무리가 작당을 한 것을 숙부께서 아시고 이 무리들을 발본색원하시니 그 공이 크다고 한들 어떻게 말로 다 하겠습니까. 예전에 주공께서 어린 조카를 돌보아 주시듯 저를 잘 도와주시기를 바랍니다. 운운."

유성원, 그의 탄생에 대한 기록은 정확하지 않으나 세종 26
년 1444년에 병과에 급제하고 이듬해인 1445년에 성년 20세
가 되었다고 하니 연소한 나이에 집현전에 들어왔다고 짐작된
다. 성삼문, 박팽년, 안평대군, 신숙주가 거의 다 동년배들이라
고 하면, 그들보다 칠, 팔 세 어린 나이에 세종임금에게 발탁될
만큼 뛰어난 수재였다. 나이가 가장 어리기 때문에 다른 사람
들이 자리를 피할 때에 같이 피하지 못한 채 붙잡혀 있다가 수
치스럽게도 정난녹훈의 교서를 짓게 된 것이다.

수양대군 무리의 기세에 눌리고 또 궁궐에 휘몰아친 피바
람 때문에 어쩔 수 없이 교서를 짓기는 했지만 집에 돌아가 목
을 놓아 통곡하면서도 아무에게도 그 이유를 말하지 않을 성
도로 입이 무거운 사람이었다. 그는 어쩔 수 없이 벼슬길에 나
가고는 있었지만 울적한 마음을 시로 달래곤 했다.

초당에 일이 없어 거문고를 베고 누워
태평성대를 꿈에나 보고자 하였더니
문 앞에서 고기잡이들이 부는 피리 소리가 잠을 깨우는구나.

무엇이라고 꼬집어서 불평하는 말은 없어도 그렇다고 마음
에 즐거움도 없었다. 현실에서는 체념한 태평성대를 꿈결에라
도 보고 싶어 잠을 청했는데 세상의 시끄러운 소리가 그 꿈마
저도 방해한다고 에둘러서 탄식하였다. 참았던 탄식은 가슴속

에 꾹꾹 눌러 있다가 단종 복위가 실패했다는 소식에 폭발하고 만다. 유성원은 그 소식을 듣고 자결함으로써 성삼문 박팽년 등과 함께 사육신의 명단에 이름을 올린다.

계유년의 10월 10일. 그동안 잘 나가던 여러 사람의 운명이 벼랑으로 곤두박질치고 또 음지에서 기회를 노리던 몇 사람은 쨍하고 볕들 날을 맞게 되는, 희비가 엇갈려도 크게 엇갈린 날이었다. 계유년 10월 10일, 신숙주는 수양대군 저에서 거사의 성패에 자신의 운명을 걸고 엄숙하게 앉아 있었다. 만일 일이 잘못되는 날에는 자신뿐만 아니라 삼족을 멸하는 멸문지화를 당할 것이다. 자기 한 목숨쯤이야 도박을 할 수도 있지만 온 가족의 생사가 달린 일에 모든 신경이 예민하게 곤두서는 것은 말할 것도 없었다. 그는 지그시 눈을 감고 정신을 모으려고 애를 썼다.

작년 가을 서장관으로 임명되어 수양대군과 함께 고명사은사로 가게 된 일이 떠올랐다. 그때 이미 운명의 방향은 결정된 것 아닌가. 그 몇 달 동안 함께 지내면서 수양대군과 운명을 함께하는 동지가 되어버렸고 수양대군의 장자방인 한명회와도 같은 배를 타게 되었던 것이다. 한명회는 어릴 때 댕기머리를 땋아 내리고 서당에 함께 다녔던 친구이기도 하다. 팔삭둥이라고 조롱받던 경덕궁지기 한명회가 어느새 수양대군의 오른팔이 되어 있었다. 그동안 볼품없는 샌님으로 인생을 마치는가, 했더니 낭중지추, 주머니 속에 든 송곳이 언젠가는 비집고 나오게 마련이던가. 한명회의 세상이 오고 있음을 직감할 수 있었다. 대세를 보는 한명회의 눈은 예리했고 판단이 정확했으며 결단력이 있었다. 신숙주는 한명회에게 가벼운 두려움까지 느꼈지만 거부할 수 없는 어떤 힘에 이끌리는 것도 부인할 수 없었다.

이상주의에 빠져 학문세계 속에서 노닐고 있는 집현전 학사들과는 다른 부류의 삶이 느껴졌던 것이다. 게다가 훈민정음이라는 역대의 과업을 이룩한 후에 그들을 결집할 만한 다른 과업은 아직 주어지지 않았다. 집현전의 중심이 되었던 세종임금마저 세상을 떠나자 그들을 지탱해 줄 중심축이 사라졌던 것이다. 중심이 사라지자 각각 자기가 좋은 대로 살아갈 수밖에 없었다. 원칙을 내세우며 의리와 명분에 집착하는 학사들과는 사뭇 다르게 한명회는 흙냄새가 나는 사람이었다.

이미 대세는 기울고 있었다. 신숙주는 그동안 학자로서의 삶에 충실했다. 훈민정음을 창제하기 위해서 근보 성삼문과 함께 국경을 넘어 배움을 구하러 다니던 것만도 십여 차례였다. 성군 세종대왕이 세상을 뜨고 문종임금마저 세상을 버리고 나니 이제 그 학문을 알아 줄 사람도 없었다.

그리고 어지러운 정치권의 소용돌이. '안방에 가서 들으면 시어머니의 말이 맞고 부엌에 가서 들으면 며느리의 말이 맞다' 고 한다. 보는 관점에 따라서는 옳고 그른 것도 생각하기 나름이었다. 수양대군의 입장에서 보면, 일단의 조치들은 왕실을 지키기 위한 결단이었다. 훤칠한 숙부들이 쟁쟁하게 있는데도 불구하고, 세종임금의 고명을 빙자하여 대군들을 제치고 대신들이 앞에 나서는 것은 옳은 처사가 아니었다. 더구나 대신들이 황표정치를 내세워 단종임금을 손에 쥐고 있으니 의심을 살 만도 했다. 그러나 대신들의 입장에서는 문무에 출중한 숙부들이 연약한 조카를 밀어낼까 두려워 어린 임금을 지키고자 자기편 사람들로 든든한 울타리를 만들 생각을 한 것이 아닐까.

그리고 신숙주를 향한 수양대군의 지극한 정성! 세종임금이 밤에 집현전에 들렀다가 책상에 엎드려 잠든 신숙주를 보고 담비 옷을 벗어서 덮어준 감동적인 사건이 있었다. 수양대군의 자상함과 자신을 향한 자애로움은 세종대왕을 생각나게 했다. 무예에 능한 대장부인줄 알았더니 학문도 깊었다. 말이 잘 통할 뿐만 아니라 시원시원하고 호방한 성격에도 슬그머니 호감이 갔다. 수양을 경계하는 사람들이 오히려 흑심을 품은 것이 아닌가 하는 생각마저 들 정도였다. 무엇보다도 대세가 기울고 하늘의 뜻이 수양에게 머물었다면 하늘의 뜻을 따르는 것이 순리가 아닌가.

김종서와 황보인 그리고 많은 사람들이 주살되었다는 소식을 듣고 그는 눈을 감았다. 어느 시대에나 개혁을 하려면 변화가 필요한 것은 자명한 이치였다. 시대가 평화롭게 바뀌면 좋으련만 양쪽이 팽팽해서 한쪽이 무너지기 전에는 다른 쪽이 원하는 개혁이 이루어질 수 없는 지경이었다. 게다가 한명회의 예측은 정확했다. 신숙주는 자신처럼 서책 안에 파묻히지 않은 한명회의 야생적인 직감에 전율하고 있었다.

10월 10일 밤, 수양대군 사저에 있었다는 사실만으로도 그는 공신이 되거나 아니면 역적이 되어야 하는 갈림길에 서 있었고, 살기 위해서는 한명회의 작전이 성공해야 했다.

한명회는 수양대군으로 하여금 단독으로 김종서를 찾아가 해치우게 하는 대담한 작전을 짰다. 김종서를 제거하지 않고는 뜻을 이룰 수 없다고 판단했기 때문이다. 그러나 정상적인 방법으로는 김종서를 처단하기가 불가능했으므로 수양대군으로 하여금 직접 김종서 집을 방문하는 위험을 무릅쓰도록 했다. 그만한 대가를 치르지 않고 어찌 지존의 자리에 앉을 수가 있겠는가. 김종서를 수양대군에게 맡기고 자신은 홍달손을 문지기로 심어 놓고 그가 순번인 날을 맞아 성문을 손안에 넣는 치밀한 작전을 지휘했다.

심지어 밤중에 어명으로 신하들을 불러들여서, 생과 사를 결정짓는 생살부에 따라 즉결 처분을 하도록 하고 그 위세를 몰아 왕에게 사후보고를 하게 한 점은 다른 어떤 세력이 끼어들 틈을 주지 않고 순식간에 이루어졌다. 더구나 어린 왕으로 하여금 수양대군의 업적을 칭송하는 교서까지 내리게 하고, 그것도 집현전 학사의 손으로 쓰게 만들었으니 혁명의 명분에도 손색이 없었다. 수양대군은 영의정에 봉해졌고, 도승지 최항이 교서를 낭독했다. 다른 신하들은 교서의 뜻이 지당하다는 듯이 고개를 끄덕이며 이제 수양대군의 세상이 왔음을 실감하고 있었다. 고명을 받은 신하들이 모두 죽은 판에 유독 정인지만은 죽지 않았을 뿐 아니라 오히려 우참판에서 좌의정으로 벼슬이 껑충 뛰어 오른 것이 색다르게 눈에 띄었다.

이튿날, 왕의 명령을 출납하는 비서실에 해당하는 승정원에 대한 인사조치가 행해졌다. 우승지에 신숙주, 도승지에 최항, 좌부승지에 박팽년이 임명되었다. 왕의 측근에서 왕명을 출납하는 승정원의 구성원이 집현전 학사들, 그것도 훈민정음 창제에 공이 큰 사람들로 채워졌다. 누가 보아도 사심 없는 인재의 등용으로 보였다. 이상한 일은 신숙주, 최항, 박팽년, 이 세 사람은 비록 꿈속이라 할지라도 안평대군과 도원을 함께 갔던 사람들 아닌가. 최항은 연장자일 뿐 아니라 평소에도 어느 쪽에도 치우치지 않고 묵묵히 학문에만 열심을 내었던 인물로 정치적인 색채를 띠지 않았다. 그런데 취금헌 박팽년은 예외였다.

"하필이면 박팽년을 좌부승지에 두고자 하십니까?"

한명회의 못생긴 얼굴에 못마땅하다는 듯이 주름이 더 깊게 잡혔다.

"그 사람은 인재일세. 성정이 곧은 사람이기도 하고."

수양대군은 한명회를 똑바로 바라보며 말에 심지를 박았다.

"그러나 그 불같은 성질을 어찌 하시려고?"

한명회는 만족스럽지 못한 표정으로 다시 한 번 수양대군을 채근했다.

"야생마일수록 길들이면 명마가 되는 법이지."

수양대군이 확고한 의지를 비쳤으므로 한명회도 슬며시 물러날 수밖에 없었다.

"박팽년이라 하시면 안평대군의 꿈속에서 같이 도원을 찾아갔다는 각별한 사이가 아닙니까?"

한명회가 의미하는 것을 모르는 바는 아니었지만 수양은 짐짓 능을 쳤다.

"안평의 꿈속에는 최항과 신숙주도 등장하지 않았나. 그러고 보니 승정원에는 온통 도원을 거닐다 온 사람들뿐일세 그려. 하하하."

그러고 보니, 과연 그랬다. 소리 내서 웃던 수양대군의 마음이 툭 하고 내려앉았다. 우연이라고 하기에는 무엇인가 섬뜩한 구석이 있었다.

"용은 강화도로 보냈다면서?"

수양대군의 얼굴이 일순 어두워졌다.

"그렇습니다. 당장 죽어 마땅한 죄인이지만 지친인지라……."

수양의 얼굴이 사납게 찡그려지는 것을 보고 한명회는 슬그머니 말꼬리를 내렸다.

10월 10일의 어지러운 밤을 지낸 후 새벽 동이 트기도 전에 금부도사 신선경은 십여 명의 나졸들을 데리고 안평대군의 집에 들이닥쳤다. 아직 잠자리에 있는 안평대군에게 신선경은 소리를 높였다.

"대역 죄인은 시각을 지체 말고 강화로 떠나라."

세종임금의 아들이요, 현재 왕의 숙부가 되는 귀한 몸이지만 대역 죄인이라는 죄명 앞에서는 그 누구도 꼼짝할 수 없었다. 안평대군은 아들 우직과 함께 영문도 모른 채 잠결에 역적

죄인이 되어 집에서 쫓겨났다. 이것이 꿈인지, 생시인지……, 바람이 찬 것을 보면 꿈은 아닌 듯싶었다.

안평대군은 그 길로 강화도로 압송되었다. 아무래도 절차가 잘못되었든지 사람을 잘못 보았든지 무슨 착오가 있을 것이다. 얼떨결에 잡혀와서 일의 전말을 알 길이 없었다. 마치 꿈을 꾸고 있는 것 같았다.

다른 사람들에게 보이지 않으려는 의도에서인지 그들은 신새벽에 집을 떠났다. 집을 떠나 올 때 제대로 정신을 가다듬지 못했는데 새벽의 찬바람을 맞으며 남대문 앞을 지나면서 정신이 들었다. 정신을 차리고 생각해도 도대체 이유를 알 수 없었다. 안평대군은 망연하게 남대문을 바라보았다. 호탕한 성품의 왕자였지만 공연히 눈물이 났다.

"죄가 없는데, 무슨 일이 있겠는가. 필시 오해가 있을 거야. 시비가 가려지면 다시 돌아오겠지."

마음을 다잡는데도 왠지 다시 돌아오지 못할 먼길을 떠나는 듯 회한이 온 몸을 섬뜩하게 감아 돌았다.

'숭례문崇禮門'이라는 현판 글씨가 눈에 들어왔다. 아버지 세종대왕이 천하명필인 아들의 글씨를 자랑하고 싶으셔서 쓰라고 명하셨고 문종 형님이 손수 먹을 갈아주셔서 쓴 글씨다. 이제 그 글씨만이 세상에 왔다 간 표시가 될 것인가. 안평대군은 눈을 지그시 감았다. 경황 중에 잠결에 나오다 보니 늘 곁에 두고 아끼며 보았던 〈몽유도원도〉를 챙겨오지 않았다. 하긴 귀양 가는 처지에 그림을 끼고 갈 수도 없는 노릇이고, 그동안 어찌나 보아 왔던지 그림이 없어도 그 정경들이 눈에 속속 박혀 있다시피 했다.

안견은 왜 그때 용매먹을 훔치려 했던 것일까. 그냥 달라고 청했더라면 그에게 주었을 것인데. 그토록 후하게 대해주었고 지성으로 그의 재주를 사랑했는데, 그때 느낀 배신감은 얼마가 깊었던가.

금부도사는 육로로 가면 사람들의 눈에 띌까 두려웠는지 양화진에서 배를 타고 강화로 가기로 한 것 같았다. 영문도 모르고 잡혀가는 아들 우직의 모습을 보지 않으려고 안평대군은 눈을 돌렸다. 시월의 차가운 아침 기운에 강 안개가 자욱하게 슬려 시야가 흐려졌다. 안견과 결별한 지 벌써 몇 년의 세월이 흘렀다. 너무나 분노해서 다시는 눈앞에 나타나지 말라고 소리를 질렀지만 정말로 몇 년 동안 안견의 소식을 듣지 못했다. 그리고 보니 안견 역시 잘못했다고 사과하지도 않았다. 안견은 어디에서 어떻게 살고 있을까. 인간에게 그보다 더 큰 배신을 당할 수가 있을까.

그래도 그가 남겨주고 간 수십 점의 그림들은 큰 위로가 되었다. 특히 〈몽유도원도〉는 애첩만큼이나 사랑해서 곁에 두고 늘 들여다보곤 했다. 볼수록 참 잘된 그림이었다. 안견은 설명해 주는 대로 충분히 이해하고 도원을 그려주었다. 비록 안견의 손끝을 통해 세상에 나왔지만 〈몽유도원도〉는 안평의 머릿속에서, 아니 그의 영혼에서 나온 그림이었다.

배가 지나가면서 물결을 따라 몸이 흔들리니 이 세상에 있는 것 같지 않았다. 복숭아가 만발한 도원에 시냇가가 펼쳐지고 배가 한 척 떠 있던 정경과 지금의 모습이 겹쳐졌다.

"내가 오늘 그 배를 타고 있는 것이로군."

눈을 지그시 감으니 노를 젓는 소리가 삐그덕 삐그덕 고요한 뱃전을 울렸다.

그때 도원에서 비어 있던 배가 바로 이 배로구나. 꿈속에서 박팽년과 말을 타고 가다가 신숙주와 최항을 홀연히 만났었지. 매우 한적한 곳이었어. 집에는 사람이 사는지 안 사는지 기척이 없고 빈 배만 흔들리고 있었지. 그런데 이 배는 어디로 가는 것일까.

배는 마치 이승을 건너 저승으로 그를 데리고 가는 것 같았다. 스산한 날씨도 그렇고 안개 자욱한 흐릿한 정경도 이 세상 풍경으로 보이지 않았다. 죽음, 인간은 누구나 죽는다. 그 누구도 죽음의 화살을 피해 간 사람은 없다. 어머니도, 아버지도, 동생 광평대군도, 모두 죽음의 배를 타고 이승을 떠났다. 더구나 조카 단종임금을 낳고 죽은 형수, 그리고 장형 문종 왕의 죽음. 그러더니 지난해 12월 19일에는 사랑하는 둘째 아들 우량이 겨우 십여 년의 생을 마치고 세상을 떠났다. 계유년 4월에는 아내 연일 정씨마저 뒤따라 세상을 등졌다. 뱃전에 앉아 안평대군은 나지막이 탄식했다.

"나는 불공을 드리는데 정성을 들였고 부처님께도 부지런하였다. 그러나 몇 년 사이에 일어난 이 수많은 죽음을 어찌 설명할 수 있겠는가. 비로소 불교가 인생에게 무익한 것을 알겠구나."

『조선왕조실록』에는 안평대군이 죽은 아내에게 신경도 쓰지 않았고 장례식에는 큰아들 우직조차 오지 않아 일반인의 장례보다 못하였다고 적혀 있다. 그래서 의정부에서 예를 갖추어 장례를 치러주었다고, 운운.

안평대군이 훗날 그 기록을 보았다면 어떤 표정을 지었을까. 역사는 승리한 자의 편에서 기록된다고 하지만 사실과는 거리가 멀어도 한참이나 먼 이야기였다. 안평대군은 실록의 기록과는 달리 부인 연일 정씨의 묏자리를 알아보느라 분주했다. 좋은 곳에 묻어주고 싶었다. 풍류를 즐기고 호탕하게 노느라고 부인에게 무심한 것도 사실이었다. 그러나 왕가에 시집온 여인들의 생애가 그렇지 않은가. 그들은 왕가의 여인이었지 한 남자에게 사랑받는 지어미로 살기에는 애초부터 운명의 방향이 잘못 지어진 여인들이었다.

운명이 맺어준 여인이었다. 정씨는 지어미로 맺어준 여인이었으므로 지어미로서 살면 그뿐이었다.

수소문을 하다 보니 경기도 남양의 권씨 문중의 묏자리가 마음에 들었다. 그러나 의정부에서 국상이 아니면 남의 묘를 천장遷葬하지 않는 법이라고 허락하지 않았다. 그 일이 7월에 있었고 안평대군은 다시 8월에 충청도 쪽을 찾아보다가 마땅한 곳을 찾지 못하고 돌아오고 말았다. 그러다가 경기도 여주에 있는 호군 윤제의 집 북쪽 터를 보고 다시 의정부에 부탁했는데, 이번에는 의정부에서 좋다고 허락해서 9월 9일에 부인을 장사지내기 위해 여주에 내려가 있었다. 물론 수양대군의 측근인 권람이 감시차 호상객으로 동행했다. 안평대군이 부인을 장사지내느라 정신이 없는 틈을 타서 수양대군과 한명회는 거사를 계획하고, 10월 10일을 거사일로 잡아 모사를 진행했던 것이다.

생각하면 모두가 어이없는 일이었다. 한 가지 일에 빠지면 다른 것을 생각하지 않는 습성은 이미 오래된 것이고 부인의 장례를 치르느라 마음도 을씨년스러운 터에, 그 와중에 역적의 수괴가 되어 있으리라고 어찌 상상이나 해 보았을까.

상재는 나룻배를 타고 한강을 지나 강화로 압송되는 안평대군을 그려보았다. 안평대군을 실은 배의 정경이 마치 루브르박물관에서 눈여겨보았던 〈그림자를 싣고 가는 뱃사공 샤론〉을 생각나게 했다. 저승으로 가는 스틱스강을 건너기 위해 하얀 천으로 감싼 두 영혼을 태운 나체의 뱃사공의 뒷모습이 인상적인 그림이었다. 피에르 쉬블레라스라는 화가의 작품이었는데 죽은 사람의 모습은 흰 천에 쌓여 희미한 윤곽만 있는데 뱃사공의 근육질 몸매는 배를 나루터에서 떼어내느라 더욱 도드라졌다. 그리고 뱃전에 자신의 차례를 기다리고 있는 흰 천에 쌓인 그림자 인간의 모습이 희미하게 그려져 있었다.

안평대군이 배를 타고 가는 모습을 그린다면 영락없이 저런 모습일 것이다. 다만 뱃사공이 나체가 아니라는 점만 빼고 아들과 함께 희미한 안개 속을 삐그덕거리며 가고 있는 안평대군은 이미 그림자 인간, 즉 유령과 흡사한 존재가 되었다. 남겨둔 딸 하나만 걱정이 될 뿐 아들과는 같은 운명의 배를 타고 있었다. 차라리 저승에 가서 어머니, 아버지, 형님, 동생, 작은아들, 아내, 모두 함께 모여서 사는 편이 더 나을 성 싶었다. 김종서와 황보인 그리고 민신과 같은 충신들도 모두 모여서 좋은 세상을 이루어 살아보고 싶었다. 자신이 이렇게 귀양을 가고 죽을 만한 일을 했는가, 기억을 더듬어도 특별히 짚이는 것이 없었다.

안평대군은 강화에 도착하지마자 하룻밤 눈을 붙이는가 싶었는데 피로가 풀릴 틈도 없이 다시 배를 타라고 재촉했다. 강화 근처의 교동도로 거처를 옮긴다는 전갈이었다. 그나마 누군가 귀띔을 해주었을 뿐이다. 대역 죄인이라는 이름이 붙고 보니 그 누구도 살갑게 굴지 않았다. 시중드는 종들마저도 시뻐 보아서 그런지, 아니면 목숨을 사리느라고 그런지 입을 꾹 다물고 있었다. 나는 새도 떨어뜨리는 권세를 가진 대군 앞에서 감히 숨도 크게 쉬지 못했던 위인들이 보이는 행태가 괘씸하기 짝이 없었다. 무엇인가 잘못되어도 크게 어그러졌다.

교동도는 뻔히 보이는 가까운 곳인 것 같은데도 배로 한참을 지나왔다. 아무도 살지 않는 무인도인가 싶었으나 가까이 와서 보니 사람이 몇몇 다니고 있었다. 교동도에 오니 비로소 귀양살이가 피부로 느껴졌다. 사면이 바다라서 꼼짝없이 갇힌 꼴이었다. 이제 하늘과 땅과 바다의 울타리 안에 갇힌 몸이었다.

인간은 자신의 욕망에 갇히고, 남의 눈길을 의식하는 체면에 갇히고, 재물에 갇히고, 명리에 갇힌다. 손아귀에 들어올 듯 들어올 듯 애를 녹이면서 비껴나가는 여인에게 갇히거나 아무튼 무엇에든 갇히게 마련이다. 따지고 보면 자신에게 갇히지 않은 인간은 드물 것이다. 천하를 호령하던 풍류아 안평대군은 어린 자식 우직과 함께 커다란 감옥, 창살은 없지만 움쩍할 수 없는 아주 커다란 감옥에 갇혀버린 셈이다. 이제 모든 욕망과 살아야 할 희망마저도 파도에 물거품처럼 흘려보내고 담담하게 저 세상을 그려야 할 처지가 되었다.

해가 서해바다로 빠지면서 바닷물을 붉게 물들였다. 태양이 내려앉기 전에 마지막으로 안간힘을 쓰며 각혈하듯 토해 놓은 빛이 온통 물을 붉게 물들이며 출렁거렸다. 설마 수양 형님이 어쩔 리야 있겠는가, 안도하면서도 안평대군은 지는 해를 바라보며 진저리를 쳤다.

제8장

죽음보다 더한 고통

　안평대군이 강화도에서 바닷물을 붉게 물들인 노을을 바라보며 진저리를 치던 그 시간에, 장밋빛으로 퍼진 아름다운 노을에서 자꾸만 피비린내를 느끼는 또 한 사람이 있었다. 그는 안평대군과 별호를 나누어 쓰던 매죽헌 성삼문이었다.

　지난밤에 김종서 대감이 철퇴를 맞고 쓰러진 충격이 채 가시기도 전에 조정 대신들이 역적이라는 죄명으로 피를 토하고 죽어간 일 자체가 기연가미연가 싶었다. 악몽을 꾸고 있는지 생시의 일인지 얼떨떨한 판에 안평대군마저 강화로 압송되었다는 소식을 접하고 보니 무엇인가 일이 크게 어긋나고 있음을 직감할 수 있었다. 그러나 아무리 생각해도 형식상의 절차도 없이 즉결 처분할 만한 어떤 반역의 기미가 잡히지 않았다.

　아니다. 엄밀히 말하면 형식상의 절차는 갖추었다고 할 수 있다. 안평대군의 죄를 결정하는 교서는 정인지가 부르고 권람이 붓을 들어 썼다. 거기에 이계전과 최항의 글 솜씨가 더해져서 그럴듯한 죄목이 만들어진 것이다. 밤이 깊도록 이 글을 짓는 수고를 했다고 치하하며 수양대군이 왕을 움직여 내관을 시켜 술상까지 내리게 했으니 단종까지 개입된 일이라고 할 수 있겠다. 더구나 한 나라의 대군이 백여 명의 포졸들에게 둘러싸여 잡혀갔다면, 그것도 대역 죄인이라는 죄명으로 강화에 압송되었다면, 큰 사단이 난 게 분명했다. 그러나 그만한 일이 안평대군 주위에서 일어났다면 그것을 가장 먼저 알아야 할 사람은 누구보다도 성삼문 자신이 아닌가.

안평대군이 역모의 주모자라면 자신도 역모의 가담자여야 했다. 뿐만 아니라 같이 어울렸던 박팽년과 이개 등 다른 사람들을 살려둘 명분이 없지 않은가? 살생부에 따라 조정 대신들이 피를 토하고 쓰러진 다음 날, 박팽년이 좌부승지에 제수된 것도 이해할 수 없는 일이었다. 무슨 연유로 취금헌 박팽년이 승진을 하며 무슨 연유로 안평대군은 대역 죄인의 괴수가 되었는지, 도무지 감이 잡히지 않았다.

세상은 왜 사람을 가만두지 않는가? 조용히 살고 싶은 데도 왜 자꾸 파도는 와서 보채고 흔들어 대는가? 강화도에 안치된 안평대군의 안위는 어떻게 될까? 지는 해를 바라보며 이 생각 저 생각이 뒤채었다. 호흡을 가다듬고 마음을 가라앉히려 해도 여러 가지 상념이 자리를 갈아들며 뇌리를 어지럽혔다. 무엇인가 조짐이 좋지 않았다.

안평대군과 성삼문은 어릴 적부터 친구였다. 그들은 세종임금 즉위년인 1418년생으로 동갑이기도 하고 외모가 훤칠한 것이 서로 닮았다고도 했다. 남자답고 글 잘하고 무엇보다 그들은 호기가 상통했다. 그들이 태어나던 1418년에 조선왕조에는 큰 변화가 있었다. 그해 2월에 태종임금의 막내 왕자인 성녕대군이 천연두에 걸려서 열네 살의 나이로 요절하게 된다. 자식은 내리사랑이라던가, 막내아들에게로 노년의 모든 정을 쏟아붓던 태종은 여러 가지로 충격을 받게 되었다. 그동안 파란만장한 삶을 막내아들로 인해 위안받고자 했고, 막내아들을 통해 정을 다스려 가던 태종임금은 거의 실성할 정도로 애통했다. 아무런 사심 없이 가장 사랑하던 아들이기에 절세미인의 명문가의 규수를 며느리로 맞아들였는데 그것이 바로 성삼문의 할아버지 성달생의 사촌 동생의 딸이었다.

성씨 가문은 고려조부터 인물이 훤칠하기로 소문이 나고 미인이 많은 터라 그에 따른 에피소드도 많다. 집안 어른이 명나라로 미인을 차출하기 위해 내린 금혼령을 어기고 딸을 출가시켰다가 나라의 명을 거스른 죄로 벼슬을 박탈당하기도 했다. 명나라로 보내느니 벼슬을 파직당할 것을 각오하고 저지른 일이었다. 미인이 많기로 소문난 성씨 집안에서는 딸을 명나라로 보내지 않기 위해 전전긍긍했다. 그러나 똑같은 방법을 또 써먹을 수도 없는 일이어서 성삼문의 고모가 명나라 황실의 친왕비빈으로 간택되어 명나라로 출가하게 된 것도 미인 가문에서 당하는 수난이었다.

피비린내 나는 '왕자의 난'을 두 번이나 평정한 뒤에야 겨우 왕위에 오른 태종은 부왕인 태조 이성계의 노여움을 끝내 풀지 못한 회한을 가지고 있었다. 그 유명한 함흥차사에 얽힌 이야기도 그렇거니와 친아버지에게서 공식적으로 인정받지 못하는 군왕의 체통은 이미 땅에 떨어진 것이었다. 또한 방석, 방간 두 형제를 죽인 죄책감을 안고 평생을 살얼음 위를 걷듯 스스로를 경계하며 살아 온 인생이었다. 겉으로는 태종의 호랑이 같은 위세에 눌려서 아무 말도 못지만 신하들마저도 임금을 피하는 것 같았다. 진정 가까이 두고 싶은 신하들은 이런 저런 핑계를 대며 고향에 내려가려고 애썼고 곁에 두고 싶지 않은 사람들만 머리를 조아리며 비위를 맞추려 했다. 그것도 심기가 못마땅했지만 그렇다고 그들마저 없으면 너무나 외롭고 허전했다.

'이 모든 일이 다 나라의 왕업을 이루기 위했음이야. 조선의 뿌리를 든든히 하려고 했을 뿐이야.'

스스로 위로하는 말도 점점 힘이 빠졌다. 지난 세월을 돌아보니 조강지처인 원경왕후와도 원수지간이 되어 있었다. 자신을 도와 권력의 권좌에 오르게 해준 처남 민무질과 민무구를 역적으로 몰아 처단한 것도 외척의 세력을 미연에 봉쇄하고자 했음이다. 정치의 논리와 세상의 논리는 다른 것이다. 그럼에도 불구하고 부인의 얼굴을 마주 대하기가 민망하고 쑥스럽고 꺼려지는 것은 또 무슨 이유였을까. 소화되지 않은 음식 같은 것이 늘 명치에 얹혀 있는 느낌이었다.

태종임금이 제일 두려워했던 것은 거듭되는 가뭄과 홍수 등 천재지변이었는데 그때마다 바늘방석에 앉아 있는 것 같았다. 가뭄과 홍수의 소식이 들릴 때마다 자신의 부덕의 소치로 여겨져 식음을 전폐하고 극진히 하늘에 제를 올렸다. 어질지 못한 임금의 탓이라고 생각하여 더욱 하늘에 정성을 바치고자 했다. 그러나 총애하던 아들 성녕대군이 어린 나이로 죽자 태종은 탄식했다. 아버지 이성계가 자신을 버린 것처럼 하늘마저도 자신을 버린 것 같은 자괴감과 죄책감을 견딜 수 없었다.

"너는 일찍이 하루라도 나의 곁을 떠난 적이 없었다. 그런데 이렇게 홀연히 가버리느냐. 아, 말은 다함이 있으나 정에는 끝이 없다는데, 너는 그것을 아느냐, 모르느냐."

사랑하는 아들이 일찍 세상을 떠나자 태종임금은 홀로 된 며느리를 불쌍히 여겨 성씨 집안에게 공신 가문의 예를 갖추어 주도록 했다. 아마도 양녕대군이 6월에 폐위된 것도, 충녕대군에게 8월에 왕위를 물려주고 상왕의 자리로 물러난 것도 막내인 성녕대군의 죽음과 무관하지 않을 것이다. 많은 피를 흘려 왕업을 이룬 태종 이방원에게는 죄책감이 늘 그림자처럼 따라붙었다. 그래서 불교를 박해했던 지난날의 잘못을 반성하면서 성녕대군의 무덤이 있는 고양군 벽제면 대자리에 대자암이라는 큰 절을 지어주기도 했다.

그 와중에도 새 생명은 태어나고 나쁜 일 끝에는 좋은 일이 오듯이 세종임금은 안평대군을 얻었다. 셋째 왕자로서 왕위를 이어받은 부담감도 있었지만 아버지의 상심하는 모습에 마음이 쓰였던 세종임금은 안평대군을 작고한 막내 동생 성녕대군의 양자로 보내기로 했다. 그래서 안평대군은 성씨 부인의 양자가 되어 성삼문과는 내외종 팔촌 형제가 된 것이다. 이런 사연으로 성삼문은 어린 시절부터 왕실과 인척으로 연결되었고 안평대군과 같이 자라면서 자연스럽게 친구가 되었다.

한 나라의 왕자가 아니더라도 성삼문은 안평대군을 사랑했을 것이다. 그 감정은 사랑이라는 오지랖이 넉넉한 단어가 아니면 감쌀 수 없는, 무어라고 꼭 짚어서 설명하기 어려운 것이었다. 동문수학하면서 그의 학문의 깊이에 놀라웠다가도 갑작스런 감정의 기폭에 당황하기도 했다. 남아다운 호방함이 있다가도 어딘지 모르게 수줍은 여성적인 면도 있었다. 사치스럽고 거만하다가도 소박하고 인심 좋은 넉넉함을 보이기도 했다.

문인들과 더불어 시를 읊고 교유하기를 즐겨했고 사람을 좋아해서 주위에 늘 친구들이 있었다. 그러면서도 안평이 언뜻 내비치는 외로움이란까, 고독감을 옆에서 지켜보곤 했다. 원초적인 슬픔, 혹은 외로움. 생의 바닥을 다 보고 난 사람의 초연함이 있었다. 화조풍월을 즐기는 풍류아로 장안 명기들의 마음을 설레게 하면서도 그의 눈은 늘 다른 곳을 향하는 듯했다.

성삼문은 사랑채의 누각에 앉아 대궐 쪽을 바라보았다. 사간원을 지나 규장각을 끼고 돌아 몇 집만 건너면 야트막한 언덕배기가 나온다. 예전의 경기고등학교 정문, 지금의 정독 도서관 입구 풀숲에 성삼문 집터라는 조그마한 표지판이 남아 있다. 지대가 약간 높은 곳에 집이 있어서 늘 대궐 쪽을 바라볼 수 있었다. 집현전에서 늦게 까지 책을 보아도 가까운 곳에 집이 있어서 출입하기가 수월했다. 또한 많은 벗들이 근처에 살고 있어 왕래가 편한 것도 이곳에 집터를 잡은 이유였다.

　인왕산을 배경으로 대궐 지붕의 윤곽이 또렷하게 돋아났다. 떨어지는 해가 토해 놓았던 붉은 빛이 밤하늘로 스며들어 하늘은 보랏빛으로 짙어져 가는 중이었다. 한 줄기 소슬한 바람이 스치자 온 몸에 냉기가 감아들었다.

　'자리가 바뀌면 잠도 못 이루실 텐데. 공자는 이 밤을 어찌 넘기고 있을까.'

　'갑작스럽고 황당한 일을 당한 그 심정이 어떠할까?'

　안평대군이 진정 역모를 꾀했다면 성삼문과 박팽년 또한 함께 압송되어야 마땅했다. 연일 어울려 술을 마시고 시를 읊고 풍류를 나눈 작당들이 역모를 꾀했다면 그림자처럼 뜻을 같이 해온 자신들이 역모의 대상에서 제외될 아무런 이유도 없기 때문이다. 역적은 죽음으로 다스림이 마땅하다. 그러나 안평이 누구인가. 그에게 누가 과연 죽음을 선고할 수 있을까? 같은 배를 빌어 같은 피를 타고 세상에 나온 동복형이 그럴 수 있을까? 왕자의 난으로 형제를 죽인 할아버지가 평생 죄책감을 안고 살아가던 모습을 수양대군은 누구보다도 잘 알고 있을 것 아닌가? 아니면 어린 조카 단종이 숙부에게 사약을 내릴 수 있겠는가? 목숨만은 구할 수 있지 않을까, 실낱같은 희망을 품어보지만 왠지 뼛속 깊이 파고드는 한기처럼 불안과 적막감을 떨칠 수 없었다. 만일 안평대군이 잘못된다면 생사를 같이 해야 하는가, 구차하게 살아남아야 하는가.

역적의 괴수 용瑢, 안평대군이 여러 사람에게 시가를 청탁하고 이현로, 이승윤, 박팽년, 성삼문 등과 심계心契를 맺었다. 서로 문하를 자처하고 모두 헌軒 자가 든 호로 도장을 만들어 서로 자랑하였다. 운운.

단종실록에 나오는 구절이다. 10월의 변란을 정당화하기 위해 후일 계유년 5월 단종실록에 그 역모의 근원이 된 김종서와 안평대군의 일을 조작해서 넣은 듯하다. 이 대목 앞에는 혜빈 양씨가 안평대군이 사직을 위태롭게 한다고 밀계하였다는 터무니없는 말이 기록되어 있다. 세종의 후궁 혜빈 양씨는 후덕한 사람이었고 그의 소생인 한남군과 영풍군도 나중에 모두 죽음의 길로 가게 되는데 그 어머니가 밀계를 했다는 것은 타당치 않았다. 더구나 영풍군은 박팽년의 사위였고 수춘군은 안평대군 처남의 사위여서 그들은 인척으로도 끈끈하게 얽혀 있었다.

성삼문은 매죽헌이라는 별호를 안평대군과 나누어 쓰고 있었고 박팽년은 취금헌, 이개는 백옥헌, 박인년은 경춘헌 이라는 호를 쓰고 있었으니 세간에서 헌자 호를 나누어 쓰는 무리라고 일컬을 만도 하였다.

그러나 그날을 기억한다. 안평과 그가 30세가 되던 1447년 일이었다. 남자가 나이 삼십이 되면 세운 뜻이 나타난다는三十而立 바로 그 해였다. 아마도 삼십이 되면서 안평대군은 내심 이런저런 고민을 많이 한 것 같았다. 겉으로는 웃으면서 잔치를 베풀고 사람들을 불러다 흥을 돋우었지만 웃고 돌아서는 옆모습에는 무엇인가 말할 수 없는 쓸쓸함이 배어나왔다. 모든 것을 다 가질 수 있는 한 나라의 왕자에게도 다다를 수 없는 것이 있을까, 짐작만 할 뿐이었다. 성삼문은 안평대군 저의 누마루에 걸터앉아 마당의 화초에 무심한 눈길을 주고 있었다. 안평은 섬세하게 풀과 꽃나무에도 일일이 신경을 썼다. 허투루 심은 것이 하나도 없었다.

"이제 우리도 삼십이 되었으니 무엇인가 확실한 것을 세워야 하지 않겠소?"

안평대군이 눈길은 앞을 향한 채 얼굴을 돌리지도 않고 말을 걸어왔다.

"그것도 좋은 생각이지요."

"근보는 올해에 문과 중시를 치러야 할 테지."

"……"

과거라는 말이 마음에 턱 걸렸다. 어릴 때부터 같이 동문수학하면서도, 초시에 응하면서도, 늘 미안한 무엇인가가 있었다. 21세에 문과에 급제하여 집현전 학사로 뽑히고 덕분에 밤낮으로 안평대군과 궁중에서 상봉할 수 있게 되어 얼마나 기뻤던가. 그러나 그 기쁨 중에도 공연히 미안한 어떤 것이 있었다. 같이 말을 나누지는 않았지만 늘 함께 다니던 박팽년이나 신숙주도 비슷한 느낌을 갖지 않았을까.

"우리가 별호를 하나 지어보면 싶은데. 매죽헌이 어떨까. 매화와 대나무 참 멋지지 않아?"

"모든 식물이 비와 이슬을 먹고 살게 마련이고 서리와 눈에는 시들어 떨어지는 법인데, 매화와 대나무는 비와 이슬을 빌려 꽃피지 않고 서리와 눈에도 아랑곳 하지 않으니 참 좋습니다. 매화의 아취 있는 지조와 대나무의 절개, 군자에게 이 두 아름다움이 합쳐진 이름이 있으면 더 이상 무엇을 바라겠습니까?"

"하하. 꿈보다 해몽이 좋다더니 자네의 말을 듣고 보니 즐겁기 한량없네. 그러면 자네와 그 이름을 함께 쓰도록 하지. 내가 매화가 되면 자네가 대나무가 되고, 자네가 매화가 되면 내가 대나무가 되는 거야."

그날 안평대군은 마음 깊이에서 우러나는 기쁨으로 얼굴이 환해졌다. 옥골선풍이 더욱 빛나는 것 같았다. 성삼문은 안평이 매화 같은 사람이라고 생각했다.

"진나라 무제의 말에 따르면, 학문을 열심히 하면 매화가 피고 학문을 게을리 하면 매화가 피지 않는다고 하네. 그래서 호문목好文木이라고 한다지, 하하하."

"호문목이라. 겨울동안 움츠렸던 양기를 일으킨다고 해서 봄을 선도하는 꽃이라고도 하지요. 가장 먼저 피는 꽃이라고 해서 꽃 중에 맏형, 화형花兄이라고도 하고, 향기가 맑고 흰 꽃이 깨끗해서 빙자옥골氷姿玉骨이라고도 합니다."

"백매의 고결함을 보았나. 마치 흰 꽃을 바라보고 있으면 탈속해서 신선이 된 것 같아. 매화에는 줄기도 있고, 가지도 있고, 뿌리도 있고, 마디도 있고, 가시도 있어. 그 시커먼 마른 등걸에서 희디 흰 꽃을 피워내는 것을 보면 옥 같은 살결에 맑은 향기를 지닌 아기 선녀들이 잠시 내려와서 노닐고 있는 것 같아."

안평대군은 매화의 향기를 맡으려는 듯 눈을 감았다.

옥결 같은 살결에 맑은 향기 어려 있는, 선약을 훔친 항아姮娥의 몸

안평대군이 백운거사 이규보의 시구로 운을 뗐다.

봄의 신이 뭇 꽃을 물들일 때, 맨 먼저 매화에게 옅은 화장을 시켰
지. 옥결 같은 뺨엔 옅은 봄을 머금고, 흰 치마는 달빛이 서늘해라.

성삼문이 진화의 시로 답을 했다.

"그러지 말고 안견에게 매화와 대나무를 그려달라고 합시다."

그날 안견은 〈묵매죽도〉라고 불리는 매화와 대나무 그림을
그려주었다. 꿈틀거리는 고목에 흰 꽃잎이 달리고 호리호리하
게 하늘을 향해 뻗어가는 대나무의 우아하면서도 고결한 자태
가 화폭에 담겨졌을 때 과연 조선 제일의 화가 안견의 솜씨다
웠다. 그렇게 셋이서 술을 마시고 시를 읊고 그림을 그리며 밤
이 깊었다. 〈몽유도원도〉가 탄생하기 직전의 일이었다.

매화는 결백하고 지조도 있지만 그윽한 아취가 있어야 한
다. 암술과 수술이 모두 다섯 장의 흰 꽃잎 속에 들어와 박혀
있는 완전한 꽃이었다. 그 어떤 것도 더 이상 필요하지 않은
그 자신 그대로 충족되는 양성화였다. 안평대군은 역시 매화

에 가까웠고 성삼문 자신은 대나무에 어울린다고 생각했다. 매화와 대나무, 당대 제일의 왕자가 '매죽헌'이라는 호를 나누어 쓰자는 데 감격해서 그들은 우정을 쌓아갔던 것이다.

따뜻한 성품 지닌 옥 같이 귀한 사람
뭉게뭉게 피어난 눈처럼 하얀 꽃잎
서로가 바라볼 뿐 말 건네지 않으니
푸르른 하늘에서 달님이 비추인다.

그렇게 말이 없어도 뜻이 통하는 지기였다. 안평대군이 자신의 무계정사 뜰에서 내건 마흔여덟 가지의 시제를 보고 성삼문은 매화에 안평대군의 기질을 빗대어 그렇게 읊었다.

대나무 스치자
바람소리 파래지고
바람을 머금자
대 그림자 맑아집니다.
숨어사는 사람은
일이라곤 없어서
홀로 앉아
『황정경』을 베낍니다.

대나무를 스친 바람이 깨끗하다 못해 푸른색이 되고, 그 바람을 머금은 대 그림자도 맑아지는 그 청청한 기운이 시원하게 다가오는 듯하다. 그렇게 해서 나누어 쓰던 호가 이제 와서는 역모의 준비 작업으로 여겨지고 있었다.

아마 안평대군은 삼십 줄에 들어서면서 심하게 나이 몸살을 한 것 같았다. 그해에 유독 여러 가지 일을 계획했는데, 그 중의 하나가 〈몽유도원도〉를 그리게 한 일이었다. 그 그림을 놓고 기뻐하는 모습이 왠지 불안했다. 기쁨이 도를 넘는 것 같아서 마음속이 싸하게 쓰렸었다. 그때의 통증이 지금도 찌르르 전달되는 것 같았다. 서로 말은 내지 않았지만 도원을 바라봄으로써만 채울 수 있는 어떤 허기와 빈자리가 느껴졌다. 그래서 성삼문은 안평대군이 청할 때마다 사양하지 않고 시를 지었고 같이 어울려 풍류를 즐겼다. 내로라하는 모든 학자들이 〈몽유도원도〉에 찬시를 붙였고 성삼문도 그것을 사양하지 않았다. 안평대군에게 도원의 꿈은 그를 지탱해주는 버팀목이었다.

아침에 도원의 그림을 보고 저녁에 도원기를 읽어보니 비로소 도원이 있었음을 알겠구나. 신선의 이야기가 거짓이 아니었구나. 하지만 도원은 새어나가지 못하게 십분 감추어져 있어서 겨우 한 사람의 꿈속에서나 허락되었다. 스스로 정신이 우주 천지간에 노닐지 않는다면 신선의 땅에 다다를 수 없는 법인데, 같이 수행했던 몇 사람에게 묻노니 어떻게 도원에까지 이르렀는지 모르겠구나.

인간이 홍진만장의 티끌 속으로 굴러 떨어지는 것이 애달 프구나. 도원도가 있으니 사람에게 도의 기운이 생긴다. 아침 에 이 그림을 보고 저녁에 글을 읽어보니 솔솔 부는 맑은 바람 이 양 날개에 생겨나서 학을 타고 푸른 하늘을 날아다니는 듯 하다. 신선의 약을 담았던 솥바닥을 핥고 개와 닭이 덩달아 날 아올랐던 것처럼 그 그림을 보니 나도 신선이 되어 도원에 이 를 수 있을 것 같다.

〈몽유도원도〉를 놓고 무수히도 많은 이야기를 나누었고 무 던히도 많은 사람들과 시를 주고받았었다. 그 그림에 시를 올 렸던 사람들도 같은 무리로 단정되어 역적으로 몰리지나 않았 을까.

그런데 정변 다음 날 인사개편을 단행하면서 박팽년을 좌 부승지로 그의 아버지 박중림을 호조판서로 승진시켰다는 점 은 정말로 이상했다. 박팽년이 누구인가. 성삼문과 함께 그림 자처럼 안평대군과 어울렸던 인사가 아닌가. 안평대군이 역적 의 괴수라면 당연히 박팽년도 역적이어야 했다. 성삼문과 박 팽년을 살려 둘 아무런 이유가 없었다. 더구나 박팽년은 꿈속 에서 안평대군과 함께 도원을 찾아간 장본인이 아닌가.

"어째서 근보 성삼문을 제쳐두고 박팽년이 공자와 동행했는지 모르겠네."

친한 친구들이 농담 반 진담 반으로 말을 건넸다.

"참으로 해괴한 일이야. 취금헌 박팽년하고 도원을 찾아 나섰다 가 절벽 길을 돌아서 도원을 발견했을 때, 분명히 범옹 신숙주하고 태허정 최항이 있었단 말이야. 왜 근보와 같이 가지 않았을까?"

안평대군 자신도 그 일이 이상하다고 했다. 그러나 잠결에 이루어지는 꿈은 꾸어지는 대로 되는 것이지 억지로 만드는 것이 아니지 않는가. 그런데 꿈속에서 함께 노닐었다는 최항과 신숙주가 지금 안평대군 곁에 없다. 곁에 없다 뿐인가, 수양대군 옆에서 장자방 노릇을 하고 있지 않은가. 최항이야 그렇다고 하더라도 신숙주는 그래서는 안 되었다. 〈몽유도원도〉에 찬시를 써서 바치던 최항과 신숙주가 수양대군 편에 서서 장차 무엇을 노리고 있는 것일까. 설마 그들이 안평대군을 강화도에 보내기로 한 것일까. 신숙주는 세종임금에게 얼마나 큰 사랑을 받았던가. 세종임금이 아기를 안고 세손을 보필해달라는 부탁을 할 때, 감격함으로 그 부탁을 받지 않았던가.

열두 살의 어린 임금의 앞날은 또한 어찌 될까. 김종서도 죽고 황보인도 비명에 갔다. 충신들이 모두 비명에 스러지고 안평대군마저 멀리 강화섬에 있다면 어린 왕은 누가 보호할 것인가. 신숙주는 성삼문과 함께 황찬에게 훈민정음의 음운체계를 배우기 위해 열세 번이나 국경을 넘어 요동을 드나들던 동지가 아닌가. 그가 대체 무슨 마음을 먹었단 말인가.

이 생각 저 생각으로 마음이 어지러운데 시간은 얼마나 더디 가는지 일각이 여삼추 같았다. 성삼문에게도 조만간 불똥이 튀어 올 것이었다. 그는 자신이 유배될 것인지, 아니면 죽게 될 것인지 곰곰이 생각해 보았다. 사나이 대장부가 어차피 한 번 죽음을 맞아야 한다면, 자기 한 몸 의롭게 죽는 것, 그것은 어렵지 않았다. 그러나 자식과 동생들 역시 같은 운명을 피할 수 없을 것이고 아내와 여자들은 모두 종이 될 판이었다. 그것만 생각해도 등골이 오싹한데, 역적의 아버지도 무사할 수는 없었다. 아버지에게 불효도 그런 불효가 다시 없을 것이다.

그렇게 며칠이 지났다. 박팽년에게서도 아무런 연락이 없었다. 그도 수양대군이 하사한 벼슬을 받아들이고 있는 것인가. 그 역시 안평에게 등을 돌리고 명리를 따라간 것일까. 하지만 지금 목숨을 내놓는 것이 과연 잘하는 일일까. 아무런 보람 없이 헛되이 죽기는 아까운 일이다. 그들에게는 세종임금이 부탁한 단종임금이 있지 않은가. 어린 왕을 보살피기 위해서라면 목숨을 구걸해서라도 살아 있어야 할 명분이 있었다. 지금의 상황에서 한 가지 간절하게 바라는 것이 있다면 스스로 주공을 자처하며 어린 왕을 보필하겠다는 수양대군의 처사가 제발 그의 말대로 되기를 비는 것뿐이었다. 그리고 단종이 장성해서 억울하게 죽어간 대신들의 원혼을 풀어주는 날이 속히 오기를 축수하는 것이다.

그 무렵 수양대군 저에서는 한명회, 권람, 신숙주가 머리를 맞대고 정난공신의 서열을 정하느라 분주한 시간을 보내고 있었다. 수양대군은 정식으로 영의정이 되었고 정인지는 우참찬에서 단번에 좌의정으로 올라 뛰었다. 한확 역시 예조판서에서 우의정으로, 신숙주는 집현교리에서 좌찬성으로, 모사꾼 한명회는 경덕궁 궁지기에서 군기시 녹사로 신분이 바뀌었다.

벼슬이 오르자 어제까지 모른 척하던 사람들이 앞을 다투어 하례하고 술잔을 바쳤다.

거기서 그친 것이 아니다. 이번 정난에 공이 있는 사람들은 정난공신이라고 하여 36인에게 일등, 이등, 삼등으로 나누어 군君을 봉하게 되었다. 하동부원군에 정인지, 서원부원군에 한확, 고령부원군 신숙주, 길창부원군 권람, 상당부원군 한명회, 인산부원군 홍윤성, 영성부원군 최항, 남양부원군 홍달손 등이 부원군 대감이 되었다.

그로부터 며칠이 지난 10월 15일, 수양대군은 박팽년의 아버지 박중림을 형조판서로 임명했다. 그것보다 더 기가 막힌 소식이 뒤이어 전해졌다.

"경축하옵니다. 정난공신 3등으로 녹훈되었습니다."

성삼문은 자신의 귀를 의심했다. '역적죄인은 꿇어 엎드려라'는 호령이 잘못 발설되었을까. 정난의 주모자급인 신숙주가 2등 공훈을 받았는데 역적의 무리에나 속해야 할 박팽년과 성삼문이 3등 공훈자가 되다니, 놀라서 입을 다물 수가 없었다.

"도대체 무슨 연유로 공신이 된단 말이오?"

박팽년의 물음에 어이없는 답변이 돌아왔다.

"박팽년과 성삼문은 정난이 있던 날 밤 집현전에 입직해 있었다. 그 성실한 태도를 수양대군이 어여삐 여겨 그대들을 공신의 반열에 올린 것이다."

해괴한 답변이었다. 법이 무너진 세상이니 법대로 될 일이 없겠지만 그래도 우습기 짝이 없었다. 박팽년과 성삼문을 회유해서 안평대군의 모반을 인정하게 하려는 계책일까. 박팽년은 좌부승지로, 성삼문은 우사간으로 임명되어 있었다.

"이게 무슨 변고인지 알 수가 없네."

박팽년이 먼저 입을 열었다.

"그러게 말이야. 뭔가 꿍꿍이가 있겠지. 자네나 나나 무엇이 어여쁘겠는가?"

성삼문이 발밑을 내려다보며 심드렁하게 말을 받았다.

"그럼 어떻게 해야 할까? 우선 정세가 돌아가는 것을 보면서 기다려봐야 할까? 아니면 공신을 반납할까?"

박팽년이 소리를 한껏 낮추어 조심스럽게 물었다.

"우리가 공신이 될 만한 일을 하지 않았는데 공신이 되는 것은 도리에 벗어난 일이네. 하지만 지금 공신을 거부한다는 것은 정면으로 저들과 맞붙겠다는 말인데, 지금 우리에게는 아무런 힘이 없어. 결과는 명약관화한 일이지. 사나이가 한 목숨 버리는 것은 아깝지 않지만, 지금 조정에 쓸 만한 인물은 다 죽고 없는데 그나마 모자란 나 같은 놈이라도 없으면 어린 임금은 누가 보필한단 말인가? 그러니 이러지도 못하고 저러지도 못하겠네."

성삼문이 땅이 꺼져라 한숨을 내쉬었다.

"절재 김종서와 대신들이 쓰러지고 나니 마음이 허해서 견딜 수가 없네. 우리가 이러한데 어린 임금이야 오죽하겠는가. 이 구차한 목숨이 어디에 쓰일지 모르니 후일을 기약하며 우선은 참고 견뎌보세."

박팽년이 성삼문의 어깨에 손을 얹으며 말했다. 성격이 곧기로는 누구도 따라갈 수 없는 박팽년인지라 성삼문도 그러자고 고개를 끄덕였다. 후일을 기약하며 목숨을 살려놓기로 작정하고 상소를 출납하는 직무를 맡고 보니 안평대군에게 사약을 내리라는 상소가 이미 올라와 있었다.

왕자의 신분을 떠나서 죽마고우에게 사약을 내리라는 상소를 전해야 하는 성삼문은 삶과 죽음을 선택하는 기로에 놓였다. 의리를 지키고 안평대군과 함께 죽음을 택할 것인가, 이들에게 순응하는 척 하고 있다가 후일을 기약할 것인가. 그들이 마음대로 안평대군을 죽일 수는 없을 것이라는 실낱같은 희망의 줄을 끝까지 놓치고 싶지 않았다. 하지만 오랑캐로 오랑캐를 제압한다는 이이제이以夷制夷의 간교한 술책에 걸려들고 있는 것일까. 죽음을 택해야 하는가, 구차한 목숨을 연명하기 위해 안평대군의 죽음을 재촉하는 상소를 올리는 직책을 담당해야 하는가. 그러나 주변의 정황으로 보니 대세가 기울고 있었다. 그래서 죽음보다 더 고통스러운 삶을 택하기로 마음을 다져 먹는데 눈앞에는 매화의 꽃잎이 분분히 날리고 귓가에는 대나무 잎들이 파아란 바람에 흔들리는 소리가 거세게 울려왔다.

제9장
나비야 청산가자

안평대군이 강화도에서 핏빛 노을을 보며 왠지 모를 불안에 몸을 떨고 있을 때, 한양에서는 또 한 사람이 붉은 노을을 보며 깊은 생각에 빠져 있었다. 그는 다름 아닌 신숙주였다. 대세가 기울어 수양대군 편에 서기는 했지만 그 역시 심기가 편치는 않았다. 더구나 안평대군을 역적으로 몰아 강화에 유배시키는 일에 참여하고 나니 입맛이 씁쓸했다. 물론 자신이 나서서 그를 역적으로 몰아댄 것은 아니지만 그 자리에 함께 앉아 있었다는 사실만으로도 마음이 끌끌했다. 사실 안평은 역적질을 할 위인이 못되었다. 그는 정략가가 될 만큼 치밀하지 못하고 제왕이 될 만큼 뱃심 좋고 뻔뻔한 사람도 아니었다. 호탕한 것 같아도 섬세한 사람이었다. 매사를 대충 넘기는 것 같지만 그는 자신의 영혼에 상처를 낼만큼 예리하게 날이 서 있는 사람인 것을 직감으로 알고 있었다. 사실 신숙주 자신은 건조한 사람이고 이성적인 학자였지만 안평대군은 본 바탕, 즉 기질이 다른 사람이었다.

왕자라는 신분의 벽을 넘어 안평대군은 신숙주와도 연분이 깊었고 성삼문 그리고 박팽년과도 교유하면서 친구처럼 지내던 사람이었다. 그뿐이 아니었다. 집현전 학사시절부터 성삼문과 신숙주는 이십여 년의 세월 동안 같은 길을 걸어온 동지이자 학우였다. 강산이 두 번이나 변했을 그 이십 년의 세월이 헌신짝처럼 값싼 것이었던가.

집현전과 인연을 맺은 것은 성삼문이 먼저였다. 세종 20년, 성삼문이 스무 살의 나이로 문과에 급제하여 집현전에 들어왔고 그로부터 2년 후에 신숙주가 집현전의 학사가 되었다. 박팽년, 이개 등과 함께 산사에서 독서하고 연구하며 보낸 세월은 또 얼마였던가. 세종임금의 특별한 배려로 그들은 여름이면 조용하고 시원한 산에 가서 계곡 물소리에 맞추어 책을 읽고 심신을 단련했다.

특히 성삼문과 신숙주는 정유청에 함께 발령을 받아 한글 창제에 참여하면서 동지이자 경쟁자의 관계를 유지했다. 문장과 어학에서 쌍벽을 이루던 두 사람은 중국의 음운학자 황찬을 만나기 위해 열세 번이나 머나먼길을 오가며 형제 이상의 우애를 나누었다. 그 수많은 우여곡절로 맺어진 지난날이 어쩌면 이렇게도 아득히 멀게만 느껴진단 말인가. 계유년 10월의 밤을 기화로 성삼문은 임금을 섬기는 신하의 길을, 신숙주는 나라 일을 주관하는 정치가의 길을 택함으로써 두 사람은 돌아올 수 없는 강을 건너고 말았다.

안평대군을 강화에 유배시키고 잠시 숨을 돌리고 나자 대역 죄인을 처단해야 한다는 상소가 빗발쳤다. 후일 『조선왕조실록』에서 성삼문이 '안평대군에게 사약을 내리자'고 주청했다는 기사를 보았을 때, 얼마나 이상한 기분이었던가. 박팽년이 안평대군을 죽이자고 상소를 올렸다는 기사를 읽었을 때, 얼마나 당황스러웠던가. 단종을 향한 절개와 안평에 대한 우의를 배신하는 일은 결코 합일될 수 없는 깊은 심연으로 나뉘어져 있음을 상재는 기억하고 있다. 후일을 기약하고 목숨을 부지하기 위한 일이라고는 하지만 안평대군에게 사약을 내리자고 했다면 안평대군이 성격파탄자이거나 성삼문과 박팽년이 변절자여야 했다. 시간이 흐름에 따라 저절로 오해가 풀어지는 그런 종류의 일이 아니었다.

하지만 도서관에서 〈몽유도원도〉에 관련된 책을 뒤지고 또 뒤지다 보니 새로운 사실을 알게 되었다. 무슨 일이건 온전하게 알지 못하고 반쯤만 알았을 때 오해가 가장 깊어진다는 말이 실감되었다. 아예 모르면 오히려 괜찮은데 어설프게 알게 되면 섣부른 판단을 하거나 속단을 하거나 편견을 가지게 된다. 그래서 능란한 책략가는 일부러 정보를 반쯤만 흘려서 상대편의 오해를 증폭시키는 계략을 사용한다.

성삼문과 박팽년이 직접 상소를 올린 것이 아니라 당시 한명회의 계략에 의해 상소를 출납하는 일을 맡았다는 것을 알

게 되었다. 또한 모든 상소가 그들의 손을 거쳐 올라갔으므로
후에 그들이 마치 직접 상소를 올린 것처럼 실록에 기록되었
다는 것도 깨달았다. 충절의 상징인 사육신이라는 이름의 명
예를 흐릴 뻔했던 상소 건에 관한 오해를 풀게 되어 상재는 나
름대로의 소득이 있었다.

이왕에 한명회와 함께 손잡고 새 시대를 만들자며 발을 내
딛었지만 그 많은 세월 동안 쌓아온 우정을 버리고 돌아서는
신숙주의 마음도 편할 수는 없었다. 정치는 생각보다 험한 것
이다. 어쨌든 신숙주는 수양대군의 편에서 입장을 정리해야
했다. 한명회의 지시에 따라 일단 일은 벌어졌고, 성공했다고
는 하지만 편치 않은 무엇이 마음을 조여 왔다. 안평대군을 처
단해야 한다는 상소가 빗발치는 것도 신숙주로서는 예상하지
못한 일이었다. 안평대군에 관해서는 내부적으로도 의견이 팽
팽하게 엇갈렸다. 일의 흐름상 안평대군을 처단해야 한다는
강경파와 피 흘리는 일은 그만하자는 절충파가 대립되었다.
그러나 어느 누구도 감히 수양대군에게 동생을 죽이자는 말을
꺼낼 분위기는 아니어서 서로 눈치만 살피고 있었다.

"영의정 대감께서 대역 죄인의 처리를 가볍게 함으로써 전례를
남기시면 안 됩니다. 사사롭게는 피를 나눈 친 동기간이지만 일을
크게 보셔야 할 것입니다."

한명회가 수양대군을 정면으로 바라보며 노련하게 입을 열었다.

"안평을 강화에 보낸 것만으로도 족하오. 그 잔당들이 다 사라진 마당에 용이 외딴 섬에서 혼자서 무엇을 어찌한다고 이 야단법석이오?"

수양대군이 미간을 찌푸리며 짜증을 냈다. 한명회는 잠시 물러나는 듯 입을 다물었다.

"그러나 모든 역적들을 처형한 마당에 역적의 수괴인 대역 죄인 안평만을 살려둔다는 것은 말이 되지 않아. 왕실의 종친이라고 해서 그냥 넘어간다면 그러한 우유부단함을 과연 공평하다고 보는가?"

양녕대군의 우렁우렁한 목소리가 방안을 울렸다. 왕위를 버리고 정처 없이 떠돌던 양녕대군이 우연치고는 필연적으로 한양에 모습을 드러낸 것이다. 수양대군은 아버지 세종임금에게 왕위를 물려주었다는 이유로 크고 작게 세종임금의 속을 끓여 왔던 백부 양녕대군에게 좋은 감정을 가질 수는 없었다. 그러나 이 마당에 양녕대군만큼 자유롭게 발언을 할 수 있는 사람이 또 있을까.

"그렇지만 안평은 다른 사람도 아니고……."

수양대군의 음성이 꺼져 들어갔다.

"안평이 자네 동생인 것은 천하가 다 아는 사실이야. 주상에게는 숙부이고!"

"그렇습니다."

"이보시게. 안평도 내 조카일세. 비범한 재주를 지닌 아까운 인물이지. 그러나 안평이 자네 동생이기 때문에 살려둘 수 없는 것이야. 안평이 하찮은 벼슬아치라면 그냥 그대로 강화 섬에 유배시켜 놓을 수도 있어."

양녕대군의 말이 수양대군의 가슴을 비수로 도려내 듯 날카로웠다.

"큰아버님, 할아버님도 왕자의 난을 겪으시고 평생 괴로움 속에 사셨습니다. 저에게 또 그런 고통을 안고 살라는 말씀이십니까? 누구보다도 그것을 잘 아시는 큰아버님께서 어찌 그런 말씀을 하십니까?"

수양대군의 눈에 핏발이 붉게 내비쳤다. 순간 양녕대군의 눈에도 번쩍 번개가 스쳐갔으나 그는 이내 눈을 감았다. 방 안에는 한동안 침묵이 흘렀다. 시월의 쌀쌀한 밤공기를 가르고 귀뚜라미 울음소리가 방안을 가득 메워왔다. 그 귀뚜라미 울음 사이로 벽오동 나무의 잎이 고요하게 지는 밤이었다.

"내가 어렸을 때, 아버님께 불칙한 말을 했다. 왕위가 그렇게 탐나서 형제들을 죽였냐고 대들기도 했지. 삼촌들도 삼촌들이지만……, 그것보다는 외삼촌들을 처형했을 때 나는 왕이라는 자리에 정이 떨어졌다. 너도 기억하느냐? 나에게는 어마마마, 너희들에게는 할머니의 외가가 죄도 없이 누명을 쓰고 절단이 났다. 민무구, 민무질 그 외숙들의 도움이 아니었으면 아버지가 왕위에 오르기도 힘들었지. 외삼촌들이 힘을 다해 목숨을 걸고 아버지를 지켜주었어. 그런데 아버지가 왕위에 오르고 나자 역적이라며 외숙들을 처단했지. 처음엔 귀양을 보내는 선에서 타협을 보려고 했었다. 그러나 그것은 마음뿐이고, 세상 일이 시작은 내가 해도 결국은 뜻대로 끝나지는 않는 법이다. 결국 외삼촌들에게 사약을 내리고 말았다. 은혜를 원수로 갚아야 하는 아버님도 그 심중이야 괴로우셨을 것이다. 그러나 그것이 정치야. 불안의 씨앗을 남겨두지 않는 것. 친정이 망하는 꼴을 뻔히 지켜보고만 있어야 했던 어머니의 마음은 또 어떠했겠느냐."

양녕대군의 말에 무거운 침묵이 흘렀다.

"조카도 알겠지. 자네의 외가는 어떠했는지. 자네 외조부 심온 대감도 역적으로 몰려 죽지 않았는가. 외조부뿐인가. 외조부의 형제들까지 그 집안이 몰살을 당했지. 조카의 어머니도 평생 풀 수 없는 한을 안고 살았을 것이야. 아우 세종임금도 얼마나 미안한 마음으로 평생을 살아왔겠나. 그러나 그것이 종묘사직을 든든히 세우는 일이라면 어찌하겠는가? 이제 시작한 조선의 기강을 세우는 일이라면 어찌 해야 하겠느냐?"

수양대군도 더는 대꾸하지 않았다.

"내가 형제 우애하는 자네의 마음을 모르는 바가 아니야. 나라고 왕실의 피를 흘리는 것을 좋아하겠는가. 다 같은 일가고 피붙이들인데. 그러나 안평만은 그냥 둘 수 없네. 생각해보게. 비록 일이 성사되었으나 언젠가는 불만을 가진 반란의 무리들이 들고 일어설 것이야. 그러면 그자들이 누구를 앞세우겠나? 원하든 원치 않든 안평을 앞세우게 될 거야. 안평이라야 자네와 맞설 수 있어. 그렇게 되면 또 다시 많은 피를 흘려야 하지 않겠나. 하지만 안평을 지금

없애면 그자들도 포기하고 물러설 것이다. 그러나 안평이 살아 있는 한 그자들은 어디선가 또 작당을 할 것일세. 지금 흘린 피만으로도 족하네. 안평 한 사람을 처단함으로써 이제 더 이상 무고한 사람들이 피를 흘리는 일은 없어야 할 것이야."

양녕대군은 말을 마치고 침통한 표정으로 방안의 사람들을 둘러보았다. 신산한 삶을 살아온 양녕대군은 원숙의 경지에 들어 있는 어른답게 불혹의 나이를 앞둔 수양대군의 마음을 흔들었다. 그 누구도 쉽게 입을 열려고 하지 않았다. 또 긴 침묵이 흘렀다. 밖에서는 바람이 나뭇잎을 흔드는 소리가 서걱거렸다. 바람에 문풍지가 가볍게 떨렸다. 양녕대군은 방안의 인물들에게 하나하나 눈길을 주었다. 한명회, 권람, 신숙주, 홍윤성 모두 양녕대군의 눈길을 피해서 눈을 반쯤 내리깐 채 한결같이 입을 굳게 다물고 있었다. 수양대군은 얼굴을 일그러뜨린 채 아무 말도 하지 않았다.

한 살 터울인 동생이었다. 한 살밖에 차이가 나지 않아서인지 깍듯하게 형 대접을 하지 않는 안평이 얄미운 것도 사실이었다. 더구나 안평 주위에는 늘 사람이 들끓었다. 동년배라서 함께 어울릴 만도 하건만 수양과는 늘 겉 인사만 나누었을 뿐 그들은 안평과 어울리는 것을 좋아하는 것 같았다. 안평은 글씨도 잘 썼고, 시도 잘 읊었고, 웃기도 잘했다. 그 웃음이 마치 자신을 비웃는 것처럼 느껴질 때마다 '어차피 너나 나나 왕이 못 될 재목인걸. 같은 처지 아닌가' 라는 생각으로 자신을 다독이곤 했다. 수양대군이 한참 과거 속으로 잠겨들고 있을 때 수양의 대답을 기다리던 양녕대군이 한명회와 권람을 돌아보며 우렁우렁한 목소리로 물었다.

"자네들 생각은 어떠한가?"

"제 생각도 나으리의 생각과 같습니다. 안평대군 한 사람을 처단하여 장차 있을 여러 변고를 막을 수 있다면 의당 그렇게 해야 합니다. 사사로운 정에 얽매여서는 안 될 것으로 압니다."

오금 저리는 양녕대군의 우렁우렁한 목소리에도 아랑곳없이 한명회가 먼저 태연하게 입을 떼었다. 사사로운 정에 얽매이지 말라는 말을 근일 수없이 들어온 터여서 수양대군은 사사로운 정이라는 말만 들어도 머릿속에 소용돌이가 일어날 지경이었다.

"그래도 용에게 사약을 내릴만한 명분이 없지 않소. 어찌 보면 꿈에 도원을 보았다고 도원 놀이를 한 것뿐인데……."

수양대군이 머뭇거리며 입을 떼었다.

"그게 간단한 문제가 아니요. 용은 사몽私夢을 공몽公夢으로 만들려고 한 죄가 큽니다. 무계정사에 선비들을 불러 모아 몽상에 빠지도록 했고, 무엇보다 거기에다 자기의 세계를 구축하려 했소. 그것이 반역이 아니면 무엇이란 말이요?"

양녕대군이 수양대군을 정면으로 쏘아보며 따끔하게 일침을 가했다. 스산한 분위기가 방안을 휘감았다.

"두 분 나으리께서 심려하지 않으셔도 조종공론이 해결할 것입니다. 안평을 베어야 한다는 쪽으로 공론이 모아지고 있는 줄 압니다."

정중하지만 단호한 한명회의 목소리였다.

"암. 대를 위해서 소를 희생하는 거야. 현실은 냉혹한 것이다."

양녕대군이 맞장구를 쳤지만 수양대군의 얼굴은 붉게 달아오를 뿐 말이 없기는 마찬가지였다. 신숙주도 말없이 운명의 힘을 받아들이고 있었다. 그는 안평대군의 죽음을 운명이라고밖에 달리 설명할 수 없었다. 그것이 운명이고 하늘의 정한 뜻이라면 발버둥 쳐봐야 소용없는 일이다.

방안에서 오가는 말을 들으면서 그는 안평의 운명이 결정되었음을 직감할 수 있었다. 수양대군이 침묵으로 일관하고 있지만 그 침묵이 안평을 살리자는 의미는 아닐 것이다. 안평이 죽어야 하기에 침묵할 수밖에 없었을 것이다.

안평이 역적으로 유배되어 있는데 이제 사사된다면 그의 가솔들은 어찌 될까. 그의 부인은 세상을 떴고 작은 아들마저 세상을 버렸으니 남은 식구도 별로 없다. 또한 장남 우직은 아버지와 함께 유배되었으니 장차 아버지와 같은 운명의 길을 걷게 될 것이다. 관례에 따라 역적의 가산은 적몰될 터이다. 그렇다면 안평대군이 소장한 그 많은 그림들과 글씨들은 어찌 될 것인가. 신숙주의 눈앞에 그것들이 불타고 있는 영상이 스쳐갔다. 아니다. 어차피 언젠가 한 번은 죽게 될 사람은 죽여 없앨망정 그 그림들과 글씨들까지 불구덩이에 던져져서는 안 될 것이다. 그 그림과 시를 읊었던 그 시절의 기억만은 불구덩이에서 건져 올려야 했다.

그때 신숙주의 머릿속에 퍼뜩 떠오른 것이 서거정이었다.

나이는 두 살이나 어리지만 시문에 뛰어났고 재주 있는 사람이었다. 서거정은 명문의 대가인 권근의 외손이기도 해서 권근의 손자인 권람과 사촌이었다. 권람이 한명회와 뗄 수 없는 친밀한 관계인 만큼 서거정도 굳이 편을 가르자면 한 편이 될 수밖에 없었다.

그날 밤 방안의 적막을 깬 것은 양녕대군이었다. 수양대군의 얼굴이 쉽게 펴지지 않자 양녕대군은 주위 사람들 특히 한명회에게 눈짓을 했다.

"여기서 이러고 앉아서 귀뚜라미 울음소리에 맞춰서 밤을 샐 것이 아니라면 오늘은 이만 돌아갑시다. 이 정도 했으면 영상대감이 의정부와 의논해서 나머지 일을 처리하시면 될 터인즉."

양녕대군의 말이 일의 종지부를 찍는 듯 단호했고 그의 말에 따라 일제히 모두 일어났다.

이튿날 신숙주는 사람들의 눈길을 피해 가만히 서거정을 불렀다.

"자네 일전에 〈몽유도원도〉에 찬시를 쓴 적이 있지?"

"……"

범옹 신숙주의 나지막한 물음에 서거정의 눈동자가 활짝 열렸다.

"아무래도 공자께서 사약을 면하지 못할 것 같네."

흔들리던 서거정의 눈동자가 한참 만에 평정을 찾아 제자리를 찾았다. 그 뒷말은 굳이 말하지 않아도 서로 통하는 이야기였다.

"지금 당장 무계정사로 가 볼까요?"

"아무래도 서두르는 게 낫겠네. 거기 찬시를 쓴 사람이 한두 사람이 아니지 않는가."

"알겠습니다. 그것을 가져올까요?"

"우선 자네가 알아서 처리하게. 속히 서두르게."

대세가 수양대군 쪽으로 기울기는 했지만 〈몽유도원도〉에 찬시를 쓰고 이름을 올린 사람까지 모조리 처단해야 한다면 너무 심한 일이었다. 신숙주와 서거정뿐 아니라 내로라하는 아까운 인재들이 피바람 속에 운명을 달리할지도 모르는 일이었다.

10월 16일.

수양대군의 침묵이 내심의 허락이라고 여긴 한명회는 안평을 제거하기 위해 본격적인 계획에 착수했다. 먼저 휘하의 사람들로 하여금 단종임금에게 안평을 처단하자는 상소를 올리도록 했더니, 그야말로 상소가 빗발쳤다. 어린 단종임금은 안평 숙부에게 사약을 내리자는 상소에 깜짝 놀라서 허락할 수 없다는, 불윤不允만 되풀이하고 있었다.

"용은 죄가 크고 대역무도해서 천지 사이에 무사히 있을 수 없으니 사사로운 은정을 끊어 국법을 바로 잡으소서."

상소의 내용을 하나로 간추리면 대략 이런 것이었다.

"아니되오."

상소가 올라올 때마다 단종은 어금니에 힘을 주어 입술을 앙당 물고 단호하게 고개를 저었다. 단종임금도 나름대로 힘겨운 싸움을 하고 있었다. 설마 수양 숙부가 피를 나눈 친동기인 동생을 어떻게 하겠는가 하는 막연한 기대가 살아 있었다. 그러면서도 불안한 기운이 단종 왕을 짓눌러 왔다.

서거정은 안평대군 저인 수성궁이 아니라 무계정사로 발걸음을 향했다. 수성궁에도 많은 그림과 글씨들이 있겠지만 아무래도 안평이 사랑하던 그 그림은 무계정사에 있을 것 같은 예감 때문이었다. 또한 역적의 집으로 지목되어 군사들이 지키고 있는 수성궁보다는 인적이 드문 무계정이 접근하기가 쉬웠다. 북쪽의 창의문을 빠져나와 왼편 숲으로 들어서자 무계정이 눈에 들어왔다. 누가 물어온다면 집현전 박사로 책을 찾으러 왔다고 둘러댈 판이었다. 그러나 수양대군의 측근이 된 신숙주가 미리 힘을 써 놓은 까닭에 별 탈 없이 무계정사에 들어설 수 있었다.

한 사람의 힘이 이다지도 크단 말인가. 잘 가꾸어진 자그마한 정원을 둘러싸고 술잔을 기울이며 시를 주고받던 일이 바로 어제의 일 같았다. 안평대군이 공들여 심은 갖가지 화초들을 시제로 놓고 시를 읊었던 일이 지금에 와서는 까닥하면 대역죄가 될 지경에 이르고 말았다. 서거정 자신도 글을 짓기 좋아해서 안평대군이 제시한 48가지 시제에 따라 시를 지은 일이 있다. 후일 그것은 〈비해당 48영시〉로 세상에 알려진다.

가을이 깊어서 울 밑에 봉숭아도 비비 틀어진 가지만 남아 있었다. 담장 위에 해바라기는 말라 시든 이파리가 달린 대궁만 남았고 시렁 위에 장미넝쿨도 가지만 앙상했다. 노랗던 금잔화도 서리에 멍들었고 꽃이 떨어진 수국도 나무만 덩그렇게 놓여 있었다. 연못 위의 금계는 간 곳이 없고 물위를 어지럽게 떠다니는 나뭇잎들만 어수선했다. 벽오동은 연못가에 덩그렇게 서서 제 그림자를 물 위에 떨어뜨리고 있었다. 봉황을 만나지 못한 벽오동의 열매가 스산스러움을 더 했다. 대나무를 스쳐오던 푸른 바람은 이제 살을 파고드는 칼날처럼 날이 서 있었다.

이곳을 꿈에 본 작은 낙원으로 알고 지내지 않았던가. 도원을 대신해서 바라보고 꿈을 꾸던 곳이 아니었던가. 서둘러 방에 들어가니 이지러지기 시작한 보름달 빛에 비친 파초 잎이 창밖에 썰렁했다. 방의 모습은 그대로였다. 구석에는 사방탁자가 놓여 있고 문갑이며 책상도 그 자리에 그대로 놓여 있었다. 주인을 잃은 방석까지 그대로인데 방구석에 세워져 있는 거문고는 소리를 잃고 쓸쓸하게 방을 지키고 있었다. 서거정은 공자가 늘 아끼고 꺼내보던 그림, 〈몽유도원도〉를 사방탁자의 선반에서 쉽게 찾을 수 있었다. 다행히 두루마리로 되어 있어서 품에 넣어 도포자락으로 덮어 가지고 나올 만 했다.

서거정은 손이 떨리는 것을 심장으로 느낄 수 있었다. 심장이 떨려서 손이 떨리는 것인지, 손이 흔들려서 심장까지 멎으려 하는 것인지 모르지만 숨이 가빠왔다. 빠르면 내일, 늦어도 모레면 공자의 목숨이 세상에 없을 수도 있다. 일국의 왕자로 호사를 누리던 안평대군이 이렇게도 급작스럽게 허물어 질 수 있는가. 믿기 힘들었지만 돌아가는 정세가 불안했다.

집에 돌아온 서거정은 그림을 펼쳐 볼 용기가 차마 나질 않았다. 그림은 그림에 불과한 것이지만 거기에는 얼마 전에 비명에 간 김종서의 글이 들어 있었다. 마치 김종서의 눈이 튀어나와 호령할 것만 같아서 두려웠다. 김종서 대감에게 잘못한 일은 없는데, 그래도 지금 살아 있는 것만으로도 큰 죄를 짓고 있는 기분이었다. 그 그림에 붙은 찬시에는 자신의 글도 있고 지금은 수양대군의 사람이 된 신숙주의 글도 들어 있었다. 안평대군이 하도 자주 펼쳐 보여서 그림을 보지 않아도 눈에 훤했다. 그는 그림을 꼭꼭 말아서 벽장 속에 깊숙이 밀어 넣었다. 신숙주가 그림에 관하여 구체적으로 언급하지는 않았지만 아주 없애라는 뜻은 아니었을 것이다. 〈몽유도원도〉는 그림이 아니라 신령한 힘을 가진 부적 같았다. 그 그림을 없애면 큰 재앙을 만날 것만 같은 묘한 기분까지 들었다.

안평대군이 쓴 발문에 보면 도원에 같이 동행했던 사람은 최항과 박팽년 그리고 신숙주가 아니었던가. 신숙주가 안전지대에 있는 한, 그 그림의 운명도 안전하지 않을까. 그는 서둘러 문집을 찾아 자신의 손으로 썼던 시들을 찾아냈다. 안평대군과 관련된 것들은 없어져야 안전할 것 같았다. 손이 떨렸지만 그는 자신의 시를 찾아 화로에 밀어 넣었다. 종이를 받아먹은 화로에서 한순간에 불꽃들이 춤을 추었다. 먹물이 묻은 부분에서는 밤의 한 자락이 부서져 내리듯 시퍼런 빛이 뿜어져 나왔다. 즐거웠던 순간들이 순식간에 잿더미로 쌓여가고 있었다. 종이에 불꽃이 닿아서 우그러들 때마다 서거정은 손에 땀을 쥐었다. 이 일이 과연 선비가 할 짓인가. 그러나 정세가 어떻게 돌아갈지 알 수 없었다. 서책에 파묻혀 세월을 보내느라고 은밀하게 진행되는 바깥일이 어떻게 흘러가는지 모르고 산 것도 사실이었다. 바깥 정세를 모르고도 살 수 있었다는 것이 어쩌면 그동안 태평성대를 누렸다는 의미가 아닐까.

모든 판단을 유보하더라도 그는 어떤 직감에 이끌려 다가오는 위험을 느낄 수 있었다. 불꽃이 종이를 핥으면서 재로 부서뜨릴 때 수많은 나비들이 떼를 지어 날아오르는 것 같았다.

나비야 청산가자 범나비 너도 가자
가다가 저물거든 꽃에 들어 자고 가자
꽃이 푸대접하거든 잎에서나 자고 가자*

하필이면 화로 앞에 쪼그려 앉은 그때, 누구의 시인지도 모를 시가 떠올랐다.

공자, 그토록 그리던 청산으로 가시오. 가는 길이 힘들면 쉬었다 가시오. 가다가 해가 저물거든 쉬엄쉬엄 가시오. 꽃들이 푸대접하

---

* 白蝴蝶汝靑山去黑蝶團飛共入山行行日暮花堪宿花薄情時葉宿還

거든 잎에라도 기대면서 그 먼 길 잘 가시오.

　서거정의 눈에 뜨거운 눈물이 고였다. 약관 35세 사나이의 굵은 눈물이 뺨을 타고 흘러 내렸다. 그다음 날도 그는 꼼짝 않고 집에 머물러 있었다. 밖의 일이 어찌 돌아가는지 궁금하기도 했지만 가만히 앉아서 권력무상 혹은 인생무상을 씹고 또 되씹었다. 시절이 수상하니 찾는 사람도 없고 섣불리 나가 돌아다닐 마음도 없었다. 어느 쪽 편에 서지 않고도 양심에 따라 살기만 하면 평안하게 살 수 있는 태평성대는 그다지도 먼 이야기였던가.

　　　찾는 손님 없어 홀로 앉아 있자니
　　　빈 뜰은 비 기운으로 어둑어둑해지네
　　　물고기가 흔드니 연잎이 움직이고
　　　까치 내려앉으니 가지 끝이 나풀거리네
　　　거문고 눅눅해도 소리 아직 울리고
　　　화로는 싸늘해도 불씨 아직 남아 있네.
　　　진흙 길이 출입을 방해하니
　　　종일토록 문을 걸어 둘 수밖에*

　서거정은 어느 쪽에도 치우치고 싶지 않았다. 누구 편에 서

---

* 　獨坐無來客 空庭雨氣昏 魚搖荷葉動 鵲踏樹梢翻 琴潤絃猶響 爐寒火尙存 泥途妨出入 終日可
　關門

기도 싫었고 세상이 자기를 그냥 놓아두면 세월 따라 시절 따라 물 흐르듯 살고 싶었다. 진흙탕 같은 곳이면 피해서 가고 인재를 알고 불러서 써준다면 자신의 문제를 쓰게 될 것이었다. 왜 세상은 사람들을 가만히 두질 않는가. 왜 꼭 어느 한 편에만 서라고, 한 편을 택하라고 보채고 다그치는가.

10월 17일.

수양대군이 선뜻 결정을 내리지 못하자 양녕대군이 종친들을 거느리고 다시 입궐했다.

"대역 죄인 이용의 죄는 그냥 덮을 수 없는 죄입니다. 죄를 물어 다시는 이러한 대역이 일어나지 않도록 조처하심이 가한 줄 아뢰니다."

소년 임금 단종은 그동안 불윤^{不允}으로 일관하면서 고군분투하고 있었다. 무서운 수양 숙부보다는 안평 숙부 쪽이 마음이 놓이는 것도 사실이었다. 어리지만 영민한 단종은 그다음의 수순도 눈치채고 있었다. 안평 숙부가 버티지 못하면 자신도 버티지 못하리라는 것을 직감하고 있었다. 명색이 한 나라의 왕으로 숙부의 목숨을 지켜줄 수 없다면 자신의 목숨도 지킬 수 없지 않은가.

그때 안평을 죽이라고 빗발치는 상소문을 출납해야 하는 박팽년과 성삼문은 이러지도 저러지도 못하는 가운데 눈치를 살피고 있었다. 인생이란 누구라도 예외 없이 한번은 가게 되어 있는 법이다. 사나이가 구차하게 목숨을 구걸해서 연명할 마음은 없었다. 친동기 간처럼 지낸 안평을 죽이자는 상소를 자기의 손으로 전해야 하는 운명을 저주하고 싶었다. 그러나 살아남는 것이 죽기보다 더 괴로운 경우가 있다. 그래서 죽음보다 더한 고통을 받게 마련이다.

죽음의 사자가 안평대군에게 다가오는 것을 보며 그들은 자신의 소임을 다시 생각했다. 세종임금이 남기신 고명은 어린 단종을 보호하라는 것이다. 선왕께서는 일이 이 지경이 될 것을 미리 아셨단 말인가. 그렇다면 좀 더 단호하게 대처를 하고 가셨으면 좋았을 것을. 아니 김종서 대감과 황보인 대감만 살아 있었어도 의정부가 이렇게 어지럽게 되지는 않았을 것이다. 그러나 지금 나서면 개죽음밖에 되질 않는다. 그리고 안평의 편을 들다 잘못된다면 뒤에 남게 되는 단종임금은 어찌될 것인가. 단종임금을 위해서라면 지금이라도 목숨을 내놓는 일쯤은 아무것도 아니었다. 만약 안평이 잘못되더라도 그의 죽음으로 이 피바람이 잠잠해 질 수 있다면, 정변이 마무리될 수 있다면, 숙부가 조카를 위해 죽는 것쯤은 받아들일 수 있었다. 숙부이기 이전에 그도 신하가 아닌가. 그렇게 마음을 다져 먹는데도 어딘가 한구석이 찜찜했다.

상소를 들고 가는 손이 떨렸다.

대군 일이 잘못되더라도 너무 원망하지 마시오. 저세상에 가서 조카를 도와주시오. 우리도 머지않아 가서 만나게 될 터인즉. 비겁

한 친구는 그때 만나서 사죄하리다. 그러나 우리가 했던 매화의 약
속은 반드시 지키리다.

성삼문의 눈에 핏발이 섰다.

매화는 한평생을 춥게 살아도 그 향기를 팔지 않는다.*

그는 나지막이 중얼거렸다.

---

* 梅一生寒不賣香.

제10장
연, 깨끗한 벗이여!

　사장이 벼르던 안견 작품에 대한 과학적인 검증은 지지부진한 상태로 진전이 없었다. 박물관 관계자들이나 학계의 학자들 중에 그 누구도 나서서 그 문제를 해결할 기미도, 의지도 보이지 않았다. 아니, 그 문제에 개입되는 것 자체가 부담스럽다는 인상이었다. 사장은 100호가 넘는 〈청산백운도〉의 바탕천이 궁중에서 쓰던 회견繪絹이라고 주장했다. 당시에 그만한 비단을 아무나 구할 수 있는 것이 아니라면서, 형편없는 가짜라는 학계의 주장에 맞서 외로운 투쟁을 하고 있었다. 〈적벽도〉라는, 또 다른 안견의 그림이라고 칭해지는 그림도 입질에 오르내리고 있었다. 그 바탕천이 바로 〈몽유도원도〉가 그려진 바탕천과 동일하다는 과학적인 감식을 받았다고 덧붙였지만 크게 귀를 기울여 주는 것 같지는 않았다.

　하지만 학계에서는 그림이 접힌 부분에 안견의 낙관을 위조해서 찍었다면서 후낙설을 들고 나와 〈청산백운도〉가 가짜라고 팽팽히 맞대응했다. 때문에 상재 자신도 어느 쪽 말이 옳은지 갈피를 잡을 수 없었다.

　어느 날 사장이 외출하고 없을 때 상재는 고미술 연구가 김 선생과 단둘이 남게 되었다. 상재는 여러 번 망설이다가 김 선생에게 넌지시 운을 떼었다.

"선생님. 저는 도대체 어디까지가 진실인지 모르겠습니다. 저에게만 솔직히 말씀해 주세요. 〈청산백운도〉가 진짜입니까, 아니면 교묘한 위조품입니까? 우리 사장님이 여러 가지 면에서 그 그림에 대한 구체적인 사료를 들고 있는데, 거의 다 그림과 맞아 떨어지지 않습니까? 그런데도 저쪽에서는 가짜라고 하니 어떻게 된 노릇입니까? 만일 저쪽에서 지금까지는 안견의 진작이 없었으나 새로 발견된 〈청산백운도〉는 진작이다. 이렇게 나오면 자기들의 체면을 상할 것도 없이 간단히 해결될 문제가 아닐까요? 만일 자기가 한 말이 올무가 되어서 국내에는 안견의 작품이 없다고 계속 주장한다면 마치 콩 볶아 먹다가 가마솥 깨뜨리는 격이 아니겠습니까? 그러나 그쪽에서도 목숨 걸고 반대할 때는 무슨 이유가 있구나 싶기도 하고, 저는 도무지 갈피를 잡지 못하겠습니다."

"이 사람아, 가짜일수록 이론과 완벽하게 합치되는 법일세. 왜냐? 여러 가지 고증을 거쳐서 가짜를 만들기 때문에 오히려 진짜보다 이론에는 더 완벽하게 맞아 떨어지지. 그러니까 사료들과 기가 막히게 일치한다고 해서 그것이 진짜가 될 수는 없는 것이야. 그래서 고미술품을 감정하기가 어려운 것 아닌가. 하지만 오해는 말게. 〈청산백운도〉를 두고 하는 말은 아니니까. 도자기 같은 경우를 보면 고려청자를 기가 막히게 위조해내거든. 그 색깔이며 문양이며 눈으로 보기에는 똑같은 것도 있어. 정말 구별이 어려울 정도지. 그런데 어떤 기술로도 흉내 낼 수 없는 것이 딱 하나 있지."

"그게 뭔데요?"

상재는 눈동자를 빛내며 물었다.

"무엇일 것 같은가? 아주 쉬운 건데."

"글쎄요. 오래된 것은 빛이 좀 바래니까 고풍스러운 색이 날 것 같아요. 왠지 느낌이라는 게 있을 것 같은데요."

"물론 고미술 감정에서는 직관이나 느낌이 중요하지. 그것을 무시할 수는 없어. 하지만 그 고풍스러운 색깔조차도 완벽하게 만들어 낸다니까. 내가 오늘 큰맘 먹고 하나 가르쳐 줄까? 그게 뭔고 하면 무게야. 무게. 진짜 고려청자는 말할 수 없이 가벼워. 오랜 세월이 지나오면서 흙 속에서 진이 빠져 나가지. 마치 육체의 구속에서 벗어나서 가벼워진 영혼처럼. 그것은 도저히 인간의 기술로는 흉내 낼 수 없어. 가끔 약간 무게가 나가는 진품도 있는데, 그것은 해저에서 발견된 유물인 경우야. 물속에 잠겨 있었으니까 진이 덜 빠졌겠지. 하지만 그것도 흉내낼 수 없을 만큼 가볍기는 하네. 그런데 그림인 경우는 이백 년 정도 지난 것인지, 오백 년이 된 것인지를 가늠하기가 어렵단 말이야. 보존 상태에 따라 그 낡은 정도가 다르니까. 식별해 내기가 훨씬 더 어렵지."

"그러면 선생님은 아주 객관적인 입장에서 이 논쟁에서 결국 누가 이기리라고 보십니까?"

"글쎄. 이 논쟁은 이기고 지는 사람이 없을 것 같네. 학계 쪽의 그 교수는 어쩌면 국내에 안견의 진적이 없다는 자기의 주장 때문에 상당히 고통을 당했을 걸세. 사실 너무 당돌한 주장이긴 했어. 그걸 잘못되었다고 인정하는 순간에는 지금까지 쌓아온 모든 것이 허물어지는데, 자네 같으면 순순히 인정할 수 있겠나?"

"그래도 그분이 그걸 인정한다면 저는 더욱 그분을 존경할 것 같아요. 그게 학자의 양심이고, 진정한 용기 아닙니까? 국내에 안견의 진작이 있다는 사실을 인정한다고 해서 그 분에게 손해가 될 것이 없잖아요. 지금까지는 없었지만 발견될 수도 있다고 해두면 좋았을 것을……"

"아니지. 국립박물관에 있는 전칭 안견 그림까지도 진품이 아니라고 단정한 마당에 그걸 인정하면 그 사람은 무너지는 거야. 하지만 그 주장이 잘못되었다 하더라도 그 교수가 지금까지 안견의 작품을 연구하고 정리해 놓은 업적은 인정해야 할 걸세. 그 사람이 없었다면 그나마 안견에 대한 사료들은 아예 파묻혀서 없어져 버렸을 거야. 이 사장은 또 그 나름대로 안견 연구에 다른 하나의 획을 이루었다고 보네. 그래서 이기고 지는 사람이 없다는 말씀이야. 앞으로 세월이 지나면서 자세한 것이 더 밝혀질지는 미지수지만, 기대를 해 봐야지. 안 그래?"

김 선생은 상재를 보고 의미심장한 미소를 지었다. 이기고 지는 사람이 없는 치열한 싸움이라.

치열한 싸움은 안견 그림의 진위 논쟁뿐 아니라 정난을 성공으로 이끈 수양대군의 마음에서도 일어나고 있었다. 안평대군을 살려두어야 하나, 아니면 사약을 내려야 하나, 하루에도 몇 번씩 수양대군의 마음이 이리저리 흔들렸다. 애초에 동기간인 안평을 죽일 마음은 없었다. 그러나 안평을 살려두고 자신의 후일이 무사할까, 거기에 생각이 미치자 마음이 일순간에 어두워졌다. 안평이 임금의 자리를 차지하려고 역모를 꾸밀 만한 재목이 아닌 것은 누구보다도 수양 자신이 잘 알고 있었다. 그러나 안평에 대해서는 여러 가지 마음이 오락가락했다. 동생이지만 동기간으로서 귀애하는 마음만 있는 것은 아니었다. 그동안 왠지 모르게 안평을 대하기가 껄끄러웠던 여러 가지 감정의 매듭들이 수양대군의 마음에 상처를 내고 있었다.

한명회는 더 이상 수양대군의 우유부단을 참을 수 없었는지 정인지로 하여금 만조백관을 거느리고 왕에게 들어가 안평대군의 처단을 주청하기로 일을 맞추어 놓았다. 하지만 정인지는 수양대군의 속내를 정확히 알아야 하기 때문에 내심 망설였다. 만일 수양대군이 조금이라도 안평대군을 살리고자 하는 의향이 있다면 동기간을 죽이자고 자꾸 귀찮게 굴다가 밉보이기 십상이었다. 그러나 한명회는 인정보다 야심이 더 큰 수양대군의 속내를 훤히 들여다보고 있었고, 한명회의 판단은 정확했다.

"안평대군의 일로 조정에서 공론을 한다고 합니다."

정인지의 부탁을 받은 이계전이 수양대군에게 운을 띄웠다. 수양대군은 한숨을 길게 내쉬었다. 이계전은 수양대군의 표정을 살피며 다음 말을 어떻게 이어갈까 궁리하고 있었다.

"글쎄 말이야. 내가 하는 말은 사사로운 정이고 재상들의 말은 공론이니, 만일 공론이 그렇게 모아진다면 낸들 어찌 막겠소. 다 상감의 처분에 달린 것이지."

수양대군은 자신은 더 이상 관여하지 않겠다는 뜻으로 말하면서 고개를 숙였다. 사실 그의 마음도 잠깐 괴로웠다. 하지만 여기까지 온 이상 뒤로 물러날 수도 없는 일이 아닌가. 수양대군의 속내를 전해 들은 정인지는 용기백배해서 의정부, 육조, 승정원, 사헌부, 사간원의 모든 신하들을 모아서 임금 앞으로 나아갔다. 대신이 백관을 거느리고 상소한다는 것은 여간한 국사가 아니고는 할 수 없는 일일 뿐 아니라 이렇게 하고도 왕이 말을 듣지 않으면 벼슬을 버리고 물러날 책임까지 져야하는 막중한 일이었다. 즉 왕에 대한 최후통첩이며 압력수단이었다.

정인지가 아무리 쉬쉬한다 해도 아는 사람이 많다보니 솔백관 계의 계획은 이전 날 이미 알려져 있었고 집현전 학사 출신들 역시 안평대군의 목숨에 관계된 일이거니 짐작하고 있었다.

"솔백관 상소를 한다는데, 아마도 안평대군의 일이지 싶네. 정인지가 안평대군을 죽이자고 주청을 할 때 우리가 나서야 하지 않을까."

후에 그들을 밀고하여 죽음에 이르게 할 김질은 그때까지만 해도 집현전 학사들에게 그러한 꾀를 빌려주었다. 안평대군을 살려내는 것이 그들에게 목숨을 걸 만한 중대한 일이었을까? 동년배이고 죽마고우처럼 함께 자라고 같이 지낸 시간이 많았다는 인간적인 이유도 작용했지만 그만한 대의명분도 있었다.

안평대군이 살아 있지 않으면 수양대군을 당해낼 사람이 없어진다. 또한 안평대군에게는 사약을 받을 만한 죄가 없다. 한 나라가 군건히 서기 위해서는 기강이 바로 잡혀야 하는데, 죄 없는 사람에게 사약을 내리는 것은 불의한 일이다. 왕실은 물론 백성에게도 불의하고 억울한 일이 쌓이다 보면 국가를 불신하게 되고 그 기반이 흔들리는 것은 자명한 이치다. 그리고 가장 중요한 이유라면 고명을 받은 유력한 대신들이 모두 참살당한 이 어수선한 때에 안평대군만이 어린 왕을 보필할 수 있다는 것이다. 수양대군이 지금이라도 마음을 돌려 안평대군을 살리기로 한다면 더 바랄 것이 없지만, 그렇지 않다면 여론을 일으키는 수밖에 다른 방법이 없었다. 안평대군을 죽일 명분이 없다는 것을 분명히 해서 체면상으로라도 수양대군이 안평대군을 죽이지 못하게 하는 것이 차선의 길인 것이다.

"일이 안 되면 목숨을 내놓아야 하고, 그렇다고 의리상 가만히 있을 수도 없구먼. 목숨이 두 개라면 얼마나 좋겠는가. 이번에 하나 내놓고, 또 후일을 위해서 하나 남겨두고……."

박팽년이 탄식했다. 수양대군이 정권을 잡은 지 며칠 되지 않건만 벼슬하는 사람들은 이미 그쪽으로 쏠리고 있었다.

"범옹 신숙주에게 부탁해보는 것이 어떨까. 이번에 갑자기 벼슬이 높아진 것을 보니 수양이 상당히 신임하는 인물이 되었나본데.

그렇다고 범옹 제가 설마 아주 환장이야 했겠나. 저도 다 속이 있겠지."

신숙주와 동문수학하고 형제간처럼 지냈던 성삼문은 아직도 신숙주의 배신이 믿기지 않았다. 그러나 다른 사람들은 신숙주에게 부탁한다는 말에 고개를 저었다.

"신숙주는 이미 물을 건너간 사람이네. 신숙주가 안평을 죽이자고 했다던 걸."

그 말에 성삼문은 입을 다물었지만 아직도 마음속으로 신숙주의 배신을 인정할 수 없었다. 그래서 나중에라도 신숙주를 만나 담판을 지어 볼 요량이었다. 신숙주의 입으로 후일을 기약하기 위해 수양 편에 붙어 있는 것이라는 말이 꼭 듣고 싶었다. 문득 성삼문 자신도 현재 일이 돌아가는 형편으로는 인평대군의 목숨을 지켜줄 방책이 없음을 깨닫고 있었다. 그 역시 어린 임금을 보필하기 위해 입을 다물고 사세를 관망하는 중이었다.

수양 편에 선 신숙주와 최항 그리고 정인지는 이러한 성삼문의 모호한 태도에 일말의 희망을 품고 집현전 직제한인 성삼문을 사간원 우사간으로 당장 임명하였다. 그렇게 해서 안평대군을 죽이자는 상소에 적극 참여하도록 계략을 짜놓고 성삼문을 진퇴양난의 궁지로 몰아가고 있었다. 그래서 성삼문은 죽음보다 더 고통스러운 삶을 견디고 있는 중이었다.

"그러면 내일 누가 나서겠는가? 우리는 아직 벼슬이 낮아 미관말직에 불과하네. 그래도 재상 반열에 든 사람이 나서주어야 소리가 더 크지 않겠나."

"내 말이 바로 그걸세. 그러나 그만한 사람들은 다 저 세상의 객이 되었고 남아 있는 사람들은 모두 수양의 밑으로 들어가기에 바쁘니. 어디다 부탁해볼 수도 없군."

그때 모든 사람들의 머릿속에 공통적으로 떠 오른 인물이 바로 의정부 좌참찬 허후였다. 더 이상 생각할 것도 없이 허후가 맞춤한 인물이었다.

"그러나 이것은 목숨을 걸어야 하는 일인데……."

"그래도 그분의 성품이라면 받아줄 것입니다."

허후의 집으로 집현전 학사출신의 선비들이 몰려갔을 때, 허후는 마침 무릎을 꿇고 이번 정난으로 운명을 달리한 친구들의 편지를 꺼내 읽고 있었다. 그들과 함께 죽었어야 했는데, 살아 있는 것이 치욕이었다. 충신열사의 글씨를 그냥 볼 수 없어서 최대한의 예의를 갖추어 무릎을 꿇고 분향단좌하고 보는 중이었다.

"이것이 절재 김종서 대감의 글씨다. 한 획 한 획 살아서 호령하는 것 같지 않느냐? 참으로 장수였고 충신이었다. 또 이 필적을 보아라. 누구의 것인지 알겠느냐?"

집현전 학사들의 부탁을 받고 아버지 앞에 꿇어 앉은 아들 허조의 마음 또한 비탄에 잠겼다. 아버지가 이르는 말에 건성으로 네네 대답을 하면서도 어떻게 말머리를 꺼낼까 고심하고 있었다. 아무리 충신의 길이라고는 하지만 어쩌면 아버지를 죽음으로 몰아넣는 일을 자식의 입으로 부탁할 수 있다는 말인가?

"이것이 천하 명필, 안평대군의 필적이다. 잘 두었다가 자손들에게 대대로 전하도록 하여라."

허후는 떨리는 손으로 서첩을 내주었다. 허조 역시 떨리는 손으로 그것을 받아들었다. 그때까지만 해도 허후는 아들과 손자까지 집안이 멸절되리라고는 미처 생각하지 못했을 것이다. 그저 늙은 목숨 하나 나라를 위해 바치고자 했을 뿐이다. 아들에게서 자초지종을 들은 허후는 오히려 기뻐하면서 무릎을 쳤다.

"내 마땅히 죽을 곳을 얻지 못해 죄스러웠는데, 하늘의 도우심으로 죽을 곳을 얻었구나. 뒷일은 네가 잘 처리하도록 해라."

허조는 아버지가 건네 준 편지 뭉치를 가지고 자리를 물러나와 피눈물을 흘렸다. 눈물에 어려 글자가 비뚤비뚤 보이기도 하고 검은 줄무늬로 다가왔다가 사라지곤 했다.

상재는 안평대군의 글씨를 들여다보았다. 김종서의 글이나 성삼문 혹은 신숙주의 글씨를 볼 때와는 확실히 다른 느낌이었다. 김종서의 글씨는 필치가 유려했고 기상이 힘찼다. 대범한 인물됨이 글씨에서도 그대로 드러나고 있었다. 성삼문의 글씨는 한 획 한 획 절도가 있었다. 공들여 쓰인 빈틈없는 글자였다. 교과서에 인쇄된 활자처럼 모범적인 반듯함이 느껴지는 글씨였다. 성삼문이 술 잘하고 호방한 성격이라고 하지만 그의 곧고 냉찬 성격이 글씨에 스며 있었다. 그런가 하면 신숙주의 글씨는 성삼문의 글씨보다는 부드러웠다. 그리고 안평대군의 필적, 해동명필답게 유려하면서도 유약하지 않은 필치로 획이 유연하고 길었다. 대범하면서도 여성적인 섬세함이 어우러져 신비한 힘을 가진 글씨였다. 또한 초서에 가까운 행서로 써내려간 글을 보면 물이 흐르듯 그 유연하고 부드러운 손길이 느껴질 것만 같았다. 글씨를 한참 들여다보다가 어쩌면 안평대군을 사랑하게 될 것 같은 묘한 착각에 빠지기도 했다.

드디어 정인지는 퇴청이 임박한 시간에 백관을 거느리고 왕을 배알하였다. 정인지가 충성을 다하고 죽음을 무릅쓰는 듯, 어린 왕을 타이르는 듯, 또한 위협하는 듯 청산유수와 같이 말을 쏟아 놓을 때 어린 왕은 당황하여 좌우를 살필 뿐이었다.

"대역 죄인 안평은 비록 지친이라 하나 용서할 수 없는 죄를 지었고 백관과 민심이 이 불공대천지 원수를 살려두기를 원치 않습니다. 그러니 왕께서는 사사로운 정을 버리시고 공론을 쫓아 당연히 안평대군을 죽여야 할 줄 압니다."

어린 왕은 정인지를 보다가 수양대군을 바라보다가 안절부절 못하였다. 왕은 허락을 하든가 불윤, 즉 거부하든가 영의정에게 나라 일을 위임하였으니 수양대군에게 알아서 처단하라고 미루는 길 밖에 없었다. 어느 누구도 함부로 끼어 들 수 없는 살얼음판이었다. 잠시 동안 오싹한 침묵이 흘렀다.

이 때 허후가 나섰다.

"좌참찬 허후 아뢰오."

고요하던 공기를 쩡하게 가르는 힘 있는 음성이었다.

"상감께서는 좌의정 정인지를 파직하시어 금부에 가두심이 마땅한 줄 아뢰오."

모두들 깜짝 놀라서 눈이 휘둥그레지는데 정인지의 얼굴이 백짓장처럼 하얗게 질렸다.

"안평대군은 종실의 지친인데 정인지는 신하가 되어 지친을 모함하였으니 그 죄가 하나요. 안평대군을 법으로 다스리지 않겠다고 전교를 내리신 것이 어제의 일이거늘 이러한 전교가 계신지 하루가 못되어 백관을 거느리고 와서 지존을 괴롭게 하니 그 죄가 또하나입니다. 또한 영의정이 계시는데 좌의정의 몸으로 솔백관계를 한다고 하니 이는 기강을 문란케 하는 것으로 역시 그 죄가 막중합니다. 지금 정인지를 엄벌하시와 그 화근을 끊지 않으시면 위로는 지존과 종실을 업신여기고 아래로는 백관을 농락할 염려가 있으니 삭탈관직 하여 금부에 가두심이 지당하신가 합니다."

허후의 청천벽력과 같은 말에 모두 귀를 의심했다. 정인지는 분해서 몸을 파르르 떨었고 수양대군은 망연할 뿐이었다. 지난날 살생부를 만들면서 허후를 죽이자고 했을 때 그의 강직함을 사랑하여 살려두기로 했던 일이 발등을 찍고 싶을 정도로 후회가 되었다. 침묵을 지키고 있던 왕이 드디어 입을 열었다.

"안평대군을 죽이는 일이 불가하다고 생각하는 사람은 반열 밖으로 나서시오."

그 말을 기다렸다는 듯이 성삼문, 박팽년, 이개, 유성원, 하위지, 김질, 기건, 이석형, 권절 등 삼십여 인이 반열 밖으로 나섰다. 의외로 많은 사람들이 정인지의 의견에 반대하고 보니 정인지의 체면은 땅에 떨어져 말이 아니었다. 위기를 느낀 수양대군은 더 이상 사태가 확산되는 것을 막기 위해 상감 앞으로 나섰다.

"그만 파조하시고 정인지와 허후가 아뢴 말씀은 파조 후에 재결하심이 지당한 줄 아뢰오."

왕은 잠시 주춤거렸다. 이 자리에서 결정을 해야만 바른 결정이 나는 줄 알지만 수양대군의 말을 무시할 수 있는 처지가 아니었다. 그래서 수양대군의 위세에 눌려 슬그머니 파조에 동의하고 말았다.

결국 신하들은 해산하였고 의정부에서 이 일을 논의하기로 하였다. 약이 오를 대로 오른 정인지는 죽기 살기로 안평대군을 처단할 것을 주장했다. 수양대군도 삼십 여명의 신하들이 반열 밖에 나선 광경을 목도한 후라 마음이 흔들렸다. 그것도 가장 아끼는 집현전 학사들이 모두 반대를 하는 일을 꼭 해야 하는가 하는 망설임이 잠시 그를 휘어지게 했다. 강경한 정인지와 온건하게 일을 마무리하려는 수양대군의 의견이 좁혀지지 않자 마침내 정인지는 수양의 비위를 건드리고 말았다.

"형제간의 우애를 누구는 모르는 줄 아시오. 그렇게 귀한 형제간이면 선왕께서 어째서 동생들에게 섭정을 안 맡기셨단 말이오. 저렇게 조석동이로 웃자라 버르장머리 없는 신하들에게 고명을 내리고 어찌 지친들에게는 한마디도 안하셨더라는 말씀이오?"

그 말이 비수처럼 날아와 수양을 깊이 찔렀다. 문종임금이 승하할 당시 그는 여러 신하들과 동생들 앞에서 어린 단종의 앞날을 부탁하였다. 그러나 신하들에게 부탁하는 말씀이 끝난 후 이제나 저제나 하명을 기다리고 있는 수양에게는 한마디 별도의 말도 없이 그냥 눈을 감았다. 그때 신하들 앞에서 수양 숙부에게 종사를 의논하라는 말을 했거나 수양에게 조카를 맡기니 부디 주공이 되어 달라고 부탁을 했더라면 수양은 어쩌면 목숨을 바쳐 어린 조카를 보호했을지도 모른다. 네가 제일 가까운 골육지친이니 섭정을 하면서 어린 왕을 보필하라고 한마디만 했더라도 이렇게까지 서운하지는 않았을 것이다.

문종은 어질고 선한 사람이었다. 인정도 많고 의리도 있었으며 다른 여자에게 한눈파는 여염집 남정네와는 달리 아내를 귀하게 여기는 신사였다. 그러나 리더십이 부족했을까, 동생들에게도 귀애하는 마음은 있을망정 질서 있게 다스리지는 못한 것 같았다. 존경하는 사람에게 인정을 받는 일은 예나 지금이나 한 인생을 새롭게 하는 힘이 있다. 그때 다른 모든 대군들 앞에서 수양대군을 인정했더라면, 맏동생의 권위를 인정했더라면 수양은 오히려 다른 형제가 보위를 넘보지 못하게 단종을 잘 보호했을지도 모른다. 강한 수양의 울타리 아래에서 단종은 성년이 되고 자연스럽게 왕위를 이어갔을 것이고 형제간에 피를 부르는 일은 없었을지도 모른다. 왜 하필이면 피를 섞은 형제를 두고 집현전 학사들이나 늙은 신하에게 단종을 의탁했을까. 그만큼 수양을 못 믿어서였을까. 생각할수록 분통이 터지고 남들이 보기에도 창피스런 노릇이었다.

그리하여 마음이 잠시 주춤거리는 사이에 정인지가 의견을 내었고, '군국중사를 다 위임한다' 는 구절을 적용하여 수양대군이 독단으로 처리하는 쪽으로 결론이 났다. 수양대군이 모든 일을 처리한 후에 왕에게 그 연유를 보고하기로 방침을 바꾼 것이다.

파조한 뒤에 일을 처리하자는 수양의 제안이 있을 때 반열 밖에 서 있던 신하들은 왕의 입에서 무슨 말이 나올까 조마조마했다. 잠시 왕이 머뭇거리는 그 사이가 한없이 길게 여겨졌다. 왕이 완강히 거부하기를 얼마나 바라고 바랬었나. 그런데 왕의 입에서 힘없이 '그렇게 하지요' 라는 말이 나왔을 때 그들은 이제는 틀렸구나, 마음이 툭 내려앉았다.

허후가 죽음을 무릅쓰고 반대를 했고 자신들도 목숨을 걸고 반열 밖에 나와 서 있는데 이 절호의 마지막 기회를 왕이 너무 쉽게 저쪽으로 넘겨주고 말았던 것이다. 파조를 하고 의논을 하면 볼 것도 없이 안평대군은 사약을 받게 되어 있었다. 여기서 물러나면 삼십여 명의 신하들도 목숨 줄을 부지할 수 없게 된다. 한 목숨 내놓는 것은 아깝지 않지만 이렇게 힘없이 주저앉는 것이 원통했다. 자신들이 형장의 이슬로 사라지고 나면 어린 왕의 앞날도 바람 앞에 촛불이기는 매한가지였다. 왕이 다부지게 나왔어야 했다. 절대로 안 된다고 버티면서 정인지를 하옥시켰다면 역사는 다르게 흘렀을지 모른다.

파조하고 집에 돌아 온 성삼문은 이 나라의 앞날이 어찌될까 긴 한숨을 쉬었다. 머리를 아무리 짜내어도 안평을 구할 방도가 떠오르지 않았다. 천지 신령께 빌고 묘책을 달라고 간절히 빌어도 도통 머릿속에 아무것도 지나가는 것이 없었다. 틈새를 찾아야 하는데, 틈새를 찾아야 하는데, 밤새도록 뒤척이며 밤을 밝혔다.

그러다가 안평대군의 죄목에 대해 곰곰이 생각해 보았다. 무계정사를 지어 반역의 패거리들과 작당을 했다는 대목은 그렇다 치더라도 반역을 구체적으로 도모했다는 내용이 있었다. 바로 이경유와 함경감사 김문기, 도사 권수가 안평대군에게 병기를 실어 보냈다는 죄목이 있었다. 물론 그들은 무기를 실어 보내지 않았다. 그러므로 그들이 무기를 실어 보내지 않았다는 것을 밝혀낸다면 안평대군의 무죄가 성립할 수 있지 않을까. 그들은 수양 편의 심복으로 서로 짜고서 거짓 증언을 한 것이었다. 만약 무기를 실어 보냈다면 적어도 그들도 역시 동일한 처벌을 받아야 할 것이다.

성삼문은 벌떡 일어나 무릎을 쳤다. 바로 그거였다. 그는 우사간으로서 처음으로 상소하기를 안평대군에게 무기를 실어 보냈다는 이경유와 권수도 함께 처벌하라고 청했다. 만약 그들이 병기를 실어 보낸 적이 없다면 안평대군의 무죄를 밝혀 달라고 하소연했다. 그러나 때가 이미 늦은 감이 있었다. 수양대군은 안평을 죽이기로 결심했고 허후의 일이나 여러 가지 정황으로 미루어 오히려 불안을 느끼고 있는 터였다. 거기에다가 우사간인 성삼문이 안평을 살리고자 상소를 올리고 보니 마음이 더 다급해졌다.

한명회와 신숙주 그리고 이계전 등이 입의 혀같이 움직여 주기는 해도 수양은 늘 안평의 친구들이 부러웠다. 그들은 옥골선풍, 시 잘 쓰고 잘생기고 학문이 높고 의리도 있었다. 게다가 나라에서 알아주는 인재들이 아닌가. 그런가 하면 자기 옆에는 홍달손이며 양정, 유수 등과 같은 시정잡배들이 들끓었다. 그들의 힘을 빌려 오늘이 있기에 그들의 필요를 채워주어야 하는 부담감도 떨쳐낼 수 없었다. 그래서였을까, 수양대군은 허후의 사건 때 반열 밖에 섰던 자들을 처단해야 한다는 정인지의 의견을 묵살하면서 허후 한 사람만 거제도로 귀양 보내고 다른 사람들의 죄를 묻지 않기로 했다. 이 일로 수양대군의 명성은 높아졌고 일시적인 충동으로 반열 밖에 섰던 몇몇 사람들을 자기편으로 끌어오는 기회가 되었다.

10월 18일.

좌의정 정인지는 신하들을 거느리고 안평대군과 그의 아들 우직의 죄를 결단하라고 어린 왕에게 다시 강청을 하였다. 수양대군마저 발을 빼고 나니 어린 왕은 눈물을 글썽이며 따르지 않을 수 없었다. 그 길로 금부진무 이백순은 사약을 들고 강화로 떠났다. 우의정 정분을 낙안에, 지정은 영암에 유배시켰다. 충주에 있던 이현로와 아들 삼형제를 연좌하여 죽이고 가족과 가산을 적몰하라는 명이 내려졌다. 안평대군을 구해보려고 상소를 올렸던 성삼문이 오히려 사약을 재촉하는 일에 앞장을 선 꼴이 되어 버렸다. 친형제처럼 지내던 안평을 잃어야 하는 슬픔을 그 무엇과도 비길 수 없었지만, 해야 할 사명이 있기에 성삼문은 비천한 목숨을 부지하기로 마음을 먹었다. 그 시기에 그는 연송連誦을 지어 자신의 심정을 노래했다.

연아, 연아! 진흙 속에 있으면서도 더럽지 않고, 물속에 있으면서도 젖지 않는구나. 군자가 사는 데야 어찌 누추함이 있겠는가. 연아, 깨끗한 벗이라 부르고 싶구나!

진흙 속에 있어도 더럽지 않고 물속에 있어도 젖지 않고 싶다는 성삼문의 탄식이 사약을 들고 말을 재촉하는 금부진무 이백순의 말발굽 소리와 어우러져 구슬픈 합창이 되었다.

제11장
기러기의 울음

상재의 생일을 축하한다는 명목으로 자리를 만든 사장은 벌건 홍어회에 소주를 몇 잔 걸치더니 손바닥으로 하늘을 가릴 수는 없다는 말을 시작으로 그동안 쌓인 울분을 토해 냈다. 게다가 안견의 진적이 일본에 있는 〈몽유도원도〉뿐이라는 주장은 민족적 수치라고 언성을 높였다. 상대가 한국에서 가장 저명한 안견 연구가라서 그의 말이 권위 있게 받아들여지는 상황이지만 자신은 이 주장과 맞서 싸워야 할 숙명과 같은 의무감을 느끼고 있다고 덧붙였다.

"그런데 제가 가장 궁금한 것은 왜 그분은 안견의 작품이 〈몽유도원도〉뿐이라는 단정적이고 위험한 주장을 했는가 하는 것입니다. 그러지 말고 그냥 다른 작품이 더 발견될 가능성도 있다는 식으로 가능성을 열어 두었다면 지금과 같은 곤경을 피할 수 있지 않았겠습니까?"

상재는 평소에 생각하고 있던 바를 사장의 눈치를 봐가며 조심스럽게 말했다.

"그게 바로 대가들의 독선이라는 거야. 화가이건 소설가이건 사람이 어느 분야에 일단 우뚝 서고 보면, 지금까지 자신이 해 왔던 방식이 가장 확실한 것인 양 착각하게 되지. 그래서 처음에 가졌던 신중함이 없어지고 차츰 자신을 돌아보지 않게 되는 거야. 자신감이 지나치면 일종의 오만이 싹트는 이치라고나 할까."

사장은 아직도 분한 마음이 가시지 않았는지 혈기를 **빳빳**하게 세우고 있었다.

"세상에 어리석은 사람이 어디 하나둘인가. 남의 작은 결점은 잘 보여도 자신의 큰 결점은 안 보이는 법이 아닌가. 성경 말씀에도 있잖아. 뭐라더라? 아 그래. 남의 눈에 있는 티를 보면서도 자신의 눈에 박힌 들보는 안 보이냐는 그런 말. 그나저나 상재 이 사람 〈몽유도원도〉를 심리적으로 알아보고 싶다고 하던 일은 어찌 되었어? 잘 되어 가나?"

화랑에 늘 와서 살다시피 하는 고미술 연구가는 사장 또래의 연배였는데 〈몽유도원도〉를 심리적으로 분석해 보고 싶다는 상재의 말에 늘 격려를 아끼지 않았고 나름대로 관심을 보이고 있었다.

"잘되고 말고도 없어요. 우선은 자료도 부족하고, 또 제가 알고 싶은 것은 안평대군이 왜 그런 꿈을 꾸고, 또 그 꿈에 그렇게까지 집착했었나 하는 것뿐입니다. 그리고 그건 어디까지나 저의 개인적인 관심사이며 상상의 산물이지, 사장님이 하시는 일에는 도움도 되지 않고 또 연구가치가 있는 것도 아닙니다."

상재는 자기가 재미로 시작한 어설픈 일이 여러 사람의 입질에 오르내리고 있지나 않나 해서 슬그머니 두려운 마음까지 들었다.

"아니야. 상당히 흥미 있는 일이야. 그때나 지금이나 겉모습은 변했어도 사람의 속이 어디 그렇게 쉽게 변하는가? 그러니 그 당시 안평의 심리 상태를 추적해 보는 일은 참 재미있을 거야. 사람의 심정이 본시 오래 살고 싶어 하고, 부유하게 살고, 또 편안하게 살고 싶은 것이라고 하는데, 안평대군의 경우는 어리석은 욕심만 부리지 않았더라면 이 세 가지를 다 이루었을 것이야."

김 선생은 스스로 술을 한 잔 따르면서 진지하게 말했다. 상재가 얼른 술을 따라 올리려는 몸짓을 했지만 그는 그럴 필요 없다며 손을 내저었다.

"선생님, 어리석은 욕심이라고 하셨습니까?"

상재는 어느 때부터인가 그를 선생님으로 부르고 있었다.

"암, 어리석은 욕심이지. 예나 지금이나 정권을 손안에 넣고 쥐락펴락하는 데 맛이 들리면 예술가나 선비로서는 끝장인 게야. 안평대군이 그 타고난 재주로 글씨를 쓰고 시를 짓는데 열중했다면 그 이름이 오늘날 어느 임금보다도 영화롭게 전해 올 걸세. 몇 남지 않은 그의 글씨만 가지고도 오늘날 그만한 칭송을 받질 않는가. 그러니까 내 말은 정치에도 한발을 들여 놓고 예술 쪽에도 한 발을 들여놓은 그런 어정쩡한 심리 상태가 잘못되었다는 게야. 정치쪽으로 가려면 수양대군처럼 과단성 있게 밀고 나가든지 아니면 일선에서 물러서서 공부에 전념했더라면 오늘날 많은 예술적 업적을 남기게 되었을지 모르지."

"이 사람아. 그건 우리 생각이지. 자기가 그렇게 사약 받고 죽을 줄 알았으면, 누가 그렇게 했겠나. 아니, 김종서는 수양대군이 자기를 쳐 죽이러 온 줄 알았다면 그걸 미리 처단할 힘이 없어서 당했겠냐는 말이야. 모든 일에 천운이 따르지 않았다고 봐야지."

사장이 말을 받았다. 하지만 고서 연구가는 고개를 가로 저었다.

"1456년에 단종을 복위시키려고 박팽년과 성삼문 등이 일을 도모했을 때 생각나나? 마침 명나라에서 사신이 왔는데, 성삼문 아버지 성승이 유응부와 함께 칼을 들고 운검을 서기로 되어 있었단 말씀이야. 그 사신이 누군가 하면, 성삼문 고모가 명나라 왕실로 시집갔는데, 거기와 관련 있는 인물이었거든. 그러니까 요새말로 쿠데타를 일으켰어도 명나라와 외교적인 문제는 쉽게 해결될 수 있는 상황이었다는 말이지. 세조를 죽일 수 있는 절호의 찬스였지. 그런데 세조 쪽에 천운이 있었음인지 한명회가 이걸 눈치챘는지, 하여튼 갑자기 운검을 폐하라는 조치를 내렸거든. 그때 유응부가 한 말이 있질 않은가. 지금 저들을 쳐 죽이지 않으면 우리가 죽게 된다는 말. 바로 그거야. 그런 추진력이 있어야 했는데 안평에게는 그런 박진감이 없었단 말이야. 그저 학문과 무예에 두루 출중했다고는 하지만 나라를 끌어 나갈 결단성이 부족했던 인물이라고 생각하네."

"그건 자네 말이 맞아. 안평이야 이미 죽은 후이지만 그때 거사를 벌였으면 역사는 다르게 흘러갔을 거야. 유응부가 거사를 시작하자고 하는데 박팽년, 성삼문 등이 머뭇거리면서 훗날을 기약하자고 하다가 결국 다 잡혀서 죽고 말았지. 일이 틀어질 기미가 보이자 김질 그놈이 밀고를 했거든. 김질이가 정창손이 사위란 말이야.

아무래도 안 되겠다 싶으니까 장인에게 슬쩍 정보를 흘렸고 정창손이 세조에게 말해서 그다음날로 모두 절단이 난 거지. 그러니 책상머리에서 세상을 논하는 학자라는 사람들, 알고 보면 다른 쪽에서는 대책 없는 인간들이지. 다행히 태평성대를 만나면 학문을 풀어먹지만 난세에는 자존심 내세우다가 굶어죽기 딱 알맞아."

"간밤에 불던 바람에 눈서리 치고, 낙락장송이 다 기울어 가는구나. 하물며 못다 핀 꽃이야 말해서 무엇 하겠는가. 이제야 유응부가 왜 이 시조를 읊었는지 제대로 이해가 된다. 하룻밤 사이에 역사가 뒤집어지고 낙락장송 같은 신하들도 기울어 가는데, 어린 단종은 어찌 할고, 이런 뜻이 아니었을까? 마치 예언처럼……."

누군가 무릎을 쳤다. 말이 오가고 술잔들이 돌아가며 취기가 더해갔다.

"어쨌든 안평대군은 흥미 있는 인물임에는 틀림없어요. 도원에 대한 꿈을 꾸고 그림만 그린 것이 아니라 북문 밖에 무계정사를 지었잖아요. 꿈속에서 본 인상이 얼마나 강했으면 실제로 비슷한 곳에다 도원을 만들려는 생각을 다 했겠습니까? 안평대군 자신도 그곳이 진정한 도원이라고 믿지는 않았을 것 아닙니까?"

"상재, 자네는 도원의 의미를 무엇이라고 생각하는가?"

그동안 침묵을 지키던 서지학자 이 선생이 안경 너머로 상재를 물끄러미 바라보면서 물었다. 그는 사장과 절친한 사이였지만 사장보다는 거의 십 년 가까이 나이 어린 사람이었다. 상재는 정확히 그가 무엇을 하는 사람인지는 알지 못했지만 아는 것이 많다고 사장이 그를 칭찬하는 말을 늘 들어오던 터였다. 사장은 논쟁에 도움이 되는 공부를 하는 줄 알았더니 엉뚱한 생각을 하고 있었다며 장난스럽게 상재를 흘겨보았다.

"글쎄요. 이상향. 다시 말해서 유토피아의 의미가 아닐까요. 확대하자면 극락이나 천국의 개념이라고 볼 수 있겠지요. 다만 종교적인 차원에서의 천국이란 이 땅에서의 삶의 대가라고나 할까요? 어쨌든 종교는 천국에 가는 방법을 알려 주는 대신에 도원은 우연에 맡겨진다는 것이 다를 것 같네요."

"물론, 자네 말도 일리는 있네만, 유교에서의 도원은 이상적인 정치라고 봐야지. 정치를 이상적으로 하면 살기 좋은 낙원처럼 된다는 의미가 아닐까? 그래서 공자님도 정치를 하려고 이 나라 저 나라를 전전하시질 않았나. 그런 관점에서 본다면 안평대군이 도원을 꿈꾸고 무계정사를 세워서 뜻이 맞는 사람들과 어울렸던 것을 정치적인 야심으로 해석할 수도 있는 거야. 바로 그 점 때문에 김종서 등의 비호를 받으면서도 견제를 당했고 결국 수양대군에 의해 죽었다고 생각하네."

이 선생이 상재를 바라보면서 진지하게 말했다.

"하지만, 이 사람아. 그 이상 정치라는 것이 실현되지 않는다는 걸 누구나 다 알고 있는데, 유독 안평대군만 그걸 믿었겠는가. 실현되지 않으니까 이상 정치 아닌가. 도원에 살고 싶은 마음이 간절하다 보니 꿈속에 보았던 도원을 본 따서 무계정사를 지었던 게지."

사장이 끼어들었다.

"그렇지가 않다니까. 물론 그런 생각이 간절했겠지만, 이현로라는 작자가 무소뿔 띠를 안평대군에게 드리는 꿈을 꾸었다면서 안평대군더러 대군으로 그칠 인물이 아니라고 했다니까. 거기에다가 소경 점쟁이가 안평대군이 왕이 될 거라고 예언했다는 기록이 있어. '갑자년에 성인이 나타나서 목멱 우물의 물을 마실 것이라고 했는데, 백악산 북쪽이 바로 그쪽이다'라고 하면서 안평대군을 부추겼단 말이야. 정말 임금이 일어날 곳이라고 하면서 말이지. 그전에도 사실 한양을 도읍으로 정하는 문제를 놓고 풍수지리를 하는 사람들끼리 이견이 많았던 모양일세. 무학 대사의 설과 정도전 설이 서로 맞질 않았던 모양이야. 한양과 모악을 놓고 의견이 분분했던 모양인데 무계정사를 세웠던 백악산 자락이 명당이라는 말이 나오기는 해. 군사 만 명을 세울 만한 명당이라고 했다니까. 그런 설에 안평대군이 넘어간 거지, 뭐."

이번에는 김 선생이 말을 받았다. 그들의 이야기에 귀를 기울이고 있던 상재는, 마치 안평대군이 살아 있던 시절 어느 집의 사랑방에 모여 종사의 앞일을 의논하던 사람들 속에 끼어 있는 듯 착각할 정도였다.

"상재군, 내 생각이네만 자네 안평대군의 꿈을 자꾸 읽어보게. 왜 〈몽유도원도〉의 맨 앞에 붙여진 발문 있지 않은가. 아무래도 그 꿈속에서 무슨 단서가 나오지 않겠어? 요즈음 흔히 말하는 정신분석인가 뭔가 하는 것도 결국 꿈 해몽의 일종이 아닌가? 프로이트도 꿈을 많이 다루고 있잖아?"

이 선생은 상재에게 그 꿈을 분석해 볼 것을 권했다.

"사실 저도 그 꿈에 대해서 생각을 많이 해 보았습니다. 제 나름대로 추리도 해 보고요. 그러나 꿈의 분석이라는 것이 결국 제가 아는 방식대로 짜 맞추어 해석하는 일이라는 회의가 들더군요."

"누구나 다 자기가 아는 만큼만 이해를 하는 법이지. 단지 그것이 다른 사람이 보기에 타당성이 있으면 된다고 생각하네."

"그러다가 이제 꿈 해몽까지 하게 생겼네. 아주 자리 깔고 앉게 되겠는걸. 하기야 죽은 사람은 말이 없는 법이니까 마음대로 해석하라구."

사장은 소주병을 끌어다 자기 잔에 부으면서 심드렁하게 말했다.

"이보게, 남의 말도 들을 것은 좀 들어. 자네도 너무 외고집이야. 그 교수가 고집불통이라고 욕하면서 자네도 그런 면이 있다는 것을 깨닫지 못하나?"

그 말에 사장의 얼굴색이 홍어회보다 더 붉어졌다. 거기에서 그쳤으면 하는 바람으로 상재가 애원하는 눈길을 보냈으나 김 선생은 그런 상재의 조바심 따위는 아랑곳 하지 않고 말을 이었다.

"이왕 말이 났으니 하는 소리네만 고깝게 듣지 말고 우정 어린 직언으로 들어 주게. 다른 사람들이 나더러 뭐라는 줄 아나? 진정한 친구라면 자네를 말리라는 거야. 자네 그동안 돈벌이도 팽개치고 안견에만 매달렸지 않은가. 이제 그만 하면 알 만한 사람들은 다 자네의 말을 알아들었네. 자네의 열정을 높이 평가하고 있어. 그런데 이제는 그만하라는 이야기야. 모두들 나름대로 판단은 하고 있지만, 그동안 그쪽에서 쌓아온 아성이 하루아침에 무너지지는 않을 걸세. 설령 자네가 옳다고 인정한다 해도 그동안 그쪽과 맺어 온 교분이 있지 않은가. 그걸 단번에 끊어 낼 수는 없는 걸세. 그게 우리나라 사람들의 장점이면서도 단점인데, 눈도 없고 귀도 없는 그 정이라는 것 때문에 내놓고 자네를 편들고 나설 사람이 없다는 이야기야. 그러니 자네도 이제 돈을 벌 궁리를 해야지. 가게 세까지 밀리고 있는 판국에 형수씨는 얼마나 고충이 크겠나. 모든 문제는 세월이 해결해 줄 걸세. 그러니 그만 해두고 자네 일을 하면서 때를 기다리는 것이 어떤가?"

사장의 붉은 얼굴이 흙빛으로 변해갔다. 그는 어금니를 꽉 깨문 채 아무런 말도 않고 한동안 그 자세로 있었다. 화기가 영글어야 할 자리에 갑자기 살얼음판이 깔리는 것 같았다. 더위가 가시지 않았음에도 불구하고 상재는 으스스 한기를 느꼈다. 방 안에는 어색한 침묵이 감돌았고 사장의 눈은 불꽃이 일렁이듯 형형히 빛나고 있었다. 한참 만에 사장은 입을 열었다.

"자네의 말뜻을 모르는 바는 아니야. 하지만 돌이켜 보면 나는 실패한 인생이 아닌가. 주위에서도 권했고, 나도 뜻이 없는 것은 아니었지만 나는 학자의 길을 걷지 않았네. 학자로서 길을 갈 수도 있었는데 그때는 그게 시시해 보였어. 큰 학자가 되기를 꿈꾸며 우리 할아버지는 어릴 때부터 나에게 한문을 가르쳤네. 어린 나이에 아침 일찍 일어나서 할아버지 앞에서 붓글씨를 쓰다가 학교에 가곤 했지. 사업을 한답시고 그 한문 실력을 제대로 써먹지도 못하는 장사꾼이 된 거야. 그렇다면 사업가로서 성공했나? 그렇지도 못했어. 그러면 자식 농사를 잘 지었나? 그것도 아니지. 나는 딸만 둘 두었고, 그 애들도 내 뜻대로 되어 주질 않아. 물론 자식에게 정성도 들이지 않고 좋은 결과를 기대하는 내가 그릇된 놈이지. 자네도 알다시피 아내와는 뜻이 잘 안 맞아. 물론 아내는 아직도 예쁘고 음식 솜씨는 좋지. 그런데 그게 전부야."

사장은 소주잔을 끌어당겨 한입에 털어 부었다.

"물론 내 하는 일을 일일이 아녀자에게 이해받을 생각은 아니지만, 나는 외로웠지. 그러다 사십 고개를 넘자, 나는 실패한 인생이라는 생각이 머릿속을 떠나질 않았네. 무엇 하나 뜻대로 되는 일이 없었어. 남들이 아들과 함께 목욕탕에 가서 등을 밀고 왔다는 말만 들어도 주눅이 들려는 판이었다니까. 그러다가 뒤늦게 이 미술계에 뛰어 든 거야. 어렸을 때부터 쌓은 한문 실력이 모처럼 쓸모가 있더군. 그러다 안견 연구에 빠지게 된 거구. 가짜라고 모욕을 받고 있는 안견의 작품들이 진작으로 평가받는 것. 그것이 뒤늦게 깨달은 나의 사명이라고 하면 우습겠지. 이를테면 나도 보람 있는 일을 남기고 싶다면 너무 거창한 바람일까? 상재 말대로 꿈꾸어서는 안되는 도원을 꿈꾸는 일일지도 모르지. 우리가 태양을 바라보면 눈이 멀지만 천체 망원경으로는 태양을 관측할 수가 있지 않은가. 그 천체 망원경을 손에 넣기만 하면 말이지. 나는 그런 절실한 심정으로 이 일에 매달렸던 것이네."

사장의 말에 모두 입을 굳게 다물었고 방안에는 긴장감마저 돌았다. 다들 사장이 하는 일의 가치를 충분히 이해하고 있으며 그에게 동조한다고 입을 모았다. 하지만 앞으로는 현실적으로 이익도 챙겨가며 살라는 뜻이었다며 사장의 심기를 돌려보려고 애를 썼다. 그러나 사장의 얼굴이 펴지지 않아서, 그

날의 생일잔치는 어설프게 막을 내리고 말았다.

사장은 〈도원〉과 〈청산〉을 오락가락하며 자료를 수집한다, 사람들을 만난다, 분주하게 움직이고 있었다. 어느 날은 확실한 증거가 손에 곧 잡힐 듯 생기에 찼다가, 어느 날은 심드렁하게 풀이 죽어 소파에 몸을 묻었다.

"사장님, 〈청산백운도〉가 여러 장 있었다면서요? 당시에 꽤나 유행했던 소재였나 봅니다."

상재는 사장이 좋아하는 화제로 관심을 돌려보려고 말을 꺼냈다.

"문헌에 남아 있는 것만 해도 여러 장이지. 당시에 가장 인기 있었던 소재임에 틀림없어. 〈청산백운도〉에 대한 기록도 여러 가지고. 안견이 그린 작품도 여러 장이었던 모양이야. 안평대군의 소장품 속에도 중국의 고영경顧迎卿이 그렸던 〈청산백운도〉가 있었다는 기록이 있는 걸로 봐서 인기를 끌던 소재임은 분명하지. 인기 있는 소재였으니 만큼 사대부나 왕실 사람들이 한 점씩 소장했을 수도 있고. 성종임금의 형 월산대군도 〈청산백운도〉를 보았다는 기록이 있으니까 그 그림이 왕실에 꽤 오랫동안 남아 있었던 모양이야. 아니면 여러 장을 그렸든지. 안견이 성종 때까지 살아 있었다니 얼마나 많은 그림을 그렸겠어?"

"그렇다면 〈청산백운도〉가 여러 장이라는 말씀이네요."

"그렇지, 우리나라나 중국이나 화풍이 서로 통했으니까. 글도 여러 가지가 발견되고, 당대 유명한 화가들은 한 번씩 다 그려봤다고 보는 것이 옳지."

"그렇다면 어떻게 그 그림이 안견의 그림이라고 확신하시나요?"

"우선은 안견의 낙관이 찍혀 있어. 그림의 크기도 엄청나고 재료가 유별나지. 호분과 석채를 사용한 청록수묵산수도야. 가로가 104센티, 세로가 178센티나 되는 비단에 그려진 그림인데 왕가박물관에 소장되었던 〈적벽도〉와 비슷한 크기지. 그런 비단은 일반 여염집에서 구할 수 있는 재료가 아니란 말이야. 석채와 호분도 관에서나 공급하는 물품이었고. 오백 년이 지난 지금까지 색채가 살아 있는 것을 봐서는 보통 화가들이 쓸 수 있는 안료가 아니지."

"그렇지만 그걸 증명해야 하잖아요? 그 바탕천을 감정하시던가요."

상재는 무슨 말이든 해야 한다는 강박감에 사로잡혔다. 사장에게 〈청산백운도〉에 대해서 말을 걸어주는 것이 유일한 위안인 듯싶었다. 사장은 그 그림에 관한 것이라면 아무리 말을 해도 질리지 않는 것 같았다. 마치 연애감정이 막 싹트기 시작한 청년처럼 사랑하는 사람과 관련된 말만 들어도 활기가 살아나는 것 같았다.

"사실 감정이라는 게 그렇게 믿을 만한가? 몸무게 재는 저울처럼 탁 올려놓으면 몇 킬로 몇 그램 이렇게 정확하게 나와 주냔 말이야. 결국 사람의 눈썰미, 예민한 감각, 그리고 양심에 기대는 것이 더 확실하지. 사실 오래된 종이 만드는 방법도 여러 가지가 있거든. 도토리 삶은 물을 종이에 살살 칠하거나 지푸라기를 담갔던 물로 종이를 적셔서 말리고 잘 처리하면 몇백 년 묵은 종이로 보인단 말이야. 열 사람이 지켜도 도둑 하나 못 지킨다고. 속이려고 덤비면 어쩔 수 없는 거야."

"그래도 이번 그림에는 안견의 호 주경朱耕이라는 도인이 찍혀 있고 '청산아아 백운유유靑山峨峨 白雲悠悠'라는 관지도 적혀 있고……. 주경이 안견의 호가 맞고, 그 구절도 〈청산백운도〉의 여러 제시들과 분위기가 딱 맞는다면서요."

"그건 우리가 하는 소리지. 남들이 다 그렇게 인정해 줘야 하는 거 아니냐. 가짜라고 해버리면 할 말이 없는 거니까. 그것이 진짜라는 확증을 해야 해. 모든 가능성에 대비해서 알아봐야 하고. 그런데 어디 가서 알아보냐? 천상 옛 문헌들을 뒤지는 수밖에 없지. '청산은 푸르디푸르러 백운에 둘러 있고 백운은 희디희어 청산 속에 걸려 있네.' '청산은 높은 선비 같아 조그만 속인 따위와 다르다네. 십년을 속된 것과 섞이지 않았는데 흰 구름이 오히려 부러워하네.' 이기막힌 청산과 백운이 왜 이렇게 내 머리를 아프게 하는지 모르겠다. 〈청산백운도〉에 세속의 먼지가 덕지덕지 붙었나 보다."

사장은 한숨을 길게 내쉬었다. 피로가 갑자기 그에게 덮쳐 오는 듯 한참동안 고개를 숙인 채 말이 없었다. 사장은 〈청산백운도〉에 갇혀서 나오는 길을 찾지 못하고 있었다. 며칠 전에 사장이 탄복을 하며 가져다주었던 서거정의 시 구절과 어쩌면 그리도 흡사할까.

왕마힐도 가고 곽희도 없는데 누가 이 그림을 그렸을까?
산은 스스로 푸르디푸르고 구름은 희디흰데

푸르고 흰 것이 서로 모호하구나.

산봉우리 원근에는 부용과 연꽃이 푸르고

늙은 나무는 암담하고 긴 수풀은 성글었네.

이 사이에 산수 아름다움 헤아릴 길 없는데

어찌 이 세상 피하여 깨끗이 숨어 살 곳인들 있으랴

나 더욱 숨어 살 곳 찾으려 하는데

짙은 안개 속에 잡아 갇히어 돌아갈 길 잃었노라

돌아갈 길 잃었으니 이를 어찌할꼬.

오직 들리느니 산까치 소리만 귀를 때리네.

　　그러나 학계에서는 주경이라는 글씨와 '청산아아 백운유유'라는 글씨의 필치가 너무 조야하고, 15세기의 신숙주나 성삼문, 박팽년 등의 글씨와 비교해 볼 때 말할 필요도 없이 격이 떨어지므로 볼 것도 없는 가짜라고 반박했다. 그러나 그림의 소장자는 자기가 구입할 때 글씨가 쓰여 있었으며 절대로 그림에 손을 대지 않았다고 주장하면서 공개적으로 감정을 해보라고 맞받아치고 나왔다. 전문가의 눈이 아니더라도 글씨의 격이 떨어져 보였다. 그러나 혹자는 정말로 가짜를 만들 의도가 있었다면 명필에게 부탁해서 글을 썼지 않았겠냐고 반문했다. 글씨가 어중간 하다는 것은 진품이라는 증거가 아니겠냐고 또한 안견이 글씨를 잘 썼다는 기록은 없지 않은가 하고 또 다른 반박이 꼬리를 물었다.

　　기존 학계에서는 〈청산백운도〉에 그려진 인물들이 수려하다는 점을 들어 안견의 그림이 아니라고 반박했다. 안견은 산수에 능했지, 인물에 능하지 않았다는 이유였다. 여기에 대해 재야 미술 사가들은 안견이 광평대군의 초상을 그린 적도 있고 안평대군이 25세 되는 해에 안평대군의 초상을 그렸다는 역사의 기록들을 찾아냈다. 왕자들의 초상을 그렸다면 인물을 잘 그렸다는 증거라고 반격을 가했다. 신문 지상에는 심심치 않게 양쪽의 의견들이 번갈아서 한 번씩 올라왔다. 정말 알 수 없는 일이었다.

상재는 25세의 안평대군의 초상이 남아 있었더라면 어땠을까 생각해 보았다. 젊고 아름답고 훤칠한 인물이 과연 어떤 표정을 짓고 있었을까. 안평의 흔적이라고는 글씨 몇 점밖에 남아 있는 것이 없다. 하지만 그 글씨만 보아도 호방하고 뛰어난 사람임을 짐작할 수 있었다. 그의 글씨는 조맹부와 서로 상하를 다투며 늠름해서 날아 움직인다고 한다. 김안로가 쓴 〈용천담적기〉에 안평대군의 글씨에 대한 이야기가 실려 있다.

중국에서 예겸이 사신으로 왔다. 그때 신숙주가 들고 있던 책표지에 '泛翁범옹'이라고 쓴 정자 글씨를 보고 눈을 크게 떴다.

"그 필법이 아주 신묘한데 누가 쓴 것입니까?"

예겸이 바짝 다가앉으며 신숙주에게 물었다.

"예, 제 친구 강희안이 쓴 것입니다."

신숙주는 얼른 강희안이라고 둘러댔다. 강희안은 강희맹의 형으로 시, 서, 화에 두루 능한 예술가였고 자신과 『동국정운』 편찬도 함께했던 학자였다. 동갑으로 여러 모로 인연이 깊었는데 글씨는 전서, 예서에 두루 능했으며 왕희지나 조맹부로 일컬어질 만큼 명필이었다. 왜 안평대군의 글씨라고 말하지 못했을까, 자신이 대답을 하고서도 스스로 뉘우쳐지는 바가 있었다. 그런데 왠지 안평대군의 이름을 발설하고 싶지 않은 무엇인가가 신숙주의 마음을 끌어당겼다.

예겸은 알았다는 듯이 고개를 끄덕였다. 그래서 한고비 넘었구나, 안도의 숨을 쉬는데 예겸이 다시 말을 걸었다.

"그러면 강희안의 글씨를 한 점 받아주시겠습니까?"

예겸이 하도 진지하게 예의를 갖추어 말했기 때문에 거절할 수 없었다. 하긴 예의를 갖추지 않았더라도 거절할 수 있는 처지가 못 되었다. 신숙주는 이왕 엎질러진 물처럼 사태를 되돌릴 수 없어서 강희안에게 자초지종을 말하게 되었다.

"자네의 글씨를 좋아해서 부탁하는 것이니 청을 들어주게나."

강희안도 어쩔 수 없이 붓을 들어서 글을 써 내려갔다. 신숙주가 예겸을 찾아가서 글씨를 내놓고 인사를 하고 돌아서려는 찰라 예겸의 말이 귀전을 때렸다.

"같은 사람의 글씨가 아닙니다."

신숙주의 등에 식은땀이 흐르고 전율이 스쳐갔다.

'저것이 귀신인가. 사람인가. 겨우 '범옹' 두 글자만 보았을 뿐인데……, 그것도 스쳐가는 순간에 잠깐 보았을 뿐인데 어떻게 알아

차렸을까?'

거짓말을 했다가 들킨 자의 무안함과 상대방의 예리한 안목에 감탄하면서 신숙주는 쥐구멍이라도 들어가고 싶은 참담한 심정이었다.

"공의 서책에 글을 쓴 분의 글씨를 받아주십시오."

예의를 한껏 갖추었으나 피할 수 없는 위압적인 말투였다. 아무리 교분이 두텁다고는 하지만 감히 안평대군에게 글을 써달라고 청할 수 없는 노릇이었다. 그러나 명나라 사신을 예우해야 했기 때문에 그 부탁을 무시할 수도 없는 대단히 난처한 입장이었다.

"왕손과 공자는 건전한 문예를 높이 평가하는 것이니 안평에게 글씨를 써 달라고 내가 부탁하지. 예술을 기피할 까닭이 무엇인가?"

사정을 전해 들은 수양대군이 안평대군에게 글을 써 주도록 주선해서 겨우 일이 해결되었다. 예겸이 가져다 바친 안평대군의 글씨를 본 중국의 황제도 조맹부가 살아온 것 같다고 기뻐했다고 한다. 그래서 안평대군의 글씨는 중국에서도 유명하게 되었다.

안평대군의 지우 박팽년은 '꽃 같이 아름다운 글자의 자태가 무궁하고, 햇살 같은 신채가 기이함도 가지가지美質揷花無盡態, 神光射日更多奇'라고 노래했다. 골기가 드러나지 않는 유려한 점획, 균제미가 뛰어난 서체는 '안평체'라고 불릴 정도로 독창적인 아름다움을 지니고 있다고 칭송을 받는다. 해서나 초서 어떤 글씨든지 기운이 생동하면서도 유려하기가 이를 데 없었다.

안평대군은 꿈자리가 어지러워서 자리에서 일어났다. 갑작스럽게 강화섬에 갇힌 며칠 동안 잠자리가 편할 리 없었지만 유독 어제 밤에는 인수가 보였다가, 근보가 보였다가, 죽은 아내도 보였다가 어머니까지 보였다. 꿈도 아니고 생시도 아닌 것이 가닥을 잡을 수 없었다. 게다가 바깥세상의 일이 어찌 돌아가는지 알 수 없으니 답답했다. 산속에 묻혀 세상모르고 살고 싶었던 때가 얼마나 많았던가. 그런데 막상 세상과 결별하고 보니 세상 일이 궁금해지는 것은 무슨 이치란 말인가.

'여기가 도원이다. 이 섬에서 파도 소리를 듣고 해가 지는 것을 바라보며 유유자적한 것도 좋은 일이다.'

〈소상팔경도〉 중 먼 포구에서 돌아오는 배를 그린 '원포귀범', 저녁노을에 물든 어촌을 그린 '어촌낙조'를 연상하면서 지난 며칠을 보냈다. 그런데 오늘 아침에는 모래밭에 사뿐히 내려앉는 기러기를 그린 '평사낙안平沙落雁'의 그림이 눈앞에 삼삼하게 떠오르는 것이었다. 기러기는 암컷과 수컷의 사이가 좋기 때문에 혼례할 때, 부부가 백년해로하라는 소원을 담아서 나무 기러기를 선물로 주기도 했다. 또한 왕궁으로 날아 든 기러기는 하늘과 지상을 왕래하는 신의 사자로 여겨 귀하게 다루었다. 기러기는 다정한 형제처럼 줄을 지어 날아다니고 이동할 때도 서열과 질서를 따라 날아간다.

그런데 왜 유독 오늘 아침에 기러기가 생각나는 것일까? 모래밭에 살며시 내려앉는 기러기 떼들은 먼길을 가다가 잠깐 들렀을까? 아니면 하늘로부터 신의 명령을 전하러 오는 것일까? 추운 삭풍을 타고 북녘에서 날아오는 기러기 떼의 우는 소리는 하도 처량해서 사랑하는 임과 이별의 아픔을 담은 시에 자주 등장한다.

안평대군은 붉은빛이 가시기 시작하는 하늘을 바라다보았다. 음력 시월 중순이 넘어가고 보니 아침저녁으로 싸늘한 기운이 옷섶을 파고들었다. 아침에는 서리가 바늘처럼 돋아나 발밑의 땅을 힘껏 들어 올리고 있었다. 아직은 푸른 기운이 남아 있는 풀 위에도 서리가 내려 하얗게 무늬를 놓았다. 기러기가 서리를 몰고 온다는 어른들의 이야기를 생각하며 안평대군은 한기로 몸을 떨었다. 아들 우직을 깨워 산책이라도 해야 할 것 같았다.

제12장
금빛 찬란한 꽃술로 날다

성현이 지은 『용재총화』에 따르면, 궁중에서 왕자가 탄생하면 권초의 예捲草之禮를 지킨다. 즉 왕자를 생산한 산실에 깔았던 거적자리를 말아 치우는 데도 왕자의 격에 맞게 법도가 있었다. 우선 탄생한 날 다북쑥으로 꼰 새끼를 문짝 위에 건다. 그리고 나면 자식이 많고 또 살아가면서 재앙이나 화를 만나지 않은, 복이 많은 대신이 사흘 동안 소격전에서 재를 올린다. 그 후에 초제醮祭를 베풀게 하는데 이것은 하늘의 별에게 왕자 아기의 복을 비는 것이다. 그러면 임금의 의복과 궁궐 내의 일용품을 맡아보는 상의원尚衣院에서 오색 비단을 색색으로 한필씩 바친다. 그리고 남자 아기인 왕자에게는 복건, 도포, 홀, 오화, 금띠를, 여자 아기인 공주에게는 비녀, 배자, 혜구 등의 물건을 늘어놓고 장래의 복을 비는 것이다.

제사가 끝나면 헌관이 길복을 입고 사람을 시켜서 포단과 관복을 메게 한다. 그들을 앞세우고 궐내의 방문 밖에 가서 다시 절하면 나인들이 그것을 받아가지고 조심스럽게 가져간다. 헌관은 다북쑥 새끼를 걷어 부대 속에 넣고 이것을 다시 옻칠한 함에 넣어 붉은 보자기로 싼다. 그리고 문밖으로 나가 조심스럽게 함을 봉한 다음, 내자시의 정3품 벼슬인 정正에게 주면 그는 이것을 정성스럽게 받들고 가서 관아의 창고에 넣어둠으로써 예식을 마친다. 이것이 바로 권초의 예이다.

안평대군 역시 이렇게 귀하게 태어난 왕자의 몸이 아니던가. 태어날 때 문짝 위에 걸어두었던 다북쑥 새끼줄 마저도 옻칠한 함에 넣어 붉은 보자기에 싸둘 정도로 귀하고 귀한 몸이 삭막한 강화 땅에 짐을 부리듯 유배되라고는 꿈에서도 생각하지 못한 일이었다. 안평대군은 된서리를 맞아 서걱서걱 일어서는 땅을 지그시 눌러 밟으며 소름이 돋듯 소소히 일어나는 불길한 예감을 애써 누르고자 정신을 모았다.

기러기 떼를 보면 평소에도 쓸쓸한 마음이 들더니 강화에서 바라보는 기러기의 행렬은 예사롭지 않았다. 무엇을 전해줄 말이 있는 전령이라도 되는 듯 머리 위를 날아다녔다. 행렬을 갖춰 줄지어 날아가는 기러기도 그렇지만, '평사낙안' 해질녘 강가에 쓸쓸하게 내려앉는 기러기의 정경은 더욱 쓸쓸했다. 〈소상팔경도〉의 늦가을 풍경과 흡사한 경치가 진저리나게 무엇인가를 사무치게 했다. 무엇이 그토록 사무치게 맺힌 것이 있을까. 안평은 발밑의 서리를 꽉꽉 눌러 밟았다. 무엇인가가 꼭 집히는 것은 없었지만 사무치는 것이 있었다.

어머니, 아버지, 아내, 먼저 떠나간 작은 아들,
그를 스쳐갔던 아리따운 여인네들,
어울려 지냈던 죽마고우들.

그 모든 것 같으면서도 기실은 어느 것도 아니었다. 안견에게 〈소상팔경도〉를 그리게 하고 『소상팔경』 시집을 만들었을 때의 기억이 아련했다. 그때가 좋았을까? 그 시집을 만들어 이영서가 서문을 쓰고 하연, 김종서, 정인지, 안숭선, 조서강, 강석덕, 최항, 박팽년, 신숙주, 성삼문, 김맹, 만우까지 여러 사람들이 시를 쓰고 돌려 읽던 시절에는 적어도 적이나 동지는 없었다. 오로지 시와 그림만 있었다. 어디서부터 일이 틀어져서 이 지경이 되었을까. 서로 적이 되어 죽고 죽이고, 살고 살리고, 시는 어디로 갔으며 그림은 어디로 갔는가? 자신은 왜 이 쓸쓸한 곳에서 옛일을 추억하는 신세가 되었을까?

"상재야. 큰일 났다. 이것 좀 봐라."

사장은 문을 거칠게 밀고 들어오면서 들고 있던 신문을 상재 앞으로 던졌다.

"무슨 일인데요?"라는 말이 입에서 채 떨어지기도 전에 「청산백운도, 위작 논쟁에 종지부」라는 진한 활자가 눈에 들어와 박혔다. 문화재 감정관 모씨와 미술사 연구가가 공동으로 『경매된 서화』라는 책을 펴냈다는 이야기로 기사는 시작하고 있었다.

『경매된 서화』는 1922년에 창립되어 1940년까지 서울에서 활발히 사업을 펼친 조선 유일의 미술품 매매기관인 '경성미술구락부'에서 펴낸 『경매도록』 가운데 서화 부분을 발췌해서 편집한 것이다. 엮은이는 경성미술구락부에서 발간했던 『경매도록』 가운데 서화가 실린 34권의 도록을 일일이 추적 조사해서 작가와 작품명, 그리고 그 소장처까지 공개했다고 한다. 문제는 그 책에서 일제 식민지시대에 유통된 한국과 중국과 일본의 서화 1,000여점을 공개했다는 데 있다. 이 책은 안견의 진작이냐를 놓고 논란을 빚었던 〈청산백운도靑山白雲圖〉라는 그림이 사실은 1936년 경매에 원나라 조맹부의 〈설색고사환금도設色高士喚琴圖〉라는 이름으로 출품된 동일 작품이라고 주장하고 있다.

신문에 조맹부의 그림을 실어놓았는데 한눈으로 척 보기에도 〈청산백운도〉와 똑같았다. 상재는 눈살을 찌푸렸다. 그동안 기연가미연가하면서도 일단 사장의 말을 신뢰하는 쪽으로 마음을 정한 터였다. 그런데 신문에서는 〈청산백운도〉가 가짜라고 만천하에 공표하고 있었다. 순간적으로 마음의 문이 쿵 닫히는 듯하고 불현듯 왠지 창피하다는 생각이 들었다.

1936년 출품 당시만 해도 이 그림에는 아무런 글씨가 없었다. 그런데 최근에는 안견의 호인 '주경'이라는 글씨뿐 아니라 '청산아아백운유유'라는 그림의 제재까지 버젓이 삽입되어 있다. 그림 속의 산수나 인물 모두 중국작품의 특징을 그대로 드러내고 있고 글씨체도 너무나 조야해서 안평대군이나 신숙주의 글씨와는 차이가 많다. 이와 같이 격이 떨어지는 작품이 안견의 것이 아니라는 사실이 지금이라도 밝혀져서 참으로 다행스럽다.

기사의 내용을 읽어가는 동안 상재의 손이 가늘게 떨렸다.

한국미술사 전공자들은 이런 자료가 있는 줄도 모르고 있어요. 200여점의 새로운 자료와 함께 1,000여점의 족보를 밝힌 셈인데, 미술 애호가들이 20세기 초반 그림의 상태와 작품의 내력을 알 수 있게 했다는 점에서 큰 보람을 느낍니다.

책의 편집자는 인터뷰 기사에서 말했다. 뒤이어 서화사 연구는 '유래'와 '출처' 등 이동경로가 대단히 중요하다는 것, 그런데 우리나라에서 고미술품이란 대개 도굴이나 절도 등과 연관된 나머지 거의 연구가 이루어지지 않았던 게 엄연한 현실이라는 자기반성적인 글이 이어졌다. 그리고 『경매된 서화』는 근대에 누가 어떤 물건을 수장했으며, 어떻게 전승·유통되었는가를 일목요연하게 보여주는 최초의 자료집이라는 데 커다란 의미가 있다고 그 의미를 되새기는 글이 이어졌다.

이쯤 되면 완전히 사기꾼 집단에 놀아난 것이라고 볼 수 있었다. 놀아난 것이 아니고 상재가 속한 집단이 바로 사기꾼 집단의 온상인 셈이다. 신문에는 위작논쟁의 종지부를 찍었다는 기사와 나란히 '고미술품의 가짜를 어떻게 근절할 수 있을까'라는 전망과 대책까지 언급하고 있었다.

가짜 고미술품이 만들어지는 이유는, 작품을 감상의 대상이 아닌 투자나 투기의 대상으로 보는 일부 사람들 때문이지요. 이런 사람들의 수요가 있으니 음성적 공급이 계속되는 것이라고 생각합니다. 그리고 일부 고미술상에 기생하여 그들의 물건에 보증(?)을 서는 행위를 하는 일부 학계 인사의 행위도 당연히 척결되어야 할 문제입니다. 제대로 된 감정을 하려면 철저한 미술사적 지식은 물론 미술품의 시장논리, 제작 및 유통 등에도 해박한 지식을 가져야 가능합니다. 그리고 무엇보다 작품의 진위를 예단하지 않고 열린 마음으로 살피는 것이 중요하다고 생각합니다.

고미술상이 사장이라면 거기에 기생해서 물건에 보증을 서는 행위를 한 서지학자 김 선생 같은 인사가 바로 척결대상이라는 것이다. 그런데 아이러니하게도 작품의 진위를 예단하지 말고 열린 마음으로 살피라는 주문은 사장이 늘 입에 붙이고 다니던 말이었다.

"이건 수준이 낮아서, 품격이 없어서 가짜야, 라고 선입관을 내세워 말하지 말고 찬찬히 따져보라"고, 그동안 사장이 기존 학계에 수없이 되풀이해 온 주장이 오히려 반대하는 사람에 의해 주창되어 나란히 실려 있었다.

까마귀 눈비 맞아 희는 듯 검노매라
야광명월이야 밤인들 어두우랴
임 향한 일편단심이야 변할 줄이 있으랴

사장이 옆에서 거품을 물고 흥분하는데 상재의 머릿속에는 느닷없이 박팽년의 시조 한 수가 지나갔다. 이어서 '까마귀 싸우는 골에 백로야 가지마라. 성난 까마귀 흰빛을 새오나니 청강에 씻은 몸을 더럽힐까 하노라', 정몽주 어머니가 아들에게 지어 주었다는 시조도 뜬금없이 떠올랐다. '까마귀 검다 하고 백로야 웃지 마라. 겉이 검은들 속조차 검을소냐? 겉 희고 속 검은 이는 너뿐인가 하노라.' 초등학교 때인지 고등학교 때 배운 것인지 알 수 없는 까마귀를 소재로 한 시조들이 뒤죽박죽 엉켜서 머릿속을 메워왔다. 잠시 동안 까마귀 떼들이 군무를 펼치는 모습이 보이는 듯 했다.

"이 그림이 조맹부의 것이라고 하는데 잘 보면 크기가 다르단 말이야. 뭐? 소재의 배치, 먹의 농담, 채색 부분에서 일치한다고? 그야 당연하지. 안평대군이 조맹부의 그림을 26점이나 가지고 있었다는 기록도 못 봤어? 그리고 안견이 조맹부의 그림을 흉내 내서 초기의 화풍을 만들었다는 것도 자료에서 못 읽었을까? 당시 우리나라에서 중국의 화풍과 서체를 따르는 것은 자연스러운 일이었거든. 조맹부를 두고 모작을 했으니까 조맹부 풍으로 나온 것이고, 그림이 똑같다 해도 안견이 연습 삼아 그려본 것이니 안견의 그림이 맞아."

그러나 사장의 목소리에는 힘이 없었다.

"상재야. 너 소장자인 이 선생이 거짓말 한다고 생각하니? 이 선생 말이 〈청산백운도〉를 구입할 때부터 글씨가 있었대. 전에도 말했지만 정말 조작을 하려면 내가 봐도 그렇게 조야한 필치로 써 넣을 리가 없어. 조작을 할수록 완벽하게 해야 하는 법인데, 내 생각으로는 안견이 그냥 쓴 거라고 본다. 후세에 이게 이렇게 큰 문제가 될 줄 누가 알았겠어? 그리고 안견이 명필이었다는 말은 없지 않니? 또 가장 큰 문제는 뭔고 하니, 그 책에 실려 있는 그림과 언뜻 보면 같은데 중요한 것은 크기가 다르다는 거야. 같은 소재의 그림도 여러 장 그리는 것이 화가들의 관례거든. 연습 삼아 그려본 것일 수도 있잖아. 왜 따져보지도 않고 가짜라고 반박을 하고 나서는지. 자기들 말대로 열린 마음을 가져야지, 열린 마음 말이야."

사장은 '열린 마음'에 유독 힘을 주었다. 하지만 아무리 열린 마음 운운해도 어느 편의 말이 맞는 것인지 종잡을 수 없었다. '아무럼 어때. 내 그림도 아닌데. 솔직히 그 그림이 진품이고 값이 얼마라고 한들 우리에게 무슨 소용이 있어?' 누군가 화랑에서 비아냥거리던 말이 귓가에 윙윙 맴돌았다.

사실과 진실의 거리는 얼마만큼 될까? 사실이라고 확증된 것에도 조작의 문제와 관점의 차이와 여러 가지 요인들이 얼마든지 작용하는 것을 우리는 수없이 많이 보고 있다. 진실이란 말 못하는 개개인의 마음속에서 웅크리고 있다가 스러져가는 나약한 것에 불과할까?

수백 년 전에 안견이 조맹부의 풍을 익히기 위해 〈청산백운도〉를 그리고 거기에다 글씨를 써 넣었는지 누가 알며, 그 누군가 조맹부의 그림에다 안견의 호와 글씨를 써 넣고 안견의 진작이라고 둔갑을 시켰는지 또 누가 알겠는가? 옥신각신 의견들이 팽팽하게 맞섰지만 모두 다 추측과 주장일 뿐 진실을 어디에서 찾을 수 있을까? 하필이면 유명한 다른 화가들의 작품도 모작되어 유통되고 있었고 그 유통망이 수사에 의해 드러났다는 기사가 연일 신문지상에 오르내렸다. 그 큰 사기 행각의 흐름에 사장의 말은 그냥 묻혀버리고 말았다.

대역 죄인 안평대군의 재산은 적몰되어 신숙주에게 하사되었다. 대역에 관련된 모든 것은 불에 타서 없어지고 노비나 전답이나 사람들은 신숙주의 종으로 하사되었다. 하필이면 신숙주에게 안평대군의 재산이 주어졌을까? 안평대군이 소장하고 있다던 조맹부의 그림들과 안견의 그림들은 어디로 사라진 것일까?

서거정은 안평대군의 재산에 적몰되기 전에 한 발 앞서 〈몽유도원도〉를 빼내 오는 데 성공했다. 그림은 두루마리로 둘둘 말려 있었기 때문에 도포자락에 숨겨 나오는 데 큰 어려움은 없었다. 그러나 막상 집에 돌아와 보니 마땅히 숨길 만한 곳을 찾을 수 없었다. 자신이 이 엄청난 그림을 가지고 있다가 어떤 변을 당하게 될지 가슴이 벌렁거렸다.

아무래도 등잔 밑이 어둡다고 신숙주의 손에 맡겨두는 것이 가장 안전할 것 같았다. 그림을 없애든지 간수하든지 신숙주 자신이 결정할 문제였다. 그런데 신숙주가 이 그림을 맡아

줄까? 어쨌든 자신이 가지고 있는 것보다는 신숙주의 손에 가는 것이 순리인 것 같았다. 결국 〈몽유도원도〉는 서거정의 손에 들려서 신숙주에게 비밀리에 인도되었다. 거기에 찬시를 붙였던 많은 사람들의 목숨이 차라리 신숙주의 손에 떨어진 것만 해도 다행스러운 일이었다. 신숙주가 마음먹기에 따라서 여러 사람들의 목숨이 경각에 달려 있었다.

서거정은 일부러 대낮에 신숙주의 집을 방문했다. 날씨가 싸늘해졌으므로 도포 자락에 그림을 넣고 손깍지를 끼고 있으니 별로 티가 나지 않았다. 묵직하게 늘어진 도포자락에 크게 신경을 쓰는 자가 없었다.

"나으리, 그 그림을 가져왔습니다."

하인들을 멀찌감치 물러두고 서거정이 낮은 소리로 보고했다.

"그걸 나에게 가져왔다고?"

신숙주가 난감한 표정을 지었다.

"제가 급하게 빼내 오기는 했지만 제 마음대로 처분할 물건은 아닌 듯합니다. 나으리께서 처분하시는 것이 순리인 듯합니다."

순간 '순리'라는 말이 신숙주의 귀에 거슬렸지만 그는 곧 평정을 되찾았다.

"내가 그 꿈에 등장했던 인물이라고 '순리'라고 하는가? 박팽년과 최항도 있지 않았는가?"

"용서하십시오. 그런 뜻이 아니고 제가 감히 그림을 처분할 자격이 없다는 말씀입니다. 나으리께서 어찌 처분하시든 저는 모르는 일로 하겠습니다."

서거정은 도포를 벗고 소맷자락에서 두루마리 뭉치를 꺼내 놓았다. 둘둘 말린 그림과 글씨들이 방바닥에 조심스럽게 놓였다.

"알겠네. 대신 이 일은 나도 모르고 자네도 모르는 일이네. 명심하게."

서거정이 물러간 뒤에 신숙주는 잠시 두루마리 뭉치를 바라보았다. 안평의 손때 묻은 그림과 글씨들이 지난날을 떠올리게 했다. 그때가 젊었던 시절, 한창 패기 넘치던 시절이었던가. 모두 함께 어울려 시를 짓고 술 마시던 와자했던 청춘은 이미 지나간 꿈이 되었다. 깨고 보니 허망한 그리운 시절!

신숙주는 지난 밤 잠자리가 어수선해서 깊은 잠을 이룰 수 없었다. 그림을 받아 놓고 보니 더 마음이 복잡했다. 하필이면 왜 저 그림이 자기에게로 오게 되었는지? 제자리를 찾아온 것인지? 저 그림과 관련된 사람들의 안위는 어찌 될까? 그림을 없애는 것이 옳을까? 아궁이에 던져 넣으면 바로 재로 스러질 운명이었다. 그런데 차마 그럴 수 없는 자신의 마음이 문제였다. 도저히 양심이 허락하지 않았다. 저 작품을 지니고 있다가는 자신에게도 화가 미칠지 모른다. 그래도 없앨 수 없는 끈끈한 인연이 그를 망설이게 했다.

신숙주는 사방탁자 위에 놓인 커다란 도자기 안에 그림을 말아 넣었다. 날이 밝는 대로 금부진무 이백순이 강화 교동을 향해 떠나게 되어 있었다. 신숙주 역시 잠을 이루지 못했다. 안평의 죽음을 생각하니 착잡했다. 그에게 어떤 위로도 할 수 없는 입장이고 보니 처세하기가 곤란했다. 그래도 도자기 속에 들어 있는 두루마리를 태워버릴 용기가 나질 않았다. 용기가 아니라 학문을 사랑하는 자의 일말의 양심이라고 하는 편이 옳을 것이다.

온 조정의 관심이 사약을 받을 안평대군에게 쏠려 있을 때 신숙주는 종들을 앞세우고 집을 나섰다. 물론 마차에 큰 도자기를 싣고 가는 것을 잊지 않았다. 대자암에 가서 안평의 넋을 위로할 참이었다. 유학자로서 드러내놓고 불공을 드릴 수는 없지만 한 때 친하게 지냈던 안평대군에 대한 예우였다. 대자암은 성녕대군을 위한 절이니 그의 양아들 안평대군의 것이나 다름없다. 아마도 그의 영혼이 분명 대자암으로 찾아오리라. 안평이 애지중지하던 그림을 거기에 놓아두기로 했다. 아이의 키만큼이나 큰 화병 안에 그림과 글씨의 두루마리를 말아 넣고 뚜껑을 꼭 덮어서 남의 눈에 띄지 않게 부처님 뒤에다 놓아두었다.

다른 사람은 몰라도 안평대군 당신은 알 것 아니오. 당신이 사랑하던 그림을 두고 갈 테니 이것이나마 위로를 받으시오. 이번 생애 못다 이룬 꿈을 다음 생에는 꼭 이루시오.

지난밤 한명회가 강하게 주청할 때 그 자리에서 수양대군은 긍정도 부정도 하지 않았다. 자신도 한명회의 말끝에 고개를 끄덕이며 동의를 표함으로써 수양대군의 결단을 촉구했다. 나라의 안위를 위해서는 안평은 사라져야 했다. 한 나라에 주군이 둘이 될 수 없는 일, 소년 임금 단종이야 안평대군이라는 날개를 잘라내면 힘을 못 쓰게 되어 있었다.

주사위는 이미 던져졌다. 수양대군의 침묵은 곧 동기간을 죽이라는 긍정의 뜻으로 해석되었고 한명회는 그 기회를 놓치지 않고 후속 조치까지 대비해 두고 있었다. 수양대군은 한숨을 크게 쉬는 것으로 승낙을 표시했으며 지체없이 후속조치가 속행되었다.

소년 단종임금은 안평대군을 사사하라는 한명회의 주청을 받고 수양대군을 돌아보았다. 도움을 청하는 눈길이었다. 설마했던 일이 눈앞에 닥치자 당황스러운 모습이 역력했다. 안평대군을 사사해야 하는 장황한 변론이 이어지는 동안 단종은 이 말이 끝나면 수양 숙부의 반응이 있겠지, 내심 실낱같은 가녀린 기대를 품고 있었다. 그러나 영의정 수양대군은 어금니를 굳게 문채 입을 꾹 다물고 있었다. 대전의 공기가 심상치 않았다. 그래도 안 된다고 말을 해야 할 것 같은 신하들이 모두 입을 다물고 묵묵히 자리만 지키고 있었다.

대신들의 서슬에 '아니되오'라고 말하려던 단종임금의 말이 목구멍에 걸려 밖으로 나오지 않았다. 단종은 울상을 지으며 수양 숙부를 다시 한번 애절하게 바라보았다. 수양은 눈을 감았다. 단종임금의 눈초리가 얼굴에 따갑게 와서 박히는 것 같았다.

결국 안평에게 사약이 내리기로 결정되었다. 단종은 반박해 볼 겨를도 없이 분위기에 밀려서 입을 다물고 말았다. 우물쭈물 하다가 안평에게 사약을 내리는 것을 윤허하고 말았다. 집현전 학사들조차도 안평의 운명을 단념한 듯했다. 안평을 귀양 보낸 지 며칠이나 되었다고 바로 사약을 내리는 것은 너무나도 성급한 처사였다. 급한 만큼 공정하지 못했지만 어느 누구도 감히 입을 열지 못했다. 날이 밝는 대로 이백순은 사약을 가지고 강화 교동으로 떠날 것이다.

사약, 그나마 왕손이라서 시신이라도 제대로 수습하라는 배려로 임금이 하사하는 극약이 바로 사약賜藥이다. 교수형이나 참수에 처하면 시체가 온전하지 못하기 때문에 지체가 높은 사람이나 왕실의 사람에게는 극약이 하사되었다. 이백순이 말을 달려 강화 교동으로 향하는 그 날 아침, 안평대군은 서릿발을 눌러 밟으며 예사롭지 않은 어떤 예감에 사로잡혀 있었다.

곤하게 자고 있던 새벽녘에 난데없이 날아들었던 불호령. 따뜻한 이부자리에서 아직도 정신이 혼곤한데 귀에 걸린 '대역 죄인'이라는 외침. 꿈인지 생시인지 분간하기도 전에 아수라장이 된 집안하며 영문도 모르고 끌려나온 아들 우직과 함께 새벽의 찬바람을 맞으며 남대문을 뒤돌아보던 기억.

이 모든 것이 아버지와 어머니 그리고 큰형 문종임금이 세상을 떠났기 때문이라는 생각이 들었다. 어른이 없고 기둥이 무너져 내리니 한 집안을 받쳐야 할 대들보가 통째로 흔들렸기 때문이다. 간밤에 꿈자리가 어지럽고 깊은 잠을 이룰 수 없었는데, 설마 하는 불길한 생각이 고개를 치밀었다.

'그래도 한 핏줄을 나눈 동기간인데…….'

안평은 깊은 한숨을 내쉬었다. 자기가 원하는 대로 정권을 잡고 쥐락펴락하면 될 것이지 무엇 때문에 동기간을 죽이기까지 하겠는가. 일부러 숨을 크게 들이 마시고 천천히 내쉬었다. 자신을 죽여야 할 아무런 이유가 없었다. 아마도 어떤 이유로 잠시 이곳에 유배를 보냈지만 곧 풀어줄지도 모르는 일이다. 가만히 놔두기만 하면 시나 읊고 글씨나 쓰면서 유유자적하게 지낼 작정이었다. 골치 아프게 정치에 관여할 마음도 없었고 또 취미도 없었다. 수양대군도 안평의 성질을 누구보다도 잘 알고 있을 터이므로 잠시 동안 이곳에 보낸 것이라고 마음을 누그러뜨렸다. 그리고 누구보다도 성삼문과 박팽년 그리고 아무리 수양의 편에 섰다지만 신숙주가 안평이 죽도록 가만 놔두지는 않을 것이라는 생각에 슬그머니 안도감이 들었다.

찬바람이 옷섶을 파고들고, 발밑에서는 날을 세운 서리꽃이 서걱거렸지만 해는 간밤의 대기를 밀치고 붉은 빛을 토하며 떠오르고 있었다. 햇살이 퍼지기 시작하면 서리는 녹아서 이슬로 굴러 내릴 것이다. 얼음꽃 같은 서리가 햇살에 녹아 눈물을 짓는 광경을 바라보며 안평대군은 그러나 허수한 마음이 드는 것을 어쩔 수 없었다.

그때 말발굽 소리가 요란하게 땅을 진동시켰다. 뭔가 변고가 있기는 있구나. 거처하고 있는 집으로 발걸음을 옮기려고 하는데 그것은 마음뿐이었다. 서 있던 곳을 바장거리기만 할 뿐 선뜻 발걸음이 떨어지지 않았다. 그때 데리고 있던 어린 종이 헤갈을 하며 달려왔다. 숨이 차서 헐떡거리기도 했지만 종의 얼굴은 공포로 질려 있었다.

"나으리, 사, 사람들이 왔습니다."

아이 종은 말을 맺기도 전에 샘이 터지듯이 눈물을 줄줄 흘렸다.

"오냐, 가자."

생각과는 달리 앞장서는 발걸음이 허청거렸다. 급하게 먼 길을 달려온 말은 아직도 숨이 찬 듯 투레질을 하고 있었고 말에서 내려선 금부진무에게서는 살천스러운 기운이 뻗쳐 나왔다.

"죄인은 의관을 성제하고 진고를 받으라."

마당에 자리가 깔리고 안평대군은 의관을 정제하고 무릎을 끓었다. 우직에게는 강화에서 진도로 압송하라는 명이 떨어졌다.

'우직이라도 무사했으면 좋으련만, 그 어린 것이 무슨 죄가 있나.'

안평은 울가망하게 하늘을 바라보았다. 인생이 잠시 이 땅에 내려와서 머물다 가는 안개와 같은 것임을 뼛속 깊이 절절이 느끼고 있었다. 그러나 후환을 없애기 위해 우직도 사형을 시켜야 한다는 당론이 있었다. 그것도 단종임금과 동갑이라서 그냥 두면 안 된다는 것이다. 한해에 손자를 둘이나 얻었다고, 대궐의 경사가 났다고 세종임금이 얼마나 기뻐했던가.

안평대군은 의관을 정제하고 마당에 펼쳐 놓은 자리 앞에 섰다. 갓끈을 묶는 손이 덜덜 떨려서 천천히 심호흡을 해야만 했다. 안평대군은 임금의 궁궐인 있는 북쪽을 향해 네 번 절을 하는 사배의 예를 갖추고 무릎을 꿇었다.

"대역 죄인 이용은 도의가 없고 방탕하며 간신 잡배들과 결탁하였다. 종묘와 사직이 불안하고, 백성의 생령들이 병들고 시들게 되었으니 의리상 대난을 평정하지 않을 수 없다. 그리하여 종친임에도 불구하고 사약을 내리노라. 운운."

온갖 죄악의 목록들이 지나가는 것을 남의 일인 양 듣고만 있었다. 변명을 하기에도 때가 늦었다. 자신의 지나온 삶이 배약 무도한 죄목으로 가득 차 있었다. 그 죄를 낭송하는 소리마저도 먼 곳에서 울려오는 듯 실감이 나지 않았다.

"이용은 인륜을 저버리고 양모인 성씨 부인과 간통한 패륜을 저지르고……."

이 대목에서는 자신도 모르게 절규가 터져 나왔다.

"해도 너무하지 않소. 하늘이 아십니다."

성삼문의 종조부 성억의 따님이자 성녕대군의 부인인 성 부인을 감히 입에 올리다니. 성녕대군은 세종임금의 동생으로 세상을 일찍 떠났다. 효자였던 세종임금은 상심에 빠진 아버지 태종을 위로하려고 아들 안평대군을 그에게 양자로 보냈다. 인물이 출중한 미인의 집안에서 시집온 성씨 부인은 그 가문에 걸맞게 아름다운 미모를 지니고 있었다. 안평대군과 불과 십여 세밖에 나이 차이가 나지 않았으나 어머니로서 자애

롭고 법도에 어그러짐이 없었다. 어쩌면 생모인 어머니보다 더 가까이 지낼 기회가 많았다. 강한 장부다운 어머니는 줄줄이 아이들을 낳았기 때문에 안평의 차지가 되지 않았다. 게다가 12세가 되어 사가로 나가게 되었으니 부드러운 양어머니에게 더욱더 큰 모정을 느끼게 된 것도 당연한 일이었다.

안평대군은 자신에게 하사된 재물에다 성녕대군의 재산까지 합쳐서 왕자들 중에서도 가장 호사스러운 생활을 할 수 있었다. 그래서 선비의 4대 덕목이라 할 수 있는 기서화금棋書畵琴: 바둑, 서예, 그림, 거문고을 즐기는 풍류객으로 자처했을지는 모르지만, 수양대군의 눈에는 시정잡배들과 놀아나면서 흉계나 꾸미는 백수 한량으로 비춰졌을지도 모른다. 게다가 바둑알을 옥으로 만들고 바둑판의 줄을 금으로 먹이는 등 호사의 극치를 누렸다는 말이 참인지 거짓인지 전해오고 있지 않은가. 그래서인지 형님 수양과 재능이 뛰어난 동생 안평은 늘 불편한 관계로 지내고 있었다.

예로부터 왕손들이 본의 아니게 역적모의에 휘말려 목숨을 잃은 경우가 비일비재하였다. 성부인은 양자인 안평대군의 기질을 이해하면서도 한편으로 걱정스러운 마음을 품었다. 그래서 안평에게 성삼문은 글도 잘하고 학식도 풍부하여 선비로서는 조금도 허물이 없으나 너무 강직하여 타협을 모르기 때문에 부러지기 쉽다고 타이르곤 하였다. 그러므로 성삼문을 멀리할 것이며 형 수양대군은 야심이 크고 눈에 살기가 있으니 항상 경계하면서 스스로 은인자중하라고 일렀다.

성부인은 안평대군이 강화로 유배되었다는 것과 사사될 것이라는 소식을 듣고 수양대군을 찾아갔다. 종친의 정으로 호소하기도 하고 자식을 살리려는 애절한 어미의 심정으로 아들 안평대군을 살려 달라고 간곡히 매달렸다. 하지만 그 청을 들어주기는커녕 되레 양자인 안평대군과 불륜을 맺었다는 모함을 받게 되니 성 부인은 얼굴을 들고 살 수가 없었다.

안평대군이 죽음을 피하지 못하고 일가가 몰락하게 되자 성 부인은 스스로 음식을 끊고 결국 굶어 죽는 길을 택하고 말았다. 어떤 이는 목을 매서 자결했다고도 하고……, 양자라고 해도 아들이 역적질을 했다면 어머니도 역적임은 피할 수 없는 일이었을 것이다.

양어머니 성부인을 운운하는 대목에서 안평은 더 이상 어찌할 수 없음을 직감했다. 초연하게 금부진무의 손에서 받은 사약을 두 손으로 받들어 들었다. 숨죽인 흐느낌이 고요한 사위를 가득 메웠다.

"상감마마, 만수무강 하시옵소서."

그냥 해 보는 소리가 아니었다. 자신이 이렇게 될 정도면 어린 단종임금의 앞날은 어떻게 될까, 바람 앞에 내놓은 촛불과 같은 운명이었다. 자신의 죽음으로 모든 것을 땜하고 단종임금이 만수무강하기를 바라는 것이 진정 마지막 소원이었다.

그는 사약 사발을 받아들었다. 검은 탕약 위에 흰 구름이 둥실 떠 있었다. 인생은 한낱 구름과 같구나.

그는 잠시 눈을 감고 큰 숨을 들이 쉬었다. 호흡을 진정하고

약을 단숨에 들이켰다. 마지막 순간까지 왕족의 품위를 잃지 말아야지, 몇 번이나 다짐을 했었다. 이 나라 제일의 풍류객, 이 나라 제일의 왕자가 아니냐. 떳떳이 죽음을 맞이하리라. 그는 사약 사발을 들어 단숨에 들이켰다.

온 몸에 확 불꽃이 이는 듯 했다. 갑자기 혈관이 부풀어 오르는지 눈이 튀어나올 것 같았다. 심장이 거세게 뛰면서 몸이 뜨겁게 확확 달아올랐다.

어머니. 이제 저도 갑니다.

약물은 목으로 넘어가서 위로 들어가고 창자로 흘러 지나갔다. 약물이 흐르는 곳은 마치 용암을 삼킨 듯 온 몸을 뜨겁게 달궜고, 약물은 스스로 자신의 길을 내는 듯 했다. 약물이 지나가는 곳마다 불에 데듯 전율이 머리끝에서 발끝까지 찌르르 흘렀다.

죽음이 바로 코끝에 와 있었다. 그 죽음의 모습을 찬찬히 대면할 작정이었다. 그는 주먹을 꼭 쥐고 이를 악물었지만 억제할 수 없는 신음소리가 새어 나왔다. 잠시 후에 꿇어앉았던 자세가 기우뚱하고 옆으로 쏠렸다. 하늘이 빙빙 돌고, 구름이 빙빙 돌고, 나무들이 빙빙 돌았다. 그는 돗자리 위에 머리를 뉘었다. 눈앞이 가물거리고 의식도 흐물흐물한데 간간이 흐느끼는 울음소리가 먼 곳에서 오는 소리처럼 울려왔다. 먼 곳에서 오는 소리 같지만 막상 귓바퀴에 걸린 소리는 큰 종소리처럼 머릿속을 텅텅 울려댔다.

그때, 도원의 풍경이 나타났다. 빈 나룻배는 바람에 흔들거리고, 사립문은 열려 있었다. 흙이 바스러진 섬돌 위에 신발은 보이지 않고 인기척도 뚝 끊겨 있었다. 복숭아 꽃잎이 동산을 화사하게 분홍으로 물들이는데, 활짝 열린 꽃잎 사이로 노오란 꽃술이 제 모습을 드러내고 있었다.

그 많은 꽃술들이 꿈틀거리며 움직이는가 싶더니 노란 나비가 되어 날아오르기 시작했다. 금빛 나비들이 동산을 가득 채우자 도원은 온통 금빛으로 일렁거렸다. 아! 노랑나비, 오! 꿈에 보았던 도원, 그곳이 바로 거기에 있었다. 꽃술에서 금빛 광채가 길게 뿜어져 나와 안평대군의 몸을 휘감았다. 그는 금빛에 싸여 공중으로 둥실 들려 올라갔다.

꿈은 꿈으로 두어야 아름답지. 꿈을 억지로 현실로 만들려고 한 죄가 크다. 꿈을 소망하면서 삶을 사는 것이 진정한 꿈이 아니냐. 너는 도원의 꿈을 무계정사에 가두고 소유하려는 잘못을 범했다.

아스라한 음성과 함께 그의 몸이 쿵 하고 모로 쓰러졌다. 눈동자가 풀어지고 스르르 맥이 풀렸다. 반쯤 열린 입술은 그러나 옅은 미소를 물고 있었다. 검게 타들어가는 몸뚱이를 남겨두고 그는 황금빛 찬란한 꽃술 나비를 타고 진정한 도원으로 훨훨 날아올랐다.

작가의 말

꿈꾸는 것은 자유다.

누구나 꿈을 꾼다.

꿈에는 크고 작은 게 없다.

그런데, 꿈은 좀 슬프다.

'왕자의 꿈'이라고 해서 별난 것도 아니다. 엄마의 체온을 바라는 아기의 꿈도, 따뜻한 눈길에 위로받고 싶은 외로운 이의 꿈도, 안정된 직장을 바라는 청년의 꿈도, 현모양처가 되고 싶은 노처녀의 꿈도, 폐 끼치시 않고 인생을 잘 마치고 싶은 늙은이의 꿈도, 바쁜 생활에 지쳐 무인도에서 쉬고 싶은 성공한 사람의 꿈도, 다 꿈이다.

조선 최고의 성군 세종대왕의 아들로 태어나 부귀영화를 누리면서도 무엇엔가 늘 허기졌던 안평대군은 텅 빈 도원을 꿈꾸었다. 궁궐의 소란함과 도원의 적막함 사이에서 안평대군은 도원의 꿈으로 마음을 다스렸다. 꿈을 꿈으로 두지 않고, 안견의 그림으로 남겨둔 것까지는 그렇다고 하자. 그림으로 박제된 꿈을 무계정사에 가두려고 했던 죄로 요절하지 않았을까. 그러나 그의 위대한 꿈은 우리에게 〈몽유도원도〉를 선물로 남겨주었다.

꿈은 자유다. 누구도 꿈을 가둘 수 없다.

꿈은 늘 우리와 한두 걸음 떨어져 있다.

한 걸음 다가가면, 또 한 걸음 멀어져 간다.

때로는 까마득히 보이지 않고

때로는 가까이 다가와 일으켜 준다.

꿈은 그렇게 우리와 동행한다.

꿈은 실현되는 순간, 빛이 바랜다.

꿈은 계속 자라기 때문이다.

그래서 다음 단계의 꿈을 꾸어야 한다.

작은 꿈에서 한 계단 높은 꿈으로 말이다.

꿈에는 장애물이 많다. 꿈꾸기에 지친다. 꿈꾸는 일조차 포기하고 싶다.

언젠가부터 젊은이에게 꿈을 묻는 게 금기가 되었다.

그러나 꿈이 없는 세상은 오아시스 없는 사막이다.

오아시스에 대한 믿음이 있어야 사막 길을 떠날 수 있다.

설령 신기루에 속을지라도, 사막에서 쓰러지더라도,

후회 없이 꿈꾸고, 미련 없이 사랑할 일이다.